男装騎士、ただいま王女も兼任中！

登場人物紹介
ローレンツ
オクタヴィア国の王子。顔立ちや物腰からは王子らしい気品が感じられるが、何やら秘密がありそうで――？
セス
ローレンツの従者。お調子者で勝手な行動が多く、あまり従者らしくない。
ベアトリーチェ
ラムセラール国の王女。突飛でハタ迷惑な行動を取るため“暴走姫”とも呼ばれている。
エレノア
近衛騎士。男のふりをして騎士団に入った。ベアトリーチェと体を入れ替えられ、王女の代役を務めることに。

イグナシオ
エレノアの祖父。
かつては騎士団の
総帥《そうすい》を務めていた。
ネージュ
ベアトリーチェの侍女。
エレノアを何かと
サポートしてくれる。
ジェラルド
近衛騎士隊の隊長。
エレノアの
上司にあたる。
ブルーノ
謎の青年。
ローレンツとの間に
浅からぬ因縁が
あるらしい。
ハーゲン
近衛騎士。
脱走したベアトリーチェを
捜索する。

序章

太陽の光が差し込む王宮の廊下で、一組の男女が向かい合っていた。

女はラムセラール国の王の娘として生を受けた少女。王族特有の鮮やかな薄紅色の髪に、ペリドットをはめ込んだような光り輝く黄緑色の瞳。何処《どこ》から見ても完璧な美しさだった。

そんな天使のように美しい王女を彩《いろど》るのは、国一番の職人によって仕立てられた最高級のドレス。

だが、当人は心の底から己《おのれ》の不運を嘆《なげ》いていた。

(まさかこうして、再びドレスを身に纏《まと》うことになるなんて——)

ドレスに包まれた体は信じられないほど華奢《きゃしゃ》で、下手をすれば折れてしまいそうなほどだ。春に実る果実のように瑞々《みずみず》しい唇が、扇《おうぎ》の裏で小刻みに震えている。

王女は持ち前の根性で気合いを入れ直すと、必死の思いで口を開いた。

「本日はお日柄もよく……」

いくら気合いを入れても、気の利いたことを言える保証はない。三文小説のようなひどい台詞《せりふ》だ。

自《みずか》らの至らなさに心で涙を流す。しかし目の前の青年は、嫌な顔一つせずに返してくれた。

「ええ、本当ですね。ラムセラール城の庭園は素晴らしいと聞いています。今日などはとりわけ、気持ちのよい風が吹きそうですね」

窓の向こうを見つめる美貌《びぼう》の青年とは、つい先ほど、初対面の挨拶《あいさつ》を済ませたばかり。

彼の名はローレンツ・ロレス・オクタヴィア――近隣国オクタヴィアの王子である。

射干玉《ぬばたま》のような漆黒《しっこく》の髪。全てを見透《みす》かしそうな空色の瞳。精悍《せいかん》で整った顔立ちは何処《どこ》か冷たく、鋭さすら伴《ともな》っている。

王子の後ろにひっそりと控えた従者も、主人に引けを取らぬほど顔が整っていた。

「はい。このような日は、鍛錬《たんれん》もはかどって……」

つい思ったままを口にした瞬間、王女は「姫様」と侍女に背中を小突《こづ》かれた。

王女がハッとする間もなく、目の前の王子が品の良い柳《やなぎ》の眉を上げる。

「――鍛錬《たんれん》、ですか？」

「ああ、いえ、ええと――そう、つまりその、丹念に……ですね……」

口ごもった王女は扇《おうぎ》で口元を隠しつつ、「どうすれば？」と侍女に小声で問いかけた。

「お誘いしてください」

「何に？　鍛錬《たんれん》に？」

「散歩に！」

なるほど、話題を変えればいいのか。王女は気を取り直し、背筋も伸ばして王子に向き合った。

「ローレンツ様。もしお時間があれば……」

「もっとたおやかに！」と侍女は囁《ささや》くが、泣きつかないだけマシだと思ってほしい。

「お散歩に行きませんこと？　良き出会いに感謝して、庭の花を贈りたいのですが……」

「ありがとうございます。貴方と共に眺める花は、世界で一番美しく見えるのでしょうね」

王女の誘いに、薄い笑みを浮かべた王子が腰を折る。そして手を差し出してきた。

（キザったらしい。寒い。絶対腹に一物《いちもつ》抱えている。こんな男に、この手を触らせたくない）

その気持ちを扇《おうぎ》で覆い隠した王女は、望まれるがまま彼の手のひらに手を置いた。

「ベアトリーチェ様を退屈させぬよう、精進《しょうじん》致します」

生まれた時に両親から授かった名前とは、違う名前で呼ばれる。

手の甲に、そっと口づけを落とされた。

（振り払いたい）

絶望した心でそう思った。普段の自分ならば、絶対にこんなことをさせはしない。

むしろ、どちらかといえばする方である。

真っ直ぐ射貫《いぬ》いてくる瞳を見ていられず、笑みを深めるふりをして目を細めた。

侍女が背後から厳しい視線を送ってくるが、王女は全てを黙殺《もくさつ》する。

（――だって、もう無理！　これ以上は絶対ボロが出る！　だって私……姫様《ベアトリーチェ》じゃないし！）

正真正銘《しょうしんしょうめい》ベアトリーチェの体でありながら、心は泣き叫んでいた。

エレノア・オースティン――王宮騎士である彼女は不運なことに、王女ベアトリーチェと精神が入れ替わってしまっていたのだ。

第一章

エレノアは五歳の時、落馬事故により両親を失った。

一人になった彼女を引き取ったのは、辺境伯領を与《あずか》る祖父だ。

長年勤め続けた騎士団を辞《じ》し、領地で孫を育てることにした祖父の生活の中心は、騎士団からエレノアに変わった。

日の出と共にエレノアの布団を剥《は》ぎ、朝の運動と称して領地中を引きずり回し、さらに朝食の前には馬達の世話をさせる。そして日が暮れるまで、ひたすら剣技を仕込む。

そう、生粋《きっすい》の騎士である祖父は、まともな孫娘の愛し方を知らなかったのだ。

とはいえ、幼き日のエレノアも、祖父との接し方など知らない。両親の死後に初めて会った彼は肉親というよりも、逆らうと怖い家庭教師《チューター》だった。

「お前は、儂《わし》の自慢の孫娘だ」

「はい、おじいさま」

今思えば……あの頃の自分は何処《どこ》かで感づいていたのだ。

それまで当たり前に感じていた、肉親からの無償の愛は潰《つい》えたのだと。このしわくちゃの手を失えば、髭《ひげ》もじゃの笑顔に見限られれば、自分は生きる場所を失うのだと。

エレノアは必死で祖父にしがみついた。彼について回れる自分になりたいと思った。

そして、純情可憐だった五歳の少女は、十を数える頃には——

「がっはっはっはっは！」

「あっはっはっはっは！」

豪快に胸を張る祖父の隣で、同じく立派な戦士の顔で胸を張るようになっていた。

それを見た屋敷中の使用人達が、陰でこっそりと涙を流していたとも知らずに。

そんなエレノアに人生の転機が訪れたのは、祖父の五十歳の誕生日。猛将として名を馳《は》せた祖父を祝おうと、国内の有名貴族はもとより、王族までもが駆けつけた。

いつもは地味な屋敷に煌々《こうこう》と灯《ひ》がともり、まばゆいばかりに輝いている。免疫《めんえき》のない華美な光景に、エレノアは目をちかちかとさせていた。

使用人達に着せられたドレスは、たっぷりのリボンとフリルがついた一品。

「女の子といったらこれだ！」と祖父が独断と偏見で決めたのだが、普通の女の子の二倍は筋肉のあるエレノアが着るには、少しばかり悪趣味であった。

着慣れぬドレスを引きずりながら、幼いエレノアは屋敷を闊歩《かっぽ》する。

祖父は男手一つで育て上げた自慢の孫娘をそばに置きたがったが、老人達の会話はエレノアにとってつまらないものばかり。

普段は祖父の言いつけを破らないエレノアだったが、この日ばかりは会場の浮かれた空気に酔ったせいもあってか、こっそりと抜け出したのだ。

「滑《すべ》れよ毒は、抉《えぐ》る鼓動～。繋がれ死体～要《よう》は青いね～」

庭に出たエレノアは、少し調子の外れた鼻歌を口ずさむ。祖父が戦場で覚えてきたという歌だ。

厨房《ちゅうぼう》に潜《もぐ》り込むと、使用人達が忙しそうに働いていた。エレノアはキッチンメイドの目を盗み、できたてのミートパイを頬張《ほおば》る。次は何を盗み食いしようかと視線を巡らせたところ——不意に目にしたものに驚き、ミートパイを喉《のど》に詰まらせてしまった。

「ぐえっ……げほっげほっ……」

むせ込みながらもなんとかパイを呑み下し、そっと視線を戻す。

大きな声と音が飛び交う中、テーブルの下に、一人の子供が蹲《うずくま》っていた。

正直、ちびるかと思った。

暗い陰《かげ》の中、まともに見えるのはギラリと光る若草色の瞳だけ。こちらを見上げる目は大きく、微動《びどう》だにしない。

エレノアは思わず半歩下がった後、勇気をもって一歩踏み出した。

騎士たるもの、敵前で怯《ひる》むなど以《もっ》ての外《ほか》！　と怒鳴りつける祖父が脳裏に浮かんだのだ。

「……貴方は誰だ。そこで何をしている」

悪魔と対峙《たいじ》する覚悟で、エレノアは声をかけた。

「……ベアトリーチェ」

返ってきた声はか細く可憐で、まるで鈴を転がしたようだった。王女も来訪していたことを知らなかったエレノアは、ベアトリーチェが王女とも知らずに、その可愛らしい声に安堵《あんど》した。

「ベアトリーチェは、そこで何をしているの？」

次に返ってきたのは沈黙だった。ガッチャンガッチャンと調理器具のぶつかる音を聞きながら、エレノアは辛抱強くベアトリーチェの言葉を待った。

「……父様を待ってる」

「父様？　もしかして、客人として我が家に招かれたのかな。姿を見せてくれるかい？　貴方の父君のもとに連れていこう」

エレノアが腰を落として目線を合わせると、膝《ひざ》を抱えて座り込んでいたベアトリーチェが、ゆっくりとテーブルの下から出てきた。

その姿に、エレノアは思わず息を呑んだ。

波打つ髪は、海底に反射した光を浴びる珊瑚《さんご》のような色。透き通る肌に、瑞々《みずみず》しく形のよい唇。不気味に見えた瞳も、光の下ではまるで宝石だった。極上のパーツばかりを集めた顔は、愛らしくも美しく、憂《うれ》えた表情は少女とは思えぬ色香を纏《まと》っている。

（この世に、天使は実在したのか……）

唖然としていたエレノアは、ベアトリーチェの小さな手でドレスの裾《すそ》をきゅっと掴《つか》まれた時、雷に打たれたような衝撃を受けた。

――それからのことを、エレノアはよく覚えていない。

ベアトリーチェのあまりの愛らしさに、完全に放心していたのだ。

それにもかかわらず、鍛《きた》え上げられた騎士道精神が彼女の体を動かし、ベアトリーチェを彼女の父――つまり国王のもとへと連れていったらしい。幼い王女が迷子となり、上を下への大騒ぎとなっていた会場は、十歳の少女にエスコートされた姫君の登場で、ようやく収束を見せたという。

エレノアが正気に戻ったのは、翌日のことだった。

客人はほぼ帰宅しており、ベアトリーチェも王都へ向けて旅立っていた。彼女の身分を知ったエレノアは、残りの客人を見送る祖父に懇願《こんがん》した。

「おじいさま、私……ベアトリーチェ様の騎士になりたい！」

その言葉に屋敷中の使用人がのけぞり、飛び上がった。

皆がエレノアの行く末を案じ、表情と身振りで必死に制止したが――

「よく言ったエレノア！　それでこそ我が孫娘！　胸を張れる騎士となれ！　がっはっはっは！」

屋敷を揺らすほどの笑い声に、使用人達の心はあっさりとへし折られた。

しかし、ここで折れてはエレノアの一生が危ぶまれる。そばに控えていた執事が、縋《すが》りつくような眼差しで祖父に詰め寄る。

「差し出がましいようですが、旦那様。我が国は女性騎士を登用しておりません。……お嬢様には是非、侍女としてベアトリーチェ様のおそばに――」

「なに！　問題ない！」

不安げに眉を下げたエレノアの肩に、分厚《ぶあつ》く大きな両手がドンッと置かれた。

「ならば、男のふりをすればいい！」

「なるほど！　おじいさま、頭いい!!」

「なぁに、権力なんざ使うためにある！　全てこのおじいさまに任せておれ、エレノア！」

「はい！　おじいさま、大好き！」

今度こそひっくり返る使用人達。その真ん中で、祖父とエレノアは肩を組んで笑っていた。

これ以上の妙案はないと言わんばかりの、晴れやかな顔で……

「がっはっはっはっは！」

「あっはっはっはっは！」

ベアトリーチェに出会ってから騎士になるまでの二年間、エレノアはそれまで以上に努力した。

祖父直々《じきじき》の訓練のおかげか、同じ年頃の少年のみならず、十も歳の離れた男性にも剣で引けを取ることはなかった。コネであっても一応……と課せられた入団試験も、満点で合格した。

（だが今になって思えば、あの頃の自分は本当にバカだったのだ）

当時を振り返る度に、エレノアは思う。

いくら髪を切り、元騎士団総帥《そうすい》である祖父の推薦があったとはいえ……〝ノア・リアーノ〟などという架空の人物が王宮騎士団に潜《もぐ》り込めたのは、奇跡としか言いようがない。

祖父の遠縁の子ということになっているが、祖父の部下だったという現騎士団長に言わせれば、若い頃の祖父そっくりだという。上層部の者は皆、祖父が何処《どこ》かの女にスポーンと産ませた庶子《しょし》だと思っているようだ。

何より性別が問題である。入団当時は十三歳だったため、少年だと主張してもまだ不自然ではなかったかもしれない――が、あれからすでに八年。

体つきこそ少年のように線が細いままだが、声色や顔つきなどは変わっているはずだ。色々と違和感を持ってもよいだろうに——同じ兵舎で寝起きする団員達さえ、毛の先ほども疑っていない現状を、喜んでいいのか嘆《なげ》いていいのか判断に迷う。

そんな自分が王女の代役を務めることになるなんて、この時のエレノアに予想できるはずもなかった。


——バンッ！

物思いに耽《ふけ》っていたエレノアは、背後の扉が開く音に振り返った。開け放たれた扉の向こうに、時を経て更に美しさに磨きをかけた天使——王女ベアトリーチェが微笑んでいる。

「花の香りに誘われた蝶のように愛らしい姫様。如何《いかが》なさいましたか」

同僚のハーゲンと共に王女の部屋の警備をしていたエレノアは、美しい身のこなしで腰を落とした。近衛《このえ》騎士の制服の上に、王女付きの証《あかし》である薄紅色の帯を纏《まと》っている。

灰色がかった茶色の瞳で、ただ一心に主《あるじ》を見上げる。後ろで一つに括《くく》っている銀髪が揺れた。剣を扱う騎士の無骨なイメージとは結びつかないほど、繊細で整った顔立ち。その仕草一つとっても、舞台役者のように華があった。

「お願い、ノア。ちょっと部屋に入ってくれないかしら？」

ベアトリーチェが、両手の指先をそっと合わせた。小首を傾げた拍子に、柔らかな薄紅色の髪がふわりと揺れる。

その美しさは、世界中の女性が羨《うらや》むほど圧倒的なものだった。風に揺れる花のように、空に浮かぶ月のように、見る者全てを魅了する。

エレノアは胸の前で右手をグッと握りしめた。

（今すぐに王宮のお抱え彫刻家を呼びつけ、ノミを取らせるべきだ……！）

この世のものとは思えぬ可愛らしさに、ぷるぷると拳《こぶし》が震える。ベアトリーチェの上目遣いは、エレノアの心臓にいつであってもクリーンヒットする。

だが、言われるがままに従いたくなる自分と戦った末、騎士の領分をわきまえることにした。

「そのご様子だと……緊急事態ではありませんね？」

エレノアの職務は部屋の前で警備することであり、姫君の話し相手ではない。非常事態以外で王女の居室に立ち入ることは禁じられている。

エレノア個人としては「はいはいっ」と尻尾《しっぽ》を振って入室してしまいたかったが、そういうわけにもいかない。

「緊急よ。火急《かきゅう》よ。最優先事項よ。国家機密に関わることなの。さぁノア、こちらにいらっしゃい」

甘えは通用しないと判断したのか、ベアトリーチェが居丈高《いたけだか》に命じる。その声すらも、笛の音《ね》のように綺麗に澄んでいる。エレノアはどう返そうかと、眉間《みけん》に皺《しわ》を寄せた。

「あと五秒しか待ちません。五、四、三……」

（いくらなんでもカウントダウンが短すぎやしませんか⁉　でも、無慈悲《むじひ》な天使も可愛らしい）

エレノアは助けを求めて同僚を見たが、薄情にも視線を逸らされた。どうやら、行ってこいということらしい。

エレノアは覚悟を決めて部屋に足を踏み入れた。あとで反省文を書く覚悟である。

――しかし、王女から投げつけられた爆弾は、エレノアの予想を大きく超えるものだった。

「ノア・リアーノ。ベアトリーチェが命じます。わたくしと駆け落ちなさい」

「かかかかかかか駆け落ち⁉」

「しっ！　声が大きい！　お前を信頼して話しているのよ！」

（信頼……嬉しいけど、嬉しいけど、今ここでそれはいらなかったー‼）

秘密を守るためか、カーテンを閉め切った部屋は薄暗い。ベアトリーチェと彼女のお気に入りの侍女ネージュしかいない室内で、エレノアは頭を抱えたくなった。

「ネージュ殿、こ、これは一体」

「こら、ノア！　わたくしが話をしているというのに、ネージュに聞く愚《おろ》か者がおりますか！」

ベアトリーチェが抗議と共に、とても一国の王女とは思えない暴挙《タックル》をかましてきた。その体を、エレノアは難なく受け止める。

「お前がわたくしと駆け落ちすれば、万事解決するのです！」

ぽかぽかと胸板を叩いてくる姫様の無茶ぶりは、今に始まったことではない。

が、いかんせん今後の進退に関わるほどの無茶ぶりだ。筋肉しか詰まっていないエレノアの頭で理解するには、もう少し親切丁寧な説明が欲しい。

「ネージュ殿！」

エレノアに呼ばれた王女の侍女は、混乱するエレノアとベアトリーチェを交互に見る。そして、仕方なさそうに口を開いた。

「オクタヴィア国のことは、リアーノ卿《きょう》もよくご存じですね？」

ラムセラールの近隣にあるオクタヴィア国。

国土の広さこそラムセラールに劣るが、水と資源が豊かで地力《ちりょく》のある国だ。二十数年前に友好国となっており、それには元騎士団総帥《そうすい》である祖父が大きく貢献している。

「そのオクタヴィア国のローレンツ王子が昨日《さくじつ》から、ラムセラールに滞在なさっておいでです」

「はい!?」

「ノア！　こちらを向きなさいと言うに！」

王女に引っ張られる服を押さえつつ、エレノアはまん丸く見開いた目をなおもネージュに向ける。

外国からの賓客《ひんきゃく》を迎えたなんて聞いていない。そういった話があれば、まずエレノア達王宮騎士に伝えられる。他国の王族を迎えるとなれば、準備に数ヶ月を要するのだ。

それが全くの寝耳に水とはどういうことだ――そこまで考えて、エレノアはハッとした。

「オクタヴィア国の王子というと――もしや、成人の儀式ですか？」

「左様《さよう》です。そのため、王子であることは秘《ひ》され、ごく少数の者にしか伝えられておりません」

オクタヴィア国には古くから続く習わしがある。

王子は十四歳の誕生日を迎えると、数名の従者を供に、国外へ旅立つのだ。

数多《あまた》の山を越えながら見聞《けんぶん》を広め、己《おのれ》を磨き、心を豊かにする。外遊中に得た知己《ちき》は、将来国政に関わる上で大きな力となる。

しかしながら、メリットも大きければ、デメリットも大きな旅だ。

元は世界各地で行《おこな》われていた風習だが、王の血を引く男児を、そうホイホイと千尋《せんじん》の谷に投げ捨てるわけにはいかないと、多くの国では廃止されている。

しかし、かの国ではこの旅を終えて帰国しなければ、成人と――王位継承者と認められないのだ。

王子の身の安全を守るため、無事に帰国するまで、同行者の人数や王子の風貌《ふうぼう》などは明かされない。王子だと証明するものは、身に纏《まと》うオクタヴィア国の紋章のみと言われている。

それは指輪であったりアンクレットであったりと聞くが――実態は秘匿《ひとく》されていた。

「そのローレンツ王子ですが、陛下が人柄をお気に召したらしく……」

「まさか!?」

頭に浮かんだ一つの可能性に、エレノアが悲鳴のような声を上げる。その腰にしがみついていたベアトリーチェが、エレノアの心境を察し「ほら見なさい！」と叫んだ。

ネージュが頭痛を堪《こら》えるように、額に手をやる。

「陛下は、王子とベアトリーチェ様のご婚約をお望みです。早速この後、見合いの席を設けられるとか」

「なななな……!?」

「ノア！　今すぐ出奔《しゅっぽん》の準備をなさい！　父の手の届かぬ場所に国外逃亡するのよ！」

エレノアの動揺する声と、ベアトリーチェの怒声が重なる。

ベアトリーチェはローレンツ王子と婚約させられるのが嫌で、エレノアに逃走の片棒を担《かつ》がせようとしているのだ。

ベアトリーチェの言う通り、エレノアと駆け落ちして結婚してしまえば、ローレンツ王子と結婚するのは不可能になる。ラムセラールは再婚も重婚も認めていないからだ。

「しかしネージュ殿……姫様はまだ十七歳。そう急がずとも――」

「リアーノ卿《きょう》。これは陛下のご意向です」

「はい、すみません」

「この際なので言わせていただきますが、ベアトリーチェ様は、もう十七歳になられます。いつまでも子供扱いなさるのは、お控えいただきとうございます」

「はい、すみません」

厳しい眼差しと言葉で諫《いさ》められ、エレノアは身を縮こまらせた。

「ですが……かの国の王太子は四十を超えているはず。その、来訪なさった王子のお歳は……？」

オクタヴィア国ではすでに三人の王子が儀式を終え、帰国を果たしている。王位継承権は出生順ではなく帰国順になるというが、旅立ちは一律《いちりつ》十四歳と決まっているらしいので、順当にいけば出生順になるだろう。

だからといって、ローレンツ王子が先に帰国した三人よりも若いとは限らない。とっくの昔に旅立ったくせに、今まで国に帰らず遊び呆けていた怠《なま》け者――という線も残っている。

「ローレンツ殿下はまだお若く、御年《おんとし》二十になられるとか」

「て、適齢だ～……！」

今年十七になる我が天使――いや、我が国の姫様と婚約するのに、丁度いい年齢だ。あまりにも適齢すぎて反論できないほどであった。

「陛下の話では礼儀正しく、人となりも申し分ないと……」

「わぁ……非の打ちどころなし……」

「ベアトリーチェ様をお任せできる懐《ふところ》の広さもおありと、陛下は判断なさったようで……」

「それはすごい！」

素直に肯定していくエレノアの態度に業《ごう》を煮やしたのか、ベアトリーチェがその襟《えり》を掴《つか》む。

「お前！　もう少し焦ってもいいんじゃないの!?　お前の大好きなわたくしが、何処《どこ》の誰とも知れない馬の骨と――」

「馬の骨どころかサラブレッドです。オクタヴィア国の王子にございますよ」

ネージュの冷静なつっこみにも、ベアトリーチェは屈しない。

「まだ王位継承権も持っていないような男でしょう！　そんな、何処《どこ》で何をしてきたかもわからない男と見合いさせられそうになっているのよ!?」

負けじと反論しつつ、力の限りエレノアを揺さぶった。

ガクガクガクガク――ベアトリーチェの怒《いか》りに合わせて、エレノアの首から上が高速で揺れる。

「ちょ、姫さ、揺れ……」

「愛するわたくしが見合いさせられそうだというのに、連れて逃げようという気概はないわけ!?」

ようやく解放された時には、エレノアの視界は完全に回っていた。

くるくるくると、目の前で星が飛んでいる。

「ひ、姫様、私は騎士にございますれば……」

「こんの軟弱者！　お前を見込んで頼んでいるというのに！」

「ベアトリーチェ様。これは頼んでいるのではなく、命令もしくは脅迫している、と言うのです」

「ネージュ、お前まで！　揃いも揃って頑固者ね！　若さと共に、柔軟性を失ったのではなくて？」

「そんな……」

エレノアはベアトリーチェと四つしか違わない。そのため、他の騎士よりもベアトリーチェのことをよくわかっている——と自負していただけに、ショックは大きかった。

しかし、嘆《なげ》く暇はない。オホン、というネージュの咳払いをきっかけに、エレノアは姿勢を正す。

「……姫様、何故それほどまでにオクタヴィアの王子を忌諱《きい》なさるのです？」

ベアトリーチェを刺激しないよう、目線の高さを合わせてそっと尋ねる。国王夫妻からあくなき愛情と金を注がれてきた我儘《わがまま》姫ではあるが、己《おのれ》の立場と責任は自覚しているようだったのに——

ベアトリーチェは少しの間、黙り込む。上目遣いをされたエレノアは思わずほだされそうになるが、ベアトリーチェはすぐにそっぽを向いた。

「……王子の」

「王子の……」

「顔が好みじゃない」

「顔が好みじゃない……」

ベアトリーチェの言葉を復唱するエレノア。指先で眉間《みけん》を押さえるネージュ。

その場に沈黙が落ちた。

やがてエレノアは勢いよく立ち上がると、後ろにいたネージュを振り返る。

「それならば仕方ありません。顔が好みでない方と、見合いなどできますか！」

「リアーノ卿《きょう》!!」

「だって、顔は重要ですよ!?　顔の美しさは人の人生をねじ曲げるほどの威力が……」

「リアーノ卿《きょう》」

「はい、すみません」

ベアトリーチェの美しさに人生をねじ曲げられたエレノアは思わず熱弁したが、ネージュの呼びかけで冷静になり、何度目かの謝罪を口にする。そして、「もっときちんとお諫《いさ》めしろ！」というネージュの視線に抗《あらが》いきれず、王女を説得することにした。

「姫様……ローレンツ殿下は十四歳から六年間も市井《しせい》に紛《まぎ》れ、世間を渡ってきたご立派なお方です。きっと姫様もそのお心に強く感銘を受けられるでしょう。それに、どれほど見目麗《みめうるわ》しい人であっても、三日見れば飽きると言いますし――」

「ノア。お前、わたくしに三日で飽きたというの？」

「とんでもございません！」

思わず弁解しようとしたエレノアを、ネージュがギロリと睨《にら》みつける。エレノアは大慌てでベアトリーチェの説得を再開した。

「つまりですね姫様……」

「つまるところ、お前はわたくしの頼みを聞けないと、そう言っているのね？」

「……はい」

主人に叱られ、しょぼくれた犬のようになるエレノア。それを見る二人の視線は冷たい。

「ベアトリーチェ近衛隊所属、王宮騎士ノア・リアーノ」

ベアトリーチェの常になく凜《りん》とした声に、エレノアは反射的に背筋を伸ばした。

「王女の命令に逆らうほどの理由が、もちろんあるのでしょうね？」

〝陛下の意向〟は、厳密に言えば命令ではない。

故《ゆえ》に、〝王女の命令〟を退《しりぞ》けられるほどの効力を持たない。

エレノアは軍事的なこと以外は原則、王女の命令に従わなければならないのだ。

鋭い眼光と共に、強制力のある言葉がエレノアを押さえつける。

（それほど嫌なのか。一体王子はどんな顔をしているんだ――）

切羽《せっぱ》詰まった状況に耐えかね、エレノアは現実逃避《とうひ》した。

だが、今はそんなことをしている場合ではない。

（――理由なら、ある。命令を撥《は》ね除《の》けるに相当する理由が……）

エレノアは遠い目をした。それを告白すればきっと、ベアトリーチェから軽蔑《けいべつ》されるだろう。信頼も肩書きも栄誉も、これからの人生までをも棒に振るかもしれない。

とはいえ、明かさぬわけにはいかない――ベアトリーチェの手を引き、駆け落ちをしたところで、エレノアは彼女と教会で永遠の愛を誓う資格を持たないのだから。

覚悟を決めたエレノアは、ベアトリーチェの前に膝《ひざ》を突いた。

「姫様。私、実は――……生物学的には、女なんです」

そう告げてから数秒、時が止まったように感じた。三人とも、身じろぎ一つしなかった。

腕を組み、エレノアを見下ろしていたベアトリーチェが、「あん?」とでも言うかのように首を傾げる。

「つくならもう少しマシな嘘をつきましょうと、母君に習わなかったのかしら?」

「――両親は私が幼い頃に没《ぼっ》し、代わりに祖父に育てられましたので」

「あら……そう。それは大変だったわね」

ベアトリーチェが痛ましげな表情を見せる。騎士一人の家庭環境にも同情できる王女だからこそ、エレノアは彼女を慕《した》っているのだ。

「はい。しかし、祖父にはたいそう可愛がられました。おかげで、女の身でありながら、こうして騎士になることも――」

「お待ち」

ベアトリーチェがエレノアの言葉を遮《さえぎ》る。

「女の身でありながら?」

「はい。こうして騎士になれました」

頷きつつ続けたエレノアに、ベアトリーチェは眉根を寄せた。

「……――はあああああ!?」

「姫様にはこれまで格別のお引き立てを賜《たまわ》りましたのに、ご恩を仇《あだ》で返すような真似をしてしまい、幾重《いくえ》にもお詫び申し上げます。処罰は甘んじて――」

「ええい、やかましい！　今はそのようなことはどうでもよろしい！　女って、女って！」

ベアトリーチェはぷるぷると体を震わせながら、エレノアを指さしている。

彼女の背後では、いつもは冷静なネージュも驚愕《きょうがく》していた。

「立ちなさい！」

衝撃から立ち直ったのか、ベアトリーチェが鋭く命じた。瞬時にエレノアは立ち上がる。

――バッ！

ボタンが弾け飛びそうな勢いで、ベアトリーチェに騎士服の前を開かれた。

「ひ、めさ――！」

露《あら》わになったのは、下に着ていた革のベストだ。多少とはいえ盛り上がりのある胸を隠すためのもの。頭から被って着るタイプなので、先ほどのように開くことはできない。

目を血走らせたベアトリーチェは、エレノアの顔を見つめた。その眼力に、エレノアはびくりとしてしまう。どんな強面《こわもて》の戦士を前にしても怖《お》じ気《け》づかないエレノアだが、ベアトリーチェにはほとほと弱い。

そして、エレノアが怯《ひる》んでいる隙を見逃すベアトリーチェではない。彼女はその麗《うるわ》しい手を、勢いよく――だが狙いを定めて、エレノアの股の間に宛《あて》がった。

「っ⁉」

硬直していたエレノアの身に、衝撃が走る。ベアトリーチェはそのまま手を握り込んだ。揉む、という表現に近い。しかし揉まれたところで、エレノアのそこには何もない。

「……」

ベアトリーチェがそっと手を離す。何もつかめなかった自《みずか》らの手のひらを、唖然と見つめている。

エレノアは自身の股を押さえ、あまりのショックにふらふらとその場に崩れ落ちた。

「……」

破りがたい沈黙を破ったのは、やはりベアトリーチェだった。

「ふふ……はは……ははは……お前、女だったの……？　そう……」

壊れたように笑い始めたベアトリーチェを、エレノアとネージュが怖々《こわごわ》と見つめる。

「……姫様……？」

ネージュの手を借りて立ち上がったエレノアが呼ぶと、恐ろしいほど鋭い眼光を向けられた。

「毎日毎日わたくしに愛を囁《ささや》き、寄り添い、甘やかしてきたお前が……女ですって……？」

ベアトリーチェから放たれるものを、エレノアはよく知っていた。

ここが戦場ならば、すぐに剣を抜いただろう。

そう、それは――殺気だった。

一歩ずつ近づいてくる天使、もといベアトリーチェの迫力に耐えきれず、エレノアは背をのけぞらせる。

（土下座したい）

エレノアは切実にそう思った。

少しでも身じろぎすれば触れてしまいそうなほど近くで、ベアトリーチェに凄《すご》まれている。

「ひ、姫様……」

「すなわちわたくしは、女に駆け落ちを頼み、なおかつ振られた大間抜け王女……というわけね？」

全力で否定したかったが、なんと言えばいいのかわからず、エレノアは意味もなく唇を動かした。

「お前、本当の名はなんというの」

「……エレノア・オースティンです」

その名を告げても、ベアトリーチェは「そう」と返すだけだった。

あの時のことをベアトリーチェが覚えているとは、エレノアも思っていない。エレノアにとっては人生を変えるほどの出来事であっても、彼女にとっては些細《ささい》なことだったのだろう。

「エレノア」

「はい！」

しょんぼりとしていたエレノアは、ベアトリーチェに本名を呼ばれて飛び上がった。

ベアトリーチェに指一本触れないよう、姿勢を垂直に保ったまま背筋を伸ばす。

「罰を受けると、言ったわね……」

生気を失い濁《にご》った瞳を前にして、エレノアは慎重に頷《うなず》いた。

「姫様……このようなこと……どうかお許しください……」

「お黙り。なんでもすると言ったでしょう。これがお前への罰です」

絢爛豪華《けんらんごうか》な椅子に座ったベアトリーチェの周りを、エレノアは涙目でぐるぐると回る。その手には縄が握られ、ベアトリーチェの体にどんどん巻き付いている。縄を調達してきたネージュは蒼白《そうはく》な顔をして成り行きを見守っていた。

ベアトリーチェの命令により、エレノアは彼女を椅子に縛り付けている。もちろん、痕《あと》など一つもつかないよう細心の注意を払っているが、エレノアの心は今にも折れそうだった。

エレノアが縄を端まで巻き付けると、ベアトリーチェは両手両足を動かし、抜け出せないことを確認する。そして、顎《あご》をしゃくってエレノアに命令した。

「エレノア、そこに立ちなさい。わたくしの真正面に」

エレノアは二つ返事で従った。今はどんな些細《ささい》なことさえ彼女の意に沿いたい。ベアトリーチェ自身が希望したとはいえ、椅子に縛られた王女が不憫《ふびん》でならなかった。

「お労《いたわ》しや、姫様……お労《いたわ》しや……」

「ええい、めそめそ泣くんじゃない！　泣きたいのはこっちよ！」

心底腹立たしげにベアトリーチェが怒鳴る。

「ネージュ。クローゼットの一番下の引き出しに入っているものを、持ってきてちょうだい」

王女の気迫に圧倒されていたネージュは、腰を落として礼をとると即座に隣の寝室へ向かった。

戻ってきた彼女が手にしていたのは、古ぼけた銅製のお盆のようなもの。

「二枚貝のようになっているから……ネージュとエレノア、片方ずつ持って開きなさい」

椅子に縛られているベアトリーチェの両手は、自由がきかない。主人の命令に、他の二人はそそくさと従う。

ベアトリーチェの言う通り、それは二つに開いた。同じ形をした大小二つの鏡が、中表《なかおもて》に重なっていたようだ。ずっしり重いそれを、エレノアとネージュが一つずつ腕に抱える。

「宝物庫で、埃《ほこり》を被っていたのを見かけたの。遙《はる》かいにしえの時代から受け継がれてきた国宝だから、二人とも落とさないようにね。――何かの役に立つかと思って、こっそり持ち出していたのだけれど、まさか使う時が来るとは思わなかったわ」

よく磨き込まれた鏡面は、覗《のぞ》き込んだエレノアの顔を鮮明に映していた。

「そのままネージュは私の背後にお立ちなさい……そう、そこから動かないように。エレノアはわたくしの目の前へ。鏡を腹に向けて抱いたまま、こちらに背を向けなさい」

自《みずか》らの真っ青な顔を見ていたエレノアに、ベアトリーチェが命じる。

エレノアが唯々諾々《いいだくだく》と従うと、ベアトリーチェは満足げなため息をついた。

「全く、お前には失望しました、ノア。これからわたくしの信頼を回復するため、死ぬ気で努力なさい。それで手打ちとしましょう」

背後から聞こえた恩情溢《あふ》れる言葉に、エレノアの心が熱く打ち震える。

「姫様……！　ご恩寵《おんちょう》、心より感謝致します。不肖《ふしょう》エレノア、これまで以上に精進《しょうじん》し、必ずや姫様の盾に矛《ほこ》にとなれるよう――」

「とりあえず今は、それは期待していません」

え？　と思ってエレノアが振り返ろうとすると、制止の声がかかる。

「いつ動くことを許可しました？　お前達は、そこで大人しくしていなさい」

ベアトリーチェはきっぱりと言うと、美しい声で呪文のようなものを唱えた。

「――エマタエナカ、ヲイガネ、ガワ、ンサミガカ、ヨミガカ、ヨミガカ――」

途端にエレノアの持つ鏡が光り、一直線上にある対《つい》の鏡と呼応する。鏡の間に挟まれていたエレノアとベアトリーチェの体を、閃光《せんこう》が照らした。

――キン

鈴が弾けるような高い音がした。目眩《めまい》を感じたエレノアは、倒れて国宝を落とさぬよう、足に力を入れる――が、何かがおかしい。いつの間にか俯《うつむ》けていた顔を上げて……エレノアは驚愕《きょうがく》する。

「上手くいったようね」

そこに満足げに立っているのは、紛《まぎ》れもないエレノア自身だったのだ。

「なんだか違和感があるけど……まぁしょうがないわ。慣れないうちはこのようなものでしょう」

何故か身動きのとれない自分と違い、目の前のエレノアは自由気ままに動いている。

「さぁエレノア――いえ、ベアトリーチェ。お見合い、頑張ってね。大丈夫。お前は今までずっとわたくしのそばにいたのだから、わたくしになりきることくらい簡単でしょう」

その言葉を聞いて、エレノアは何が起きたのかを理解した。

言いたいことだけ言うと、もう一人の自分——もとい、エレノアの体に入り込んだベアトリーチェは、鏡をソファの上に放り投げる。そして背後の扉を開けると、そのまま走り去ってしまった。

走り慣れないせいかリズムのおかしい足音を、呆然と聞いていたベアトリーチェだが……ハッとして後ろを振り返った。

「ネネネネネネージュ殿！」

「はい……って、え⁉　『殿』⁉」

「あっちが姫様だ！　姫様に逃げられた！」

「え、えええ⁉」

常日頃は冷静なネージュでさえ、事態についていけないようだ。ベアトリーチェの体に入り込んだエレノアは、自《みず》らも駆け出そうと足を動かしたが——立つことさえできなかった。

それも当然だろう。ベアトリーチェの体は他でもないエレノア自身の手によって、縄でぐるぐる巻きにされていたのだから。

扉の外で警備をしていた同僚のハーゲンが、訝《いぶか》しげな表情で室内を覗《のぞ》く。

「姫様、リアーノが走り出してゆきましたが……如何《いかが》なさいましたか？」

「ハーゲン、姫様を……じゃない、ノアを追え！」

ベアトリーチェの声でエレノアが叫ぶ。縛られている姿はネージュが咄嗟《とっさ》に隠してくれたため、ハーゲンには見えなかっただろう。

「密かに後をつけ、お守りしろ！　そして必ず連れ戻すのだ！　もし時間がかかっても、連絡は欠かさず寄越《よこ》すように！　これは……国家機密だ！」

全身から血の気が引くのを感じながらエレノアが叫ぶと、ハーゲンは弾かれたように走り出した。

ネージュが必死に縄をほどく。自由になったエレノアはすぐさま駆け出し——ベッタン、と顔面から床にずっこけた。着慣れぬドレスの裾《すそ》に靴を引っかけたのだ。

「なななななんたる失態……！　て、て、天使の顔を床に……！　じゃない、追いかけなくては！」

細い腕を床に突っ張り、体を起こそうとしたエレノアに、ネージュが悲鳴を上げる。

「なりません！　そのような格好で……まずは身だしなみを！」

侍女のネージュと騎士のエレノアでは、重視すべきポイントが完全に異なるらしい。こけたことでめくれ上がったペチコートをネージュが下ろし、ドレスの裾《すそ》を整え始めた。

「えええ!?　今それを!?　そんなことをしてたら、行ってしまう!!　……って、あああ!?　あああああああ——!?」

足音が完全に消えたことに気付き、エレノアが悲鳴を上げる。

わかったことは、ベアトリーチェに逃げられたという事実。それだけだった。

こうして、ベアトリーチェの思わぬ報復により——エレノアは王女としての生活を余儀《よぎ》なくされたのである。

第二章

無慈悲《むじひ》な王女の足音が消え去ると、その場に取り残されたのは、エレノアとネージュの二人のみ。

あまりに突然だったので、理解できないことだらけだ。

わかっているのは、ベアトリーチェの持っていた国宝によって、二人の中身が入れ替わってしまったこと。

ベアトリーチェがエレノアの体で逃げ出してしまったこと。それを近衛隊の同僚ハーゲンに追わせたこと。

そして――エレノアが、ベアトリーチェの代わりに見合いをしなければならないこと。

混乱しきりのエレノアとネージュだったが、このまま呆然とし続けるわけにもいかない。

「まずは、このあと予定されているローレンツ王子との見合いを乗り切りましょう」

「わ、私にドレスを着たまま動けと……？」

「元は女なのでしょう？　しっかりなさいませ！」

元も何も、今だって女である。

ネージュもよほど混乱しているのだろう。小声ではあるが、口調が常になく荒い。

「そんな――！　ドレスなんて、もう何年も着ていないんですよ!?　女性としての振る舞い方もわからないし、ヒールなんか履いたことも……」

「リアーノ卿《きょう》……いえ、ベアトリーチェ様」

ネージュがエレノアのことを初めて「ベアトリーチェ様」と呼んだことで冷静さを取り戻す。

「こうなってしまっては、我々は我々にできることを一つずつこなしていくしかありません。姫様の名誉とお体、そしてお心をお守りできるよう」

大きな姿見に映るエレノアの体は、何度見てもベアトリーチェのものだった。

この状況を打破しなければ……王女として生活せざるをえないのだ。

この入れ替わりのことについても、ベアトリーチェを問い質《ただ》す必要がある。彼女が見つからない限り、この超常現象は解明されないし、解除もされないだろう。

『これからわたくしの信頼を回復するため、死ぬ気で努力なさい。それで手打ちとしましょう』

あのベアトリーチェの台詞《せりふ》からして、戻ってくる気はあるということだ。

だとしたら、国王陛下に報告して大事《おおごと》にするよりも、このまま秘密にしておいた方が良い。そもそも中身が入れ替わったなんて突拍子《とっぴょうし》もない話を信じてくれる人は少ないだろう。もしベアトリーチェが精神を病んだなどと疑われれば、彼女の名誉を傷つけてしまいかねない。

そう考えたエレノアは、真剣な目をネージュに向ける。

「……追わせている同僚は優秀です。きっとすぐに姫様を見つけ出すでしょう」

彼女が戻るまで、エレノアとネージュのやるべきことは……これまでと変わらず、ベアトリーチェを守り抜くこと。

二人は顔を見合わせる。互いの瞳に、覚悟の色が浮かんでいた。

それから二時間もしないうちに、エレノアは王命によって見合いの場に引きずり出された。珠《たま》の肌が傷つくのではないかと心配になるほど入念に手入れされ、髪が全て抜け落ちるのではないかと思うほど櫛《くし》を入れられ、口から内臓が飛び出しそうになるほどコルセットを絞られた。

……が。外面《そとづら》は取り繕《つくろ》えても、中身はどうにもならない。

言うまでもないことだが、エレノアは慣れない社交の場にたいそう苦心していた。そもそも女性としての教育を一切受けていないというのに、女性の見本たる王女役をこなさねばならないのだ。ベアトリーチェの美貌《びぼう》をもってしても、誤魔化《ごまか》すことはできない。

結果、見合いの内容は散々《さんざん》で、泣いて逃げ出したいほどの粗相《そそう》続きだった。

手に口づけをされるという、これまでの人生では考えられなかったような挨拶《あいさつ》を受けた後、エレノアはローレンツと庭の散歩に出かけた。

今は従者と侍女を一人ずつ従えて、ゆっくりとした歩調で庭園を歩いている。

ベアトリーチェの言葉を聞いて、どんな醜男《ぶおとこ》かと思っていたが……オクタヴィア国の王子ローレンツは、たいそうな美丈夫《びじょうふ》であった。

王子の身分を隠している彼は、オクタヴィア国の貴族ガルディーニ侯爵として滞在している。

(これほどの美男でも気に入らないなんて……)

ベアトリーチェを甘やかしすぎたかと、エレノアは少しばかり後悔した。

ローレンツの長い足は軸がぶれることなく上体を支え、同じく長い腕は適度に太い。引き締まった体の上にちょこんと置かれている頭は如何《いか》にも知性的だ。剣を振るう時も直感で動くより、頭で考える戦い方を好むだろうと思わせた。

（力では負けるだろうし、頭脳面でも負けてしまえば、随分と不利な戦いになる。相手に思考の隙を与えないほど速く動くか、もしくは——）

「ベアトリーチェ様」

「ひゃい」

考え事をしていたところへ急に呼びかけられて、エレノアは思わず声が裏返ってしまった。

その拍子につんのめり、パンプスの先が地面に埋まる。腰に力を入れて、なんとか転倒は免《まぬが》れたものの、ローレンツの腕を強く握りしめてしまった。

背後でネージュが顔を真っ青にしていることだろう。王女が何もないところで——しかも男性にエスコートされている時に躓《つまず》くなど、あってはならない失態だ。

エレノアは、恐る恐る顔を上げるが、ローレンツは痛そうな顔も見せずに微笑んでいた。

「鳥の声が聞こえますね。近くに水飲み場でもあるのでしょうか？」

彼の考えていることが全く読めず、エレノアはひくりと頬を引きつらせる。

「……はい、もう少し先にある木に吊るしてあります。水と共に煎《い》った豆などを入れておくと、食いつきが——」

「おほん」

ネージュに咳払いされ、エレノアは慌てて軌道修正する。

「た、たくさんのお友達を連れてきてくれるんですの。ほほ、おほほほ……」

「素敵ですね。私も招待していただけたら光栄なのですが」

そんなもの鳥に言え。

とも言えないエレノアは、歯の浮くような台詞《せりふ》の応酬《おうしゅう》を続けるため、できる限り口角を上げた。

「ほほほ……きっと小鳥さん達も喜びますわ」


「……しんどい」

王女の居室に戻ったエレノアは、煌《きら》びやかなソファで休憩していた。

王子達と別れたのは、つい今し方のこと。散歩のあとも王の意向により、城内を案内して回ったからだ。

「頑張ってくださいまし。ベアトリーチェ様がお戻りになるまでの辛抱でございます」

ネージュが温かい湯につけた布を絞り、そっと手渡してくる。

温かい布を瞼《まぶた》の上に置くと、じんわりと目元のこりがほぐれるようだった。

「あの王子、胡散臭《うさんくさ》すぎませんか。こちらのミスにも眉一つ動かさないのは、さすがにおかしいですよね……?」

何を考えているのか、腹の内がサッパリ読めなかった。この世界一美しく可憐なベアトリーチェを、適当にあしらおうとしているのではないかと勘ぐってしまう。

「絶っ対に、姫様には合わないと思うんです！　もうお断りしてもよろしいのでは？」

「相手は友好国の王子殿下ですよ。滅多なことをおっしゃらないでくださいませ。それと、お疲れのところ恐れ入りますが――」

ソファに座ったエレノアの前に立つと、ネージュは常と変わらぬ顔色で言った。

「眉根は寄せず、お手は膝《ひざ》の上。お足を開くなんて以《もっ》ての外《ほか》です。両膝《ひざ》を揃え、角度は垂直をキープ、もしくは視線の方向に流してくださいまし。ドレスに隠れているからといって油断なさいませぬよう。踵《かかと》とつま先もできる限り揃えること。背筋は伸ばし、座面の手前に軽く腰掛けるのです」

エレノアはネージュの言葉に目を見開く。今の自分は、まるで正反対のことをしていたからだ。

ソファに脱力してもたれる――というよりもだらけきっていたエレノアは、目の上に置いていた布をどかすと、本気かとばかりにネージュを見上げた。その動作にも指摘が入る。

「布をどかし、体を起こし、姿勢を正してこちらを見る。全ての動作は、一つずつ優雅に行《おこな》ってくださいませ。もちろん、音を立てぬようしずしずと。ものを持たれる時は両手で」

布を片手で持っていたエレノアは、唖然として尋ねる。

「それは……他に人がいない時も？」

「いついかなる時も、でございます」

エレノアは、絶望というものを知った。

「日々の細かな積み重ねがあってこそ、自《みずか》らを王女たらしめることができるのです。気の休まる瞬間など一時《いっとき》もありませんことを、頭に叩き込んでおいてくださいませ」

これが自分の体ならいざ知らず。フォークより重いものを持ったことのない王女の体は、ほんの少し無理をするだけで疲弊《ひへい》する。今も全身の筋肉がプルプルと情けなく震えていた。

エレノアは疲れ切った頭でネージュの言葉を反芻《はんすう》し、理想のポージングを保つ。

「……騎士団の訓練よりもきつい」

「では、これも鍛錬《たんれん》と思い、決して怠《なま》けられませぬよう」

涼しい顔でネージュが言ってのけた。

「全く……剣を握ればあれほど頼もしく、凜々《りり》しい騎士だというのに……貴方に熱を上げていた女性達が見たら、涙に暮れますよ」

「彼女達は、私が女だと見抜いておられるからこそ、気安く話しかけてくださるのですよ」

「まぁ。作法にうといだけでなく、お心にまで鈍いんですのね」

ようやく秘密《いれかわり》を知る二人だけとなり、少し心に余裕が生まれたのだろう。ネージュがほんのりと口角を上げた。

エレノアがベアトリーチェの体に入ってから、すでに半日が過ぎようとしている。

同僚のハーゲンは無事、ベアトリーチェに追いつけただろうか。

（城内の暮らししかご存じない姫様が、着の身着のままで何処《どこ》へ向かうというのか――）

考えるだけで不安になり、思わず泣き出してしまいそうだった。

「今すぐ姫様を探しに行きたい……」

不思議な話ではあるが、体と精神を交換しているおかげか、ベアトリーチェの無事がなんとなくわかることだけが救いだった。

「心から同意致しますが、そのお姿でいる以上は諦《あきら》めてください。今は王女としてお過ごしいただき、その身をお守りいただくことが第一です」

「承知してます……」

「言葉遣いもきっちり叩き込ませていただきますよ。週末、私はお休みをいただいておりますから、その間に他の侍女に悟られぬよう、今から気品をもって――」

「ネージュ殿、ずっとそばにいてくれないんですか⁉」

エレノアは立ち上がり、ネージュにずずいと詰め寄る。一瞬驚いた様子を見せたネージュだが、次の瞬間にはひたりとエレノアを見据えた。

「――今一度、淑女《しゅくじょ》の姿勢を復習致しましょうか？」

エレノアはブンブンブンと首を横に振る。

「では、身のこなしはたおやかに、優美に。お顔つきは穏やかであれども華やかに。口調は奥ゆかしく、けれども気高さをもち――常にベアトリーチェ王女たらんと心がけてくださいませ」

エレノアは背筋を伸ばすと、騎士の礼ではなく淑女《しゅくじょ》の礼を取った。

「……わかりました。ネージュ」

「その意気です。ベアトリーチェ様」

スカートの裾《すそ》を摘まみ、つま先を持ち上げたエレノアは……数秒も経たぬうちに、ビッタンとひっくり返ってしまったのだった。

◇　◇　◇

それから来る日も来る日も、礼儀作法や言葉遣いの練習に追われた。

幸いなことに、エレノアは騎士である前に貴族の娘だ。この国の成り立ちや歴史、貴族同士の関係性などについては、一応教育を受けている。

近衛騎士として王女に同行する際にも礼儀作法は必要なため、基本的な振る舞いに関しては合格点をもぎ取れたものの――淑女《しゅくじょ》としての作法は落第。お話にもならなかった。

世界一の美女と名高いベアトリーチェの皮を被ってはいるが、実際は筋肉ゴリラがハイヒールを履いているようなもの。そんな彼女に徹底した王室教育を施《ほどこ》すことが、たやすいはずがない。

だというのに、ネージュは音《ね》を上げることなく、とことん付き合ってくれた。

入れ替わりのことは極秘なので、他の侍女の姿はない。ベアトリーチェは気難しい性格ゆえにお付きの侍女が少なく、忙しい時以外はネージュが一人で全てをこなしていたのだ。よって彼女しかそばにいなくとも、誰も違和感は持たないようだった。

エレノアは猛特訓を受けて初めて、ベアトリーチェの苦労を思い知る。

髪の掻き上げ方、指先の動かし方、廊下の角の曲がり方、失礼にならない話題の逸らし方、語尾を上げるタイミング――そうした一挙一動《いっきょいちどう》にまで気を遣っていたなど、思ってもみなかった。

「――……ベアトリーチェ様」

「ひゃい」

ローレンツの前だというのに、つい舟をこいでしまっていたエレノアは、慌てて顔を上げた。

彼と出会ってから——つまり、ベアトリーチェと体が入れ替わってから、数日後の朝。徹夜に次ぐ徹夜で、心身共に疲れ果てたエレノアは、椅子に座ったまま意識を飛ばしかけていたようだ。

後ろを振り返るのが怖い。そこにいるネージュの顔は、地獄の門を守る悪魔よりも恐ろしいに違いない。

「見苦しい姿をお目にかけました。ほほ……ほほほ……」

困った時は笑っておけ。ネージュから最初にもらった助言だ。

ベアトリーチェのために整えられた専用の庭園に、テーブルがセッティングされている。王子との交流の場所は日によって変わるが、今日は庭と相成った。

「ローレンツ様のことをよく知りたくて、貴国の書物を寝台の上で開いておりましたら……少々熱中しすぎたようで、眠りが浅く……」

話題に困ったら、とにかく相手に振れというのも教わった。

だというのに、何故か背後でネージュが固まる気配がする。

きょとんとしたエレノアを見て、ローレンツは幾分か困ったような笑みを浮かべた。

「……私を想っていただけるのは光栄ですが、ベアトリーチェ様の健康を損《そこ》ねるのは本意ではありません。くれぐれも御身《おんみ》をお労《いたわ》りください」

（あ。ああ。あああああ……）

エレノアは笑みを浮かべたまま固まった。耳まで赤く染まっているであろうことが、顔中に集まった熱でわかる。春の化身のように美しいベアトリーチェの顔に、滝のような汗が流れた。

(普通に本を読んでたって伝えたかっただけなのに、貴族流の遠回しな会話では……ローレンツ様のことを想って眠れなかったとか、そ、そういう意味に、なるんです、ね)

今すぐにドレスの裾《すそ》をたくし上げて逃亡し、剣を百回でも二百回でも振りたいところだった。

(ああ、今ここに木人《サンドバッグ》があれば!!)

エレノアは心で泣き叫んだ。壁に頭を打ち付けて死にたい。

(昼間から男を口説《くど》いていたなんて汚名を姫様に着せるとは……なんたる失態!)

そろりと横目で見れば、ローレンツはネージュを呼び寄せ、ティーカップを手渡している。おかわりを催促《さいそく》するふりして、エレノアの真っ赤な顔を見ないようにしてくれたのだろうか。こんなところまで気が回るとは……二十歳と聞いていたが、一つ上のエレノアよりよほど落ち着いている。

(いっそ彼が姫様の中に入った方が、よほど上手くいったのではないか)

彼に見せた失敗の数々を思い出しながら、エレノアは唸《うな》る。

(そのお綺麗な顔を殴りつけたら、記憶ぶっとんだりしないだろうか——)

などと物騒なことを半《なか》ば本気で考えた瞬間、肌を刺すような寒気を感じ、危うく立ち上がりそうになった。騎士であるエレノアは、以前にも同じものを何度か感じたことがある。

これは——殺気だ。

この場に似つかわしくない殺気の根源を探ると、何故かローレンツと視線がぶつかった。

「え……？」

思いがけない人物から殺気を向けられていたことに、エレノアは唖然とする。

当のローレンツも驚いたように目を瞬《またた》かせていた。どうやら、先ほどエレノアの頭に浮かんだ物騒な考えを感じ取り、無意識に反応したらしい。

「……申し訳ない。驚かせてしまったようですね」

何処《どこ》からどう見ても可憐なベアトリーチェが、他人を害するはずがない。そう結論づけたようにローレンツが謝罪した。エレノアは興奮しつつも、なんとか平静を保つ。

（え、何。どうやったらただの王子が、あんな殺気を放てるの？　諸国漫遊《しょこくまんゆう》したら誰でもそうなると？　何それ、私も諸国漫遊《しょこくまんゆう》したい！）

思わず瞳に浮かびそうになる好奇の光を、エレノアは瞬《まばた》きで消し去った。

「驚きましたわ。急に怖い顔をなさるから……虫でも飛んでいましたか？」

「ええ、美しい蝶が。今、私の目の前にも……」

エレノアがそう誤魔化《ごまか》すと、ローレンツはほっとしたように頬を緩《ゆる》ませた。そして、エレノアの髪を一房掬《すく》い上げてそっと口づける。

これも社交の一つなのだと理解はしていても、慣れない行為にエレノアはぎょっとする。

「……旅の間、ラムセラールに生まれし希有《けう》な王女殿下の噂を耳にしました」

ベアトリーチェの話題になると、途端に好奇心が湧いてくる。エレノアは今の状況も忘れて耳をそばだてた。

「天上の鳥をも虜《とりこ》にする歌声を持ち、稀代《きたい》の美貌《びぼう》は傷一つない珠《たま》のようだと」

（ええ、ええ。そうでしょうとも。うちの姫様は世界一ですから）

何度も頷くエレノアに、ローレンツがくすりと笑う。

「ご自身の心に大変正直で、また人を寄せ付けぬ高貴さを持つとも聞きました」

それを聞いてぽかんとしたエレノアは、ハッと我に返り、勢いよく身を乗り出した。

「う、噂は噂です！　確かにちょっと自己主張が激しくて、気位が高くて、人を人とも思わぬところはありますが、心根は真っ直ぐで、とても優しいお方で……」

ローレンツが、おや？　という顔をする。それを見たエレノアは、慌ててネージュを振り返った。

「――と、いつも侍女が言ってくれますの。ね、ねえ？　ネージュ」

「ええ。全くその通りでございますわ、ベアトリーチェ様。おほほほほ」

おほほほほと同じ笑みを返しながら、後でお説教のフルコースだな、とエレノアは肩を落とした。

そんな二人を見て、ローレンツが目元を和《やわ》らげる。

「ご安心ください。噂に惑わされず、己《おのれ》の目で見たものしか信じぬようにしております。……現に、王女殿下は噂とはほど遠い。とはいえ、これほど清純な方とは思いませんでしたが」

わざと怒らせるようなことを言って、見合い相手の本性を見ようとしたのか、はたまた悪評が流れていることを伝え、恩を売ろうとしたのか――どちらにしろ、したたかな男である。

エレノアは場の空気を変えるため、別の話題を振ることにした。

「そういえば、本日も従者の方はいらっしゃらないようですね」

ローレンツの従者は名をセスといい、派手な見た目に似合わず働き者という噂だ。主人のローレンツは旅慣れているためか、一人でなんでもこなしてしまうらしい。そんな彼のそばにいるよりも、別のところで動いているようだ。

セスも賓客《ひんきゃく》ではあるが、よそ者であることには変わりないため、城内を我が物顔で歩かれると困るのだが――その辺はちゃんと心得ているようで、今のところ特に問題は起きていない。

「ええ。今日は王都で人気だという菓子を買いに行っております」

主人に代わり城外に出て、ラムセラール国を見聞《けんぶん》するのも、セスの役目のようだ。

「ローレンツ様は甘いものがお好みなのですか？」

「いえ、私はあまり。彼が好むのです。甘いものというよりも、美味《おい》しいものや珍しいものを」

不思議な関係だなとエレノアは思った。普通、従者は主人のために動くものなので、当然ローレンツが指示したのだと思っていたからだ。こういうところが、単なる主従関係ではなく、旅をしてきた仲間といった印象を与えるのだろう。

「ベアトリーチェ様の分も買ってくるよう、言いつけておりますよ。ご安心ください。夜までには必ず戻りますので」

エレノアは酒好きだが、甘いものも大好きだ。嬉しさいっぱいの笑顔で頷こうとして、後半の言葉に首を捻《ひね》る。

「夜までには？」

「ええ。今夜、舞踏会に招待していただけると伺っていますが……」

エレノアはネージュと顔を見合わせる。二人の顔は、頭上に広がる空よりも青かった。

◇　◇　◇

舞踏会のことを知らされたエレノアとネージュは、大慌てで王女の居室へ戻った。

本日の予定を侍女頭《じじょがしら》に確認すると、本当に舞踏会の予定が入っていたので、エレノアはその場で卒倒したくなる。先に教えておくと逃げられるかもしれないため、直前まで秘密にするよう陛下から直々《じきじき》に言われていたらしい。

(そうですね……。国宝使って他人と入れ替わった後、逃亡するような人ですもんね)

見合いの話を持ちかけられた時、ベアトリーチェが国王陛下相手に何を言ったのか、想像するだけでも恐ろしい。

エレノアは三人の侍女に担《かつ》ぎ上げられ、湯に放り込まれた後、体中の汚れをこそぎ落とされた。

頭皮マッサージをしてから髪を洗われ、海藻エキスで髪に潤《うるお》いを与えている間に、顔のむくみを取られる。温めた石が敷き詰められた台に寝かされているので、全身汗びっしょりだ。

だが、六本の手で全身を香油まみれにされてからが本番だ。

いつもの二割増しで大きくなった瞳と、いつもより幾分か小さくなった顔に合う、ドレスや装飾品を選ばなくてはならない。大勢の侍女達が、ひっきりなしに衣装を抱えてエレノアの前にやってきては、また別の衣装を取りに行く。

部屋や廊下を忙《せわ》しなく行き交う侍女達は、何処《どこ》か新人騎士の訓練風景を彷彿《ほうふつ》とさせた。

（なるほど、侍女達はいつもこうして幾多の戦場をくぐり抜けてきたのか）

ならばエレノアは、油に浸した櫛《くし》で頭皮が剥《は》がれそうなほど梳《す》かれながらも、暴風に吹かれる柳《やなぎ》のような顔をして耐え忍ぶしかない。

頭に刺さったピンの数は、とうに両手の指を超している。編み込んで捻《ひね》った髪は大量のピンで留められ、頭皮を引っ張り上げていた。身につけた装飾品とドレスの重さは、人を一人背負うよりもうんと重たく感じる。

顔面に石膏《せっこう》でも塗りたくられたのではないだろうか……と思うほどの厚化粧を施《ほどこ》された頃、部屋の扉がコンコンと叩かれた。

誰だろうと首を傾げたエレノアに、ネージュが教えてくれる。

「王子殿下――もといガルディーニ卿《きょう》でございます。ベアトリーチェ様のエスコート役を陛下から頼まれているようで……」

エレノアは国王の髭面《ひげづら》を思い出し、その胸ぐらを掴《つか》んでやりたくなった。

（陛下、陛下、陛下……!!　騎士となったその日に剣を捧げた身ではございますが、今日ばかりは本当に本当に憎い。そのお髭《ひげ》を毟《むし》りたい）

舞踏会のハードルがさらに上がってしまい、心の中でむせび泣く。

（むしろエスコート役なら、王女相手であっても完璧にこなせるのに……！）

王女として初めての舞踏会を平然とこなし、更にはローレンツの相手もしなければならないのだ。

騎士団にこんな高難度の訓練があったとしたら、ペーペーの新人には絶対に課さない。

ひとまず支度が終わるまで、ローレンツには部屋の外で待ってもらうことにした。

一人の侍女がベアトリーチェの足下に跪《ひざまず》き、靴を履かせようとする。煌《きら》びやかなリボンが模様を描きながら縫い付けられた、華奢《きゃしゃ》なピンヒールだった。

これならつま先で立って歩いた方が、よほど上手に歩けるだろう。

「本日のドレスでしたら、こちらの靴も似合うかと」

山積みのシューズボックスの中から、ネージュがヒールの低いものを引っ張り出してきた。繊細な作りであるのは変わらないが、こちらの靴には足首に結び付けるためのリボンがついている。

エレノアは心の中では高速で、実際にはなるべく気品を失わないよう、ゆっくりと頷く。

これなら万が一にも、脱げることはない。不安材料は一つでも取り除いておきたかった。

数分後、姿見の中にはエレノアが歓喜の涙を流すほど美しい、王女のドレス姿が映っていた。

ラベンダー色を基調とした生地は、とろりとした質感の柔らかなシルク。スカートには豪奢《ごうしゃ》なチュールレースが重ねられ、裾《すそ》はふんわりと広がっている。裾《すそ》が揺れると、淡い黄色のペチコートがチラリと覗《のぞ》く。バックスタイルは、シフォンのリボンが広がり、とても可憐だった。

豪華な宝石を惜しげもなく身につけたベアトリーチェは、ため息どころか、魂が出そうなほどに美しい。まさに王女に相応《ふさわ》しい装《よそお》いであった。

許可を得て王女の居室に入室したローレンツは、おおらかな笑みを浮かべていた。待たされたことに苛立《いらだ》ちを見せるほど狭量な性格ではないようだ。

「なるほど……これは見事だ。ラムセラールは世界一の宝を独り占めしている、と何処《どこ》の国でも囁《ささや》かれておりましたが、本当に麗《うるわ》しいですね」

その場に跪《ひざまず》き、ベアトリーチェの手を取って口づけを落とすローレンツ。

こうなるのは予想できていたというのに、エレノアは思わず固まってしまった。

彼が身につけているものも、ベアトリーチェのそれに引けを取らない一級品ばかり。

普段よりもずっと立派で豪華な格好のローレンツは、気品と威厳に満ち溢《あふ》れていた。

(本当に……王子様だ)

いや、それ以外になんだというのか。わかっていたのに、見惚《みと》れてしまった自分が悔しい。

「ローレンツ様も、大変素敵ですわ」

王室教育を施《ほどこ》してくれたネージュが泣いて突《つ》っ伏《ぷ》しそうなほど、陳腐《ちんぷ》な褒め言葉だった。女性相手の美辞麗句《びじれいく》なら、すらすらと出てくるのだが……満天の星より美しいだとか、濡《ぬ》れ羽《ば》色の髪が錦《きん》糸《し》のように輝いているだとか。しかしそんなことを言われても、ローレンツは嬉しくないだろう。

「ありがとうございます。貴方の隣に立てる栄誉を、今宵《こよい》輝く全ての星々に感謝します」

ローレンツは気にした様子もなく腕を差し出してくる。その腕に、エレノアはそっと手を添えた。

長い足で淀《よど》みなく進むローレンツと共に、舞踏会場へ向かう。二人の後ろには、エレノアの侍女達がずらりと並んでいる。さらにその後ろに、エレノアが本来あるべき姿——つまり近衛騎士達が続いた。

大理石の廊下に仰々《ぎょうぎょう》しい足音が響き渡る。会場の入り口を守る衛兵達が、一行に気付いて重厚な扉を開けた。途端に目に飛び込んでくる、光の洪水。夜だというのに真昼のように明るい。シャンデリアに灯された炎が、来場者のドレスや装飾品に反射していた。

目眩《めまい》を感じたのは眩《まぶ》しさからか、それとも不安からか……エレノアは胃の痛みを笑顔で隠した。ホールの隅で奏でられる音楽が、ざわめきの合間を縫って人々に届く。一歩踏み出すだけで、何《ど》処《こ》かの誰かとぶつかりそうになるが、その度にローレンツがさりげなくエスコートしてくれた。社交の場に慣れた王女には多少過分ではないかとも思えるが、エレノアにとっては丁度いい。何故なら、先ほどから何度も躓《つまず》いては、そのたくましい腕に掴《つか》まらせてもらっているからだ。指が食い込むほど強く掴《つか》んでいるというのに、ローレンツは眉一つ動かさない。本当によくできた男である。

心配していた参加者との会話は、それほど苦ではなかった。王女に近づいてくるのは高位貴族ばかりなので、エレノアも顔と名前を覚えていたからだ。すぐに思い出せなくても、後ろに控えている侍女達が教えてくれるため、ただ微笑んでいるだけで良かった。

招待客達は、皆一様にベアトリーチェ王女の美しさを褒める。そして、隣にいる見知らぬ男の紹介を求めた。

「オクタヴィア国から遊学なさっている、ローレンツ・ガルディーニ侯爵よ」

褒めもせず貶《けな》しもせず、ただそれだけを述べる。招待客達は近隣国の若き侯爵に顔を売ろうと、あからさまに意気込んだ。ベアトリーチェを仲介役にされたようで腹が立つが、それ以上会話をしなくて済むのでエレノアは正直助かっていた。代わりにローレンツが無難な会話をしてくれる。

「飲み物をお持ちしましょうか、ベアトリーチェ様」

にこにこと微笑んでいるだけのエレノアがさみしくならないように、時折こうして話を振ってくれるのも、不本意ながら好印象だった。

ローレンツを批判する材料が、どんどん少なくなっていく。

（姫様には、腹を括《くく》ってもらうしかないかもしれない……）

未だ見つかっていない天使のことを思い、エレノアは心で涙を、額に汗を流す。

「では、シャンパンをお願いします」

あくまで平静を保ちつつローレンツに答えた。ボーイからグラスを受け取ったローレンツが、それをエレノアに渡す。すかさず招待客達が各々《おのおの》のグラスを掲《かか》げた。

彼らのリクエストに応えてローレンツが乾杯の音頭をとる。

「皆様との出会いと、ラムセラールの麗《うるわ》しい姫君に――乾杯」

エレノアはグラスに口をつけながら乾いた笑みを漏らす。

酔いそうになったのはシャンパンのせいか、甘いローレンツの声のせいか。

――その後も、ひっきりなしに招待客が近づいてきた。

やがて主立った貴族との挨拶《あいさつ》が済むと、タイミングを見計らったかのように、演奏家達が音楽を変えた。ダンスのための曲が始まる。

（これ以上会話しなくて済むと安堵《あんど》するべきか、すでにバテ始めている体で踊らなければならないことに辟易《へきえき》すべきか……）

エレノアは悩んだ末に、ローレンツを見上げた。彼は心得たとばかりに手を差し出す。

「貴方の瞳を独り占めしても？」

（だから、そういう駆け引きめいた言葉はやめてもらいたい）

どう返すのが正解かわからず、エレノアは淡く微笑む。そしてローレンツの手を取った。その手は武人のように硬い。

ローレンツが勢いよく一歩を踏み出し、彼に腰を抱かれたエレノアのドレスが広がる。ホールの中心に大輪の花が咲いたようだった。この会場で最も輝いている二人に、人々の視線が集まる。

そんな中、エレノアはひどく焦っていた。

（やばい。これはやばいぞ）

全身が警告を発している。一方、ローレンツは余裕の笑みを湛《たた》えてエレノアを見下ろしていた。

それはそうだろう。王女であるベアトリーチェが踊れないなどとは、夢にも思っていないはずだ。

エレノアだってそうである。だからこそ、舞踏会があると聞いてもダンスには不安を覚えなかったのだ。ネージュから『踊れますね!?』と聞かれた時も、当然とばかりに頷いた。

だって、エレノアは踊れるのだから……男性パートであれば！

「いきますよ」

ローレンツが踊り出しの合図をくれたというのに、エレノアはドレスの下で思いっきり彼の足を踏んでしまった。

今までエレノアのどんな失態にも崩れなかったローレンツの笑顔に、ピシッとひびが入る。

(あああああ、ごめんなさいいいいい!!)

エレノアは今すぐ土下座したかった。他国の王族の足を踏みつけるなんて、騎士としてあるまじき失態だ。なのに考えれば考えるほど、足をどう動かせばいいのか、体をどう揺らせばいいのかわからなくなる。

思えば、剣技も理論より実地で学んでいく方だった。

説明されるのも、するのも苦手。あの祖父にしてこの孫娘あり……人はそれを脳筋《のうきん》と呼ぶ。

足はドレスの下に隠れていたので、他の人は気付かなかっただろうが、ダンスに違和感が生じる。

その違和感を最小限に抑えようとしたのか、ローレンツはそのまま自分の足の上でエレノアを回転させた。

いくら相手が小柄なベアトリーチェとはいえ、そんなことをされて痛くないはずがない。エレノアは心臓が縮む思いだった。王族の足を踏みつけただけでなく、ぐりぐりと踏みにじっているのだ。

魂の一部は完全に何処《どこ》かへ飛んでいった。

だが、思わず放心したおかげで、その後はローレンツのリードに任せることができた。気品のかけらもないダンスだったかもしれないが、失敗して王子に恥をかかせるよりは、ずっといい。

一生続くのではないかと思うほど長く感じられた曲が終わると、エレノアは次のパートナーになりたがる男性達の視線を無視して、足早に壁際へ向かった。

そんな勝手な行動にもついてきてくれたローレンツが、こちらをじっと見下ろしている。まるで尋問官のような目つきである。

（お、王子がそんな目をしてはいけないんですよ？）

エレノアは子羊のように震えるしかなかった。

とはいえ、謝らないわけにもいかない。気の利いた謝り方の一つも思い浮かばないので、率直に謝ろうと覚悟を込めて見上げた。

「……先ほどは、恐れ多くも殿下のおみ足を――」

「ベアトリーチェ様」

遮《さえぎ》るように突然名前を呼ばれ、ぎょっとして彼を見つめる。

「よほどお疲れのご様子。今日はもうお部屋に戻られますか？　それとも、何処《どこ》かで少し休憩を？」

あれほど胡散臭《うさんくさ》く見えていたというのに、今のエレノアにはローレンツが神父のように見えた。

（はい！　今すぐ！　今すぐここから出たいです！）

満面の笑みを浮かべて頷こうとしたエレノアに、背後から無粋《ぶすい》な声がかかった。

「ベアトリーチェ」

王女を呼び捨てにできる人間は限られている。反射的に振り返って膝《ひざ》を突きそうになったエレノアは、慌てて腰を折った。

「ご機嫌麗《うるわ》しゅうございます、国王陛下」

何処《どこ》か冷ややかな空気が親子の間を流れる。格式高い衣装で身を飾った国王は、相変わらず口元を覆うほど立派な髭《ひげ》をたくわえていた。

「楽しんでおるか」

おるようには見えないだろうに、あえて尋ねるなんて人が悪い。

エレノアは国王を見上げたまま「もちろんです」と薄ら笑いを浮かべた。

「ローレンツ殿は、如何《いかが》かな」

「お招きいただきまして、ありがとうございます。ラムセラール国の豊かさを感じると共に、華やかな宴《うたげ》に心が躍《おど》っております」

「なに、そなたの心を躍《おど》らせたのは、そんな色気のないものだけではなかろう。我が愛娘《まなむすめ》の微笑みを独り占めしておる男は誰ぞと、先ほどから何度も聞かれたぞ」

仲が良いのもほどほどにせねばなあ！　と、まるで困っていない様子で国王が嘯《うそぶ》いた。周囲に対して、王女とローレンツの仲をアピールしたいのだろう。

エレノアは二人の会話に立ち入らず、ただ従順に頷くことに徹する。

しかしそれが悪かった。国王と直《じか》に会話をする機会に腰が引け、王女としての判断を間違えたのだ。常になく従順な娘を見た国王は、押せばいけると思ったのだろう。

「して、ベアトリーチェ。私の可愛い小鳥は今宵《こよい》、どの曲を歌ってくれるのかな？」

その言葉に、エレノアは天を仰いだ。きっと神はいないに違いない。

ベアトリーチェは美しいだけでなく、歌唱力にも長《た》けていた。長年の努力の賜物《たまもの》でもあるだろうが、それ以前に天性の才能というものは存在する。彼女はその天賦《てんぷ》の才を、気分次第では舞踏会で披露することもあったのだ。

だが、問題は――

（……私の歌唱力が、人並み以下であるということだ）

なんとか微笑んだまま国王に向き合い続けるエレノアの背中には、滝のような汗が流れていた。

「ええと、そうですわね、おほほほほ……」

天下無敵の笑顔をもってしても、国王のリクエストを撥《は》ね除《の》ける力はない。隣に立つローレンツの視線がただただ痛かった。ダンスも踊れないのに歌？　とでも思っているに違いない。

「今日は王宮の中でも指折りの演奏者を揃えた。どんな曲でも奏でさせよう」

ダンスのあと離れ離れになっていたネージュが、騒ぎを聞きつけ駆けつけてくれていた。彼女に向かってバシバシバシと音が鳴りそうなほど瞬《まばた》きするが、これぱかりはいくら有能な侍女たるネージュとて、易々《やすやす》と口を挟める問題ではない。戦場での無事を祈るような顔つきで、両手を組み合わされた。

――万事休《ばんじきゅう》す。

エレノアは祖父の顔を脳裏に思い浮かべた。自分を騎士として育ててくれた偉大なる祖父も、国王の無茶ぶりのかわし方は教えてくれなかった。祖父が教えてくれたのは剣の握り方、ただそれだけ……そこまで考えて、エレノアはハッとした。

そうだ。私は歌えはしないが――

「どんな曲でも、とおっしゃいましたね。では〝戦《いくさ》乙女の巡礼〟を」

言うが早いか、これまでとは打って変わって俊敏な身のこなしで人の間をすり抜ける。そして目当ての人物の前に立ち、いつもの敬礼ではなく笑みを浮かべた。

彼はいついかなる時でも、ベアトリーチェのすぐ後ろに控えている。王女から五歩の距離……それが、近衛隊長の立ち位置だからだ。

「ジェラルド、拝借しますよ」

近衛騎士隊の上司の名を呼び捨てにすると、エレノアは彼の命とも言える剣に手をかけた。

咄嗟《とっさ》に動けば王女の体を傷つけると判断したのか、ジェラルドは彼女の奇行を止めるどころか、微動《びどう》だにしなかった。ベアトリーチェの破天荒《はてんこう》な行動には耐性があるせいかもしれない。

突然のことに驚いているローレンツと目が合う。だが、エレノアは冷たささえ感じさせる表情で、それを黙殺《もくさつ》した。

——シャラリ……

剣を鞘《さや》から引き抜くと、金属が擦《こす》れ合う音がした。装飾が施《ほどこ》された儀礼用の細い剣だが、今はそれでいい。これならば腕力のないベアトリーチェでもなんとか振るうことができるだろう。

王女の指示を受けた楽団が、戸惑いつつも曲を奏で始める。

流れ始めた音楽を耳にしたエレノアは、背筋を伸ばすと、刀身を垂直に立てた。

エレノアが呼吸を整えている間に、近衛隊が彼女から離れるようにと人々を誘導する。周りから人の気配が消えたことを、エレノアは研ぎ澄ました感覚で察知する。

そしてドレスの中で片足を上げ、武芸者のようにくるりと回った。

淡い黄色のペチコートが空気を含み、藤色のドレスが広がる。

切っ先をゆるく、そして鋭く動かしながら人々の視線を釘付けにした。

流れるような剣だが、決して流されることはない。まるで音楽に乗って踊っているかのようであり、また演奏者に指示を出す指揮者のようでもあった。一つ一つの動作を丁寧に行《おこな》い、緩急のついた動きを披露する。剣を力強く振り、時に神秘的に止める。

可憐な少女は天使のような美しさだというのに、燃える瞳は鬼神のごとく、人に畏怖《いふ》さえ抱かせた。かつて神々をおろすために捧げられた乙女の踊りのような純真さに、誰もが目を奪われる。

剣の軌道も、体の動きも、場の空気も、全てエレノアが支配していた。

曲の最後の音が消えるまで。エレノアのドレスの裾《すそ》が地面にそっと落ちるまで。

人々はそのあまりにも美しい天使の剣舞に魅せられ、片時も目を離すことができずにいた。


「――え、痛い!? 痛い、やばい！」

寝台の上でうとうとしていたエレノアは、あまりの痛みに飛び起きた。気付けば、ネージュが温かいタオル越しに、エレノアの背中を力一杯揉んでいる。

「あんな大立ち回りをなさったんです。しっかり揉んでおかねば、明日はもっと痛いですよ！」

先ほどまで自分が何をしていたのかを思い出したエレノアは、小さな声で「はい」と答えた。

大勢の前で、あれほど立派な剣舞を舞ってみせたエレノアも、剣を手放せばただの人。

高揚感から解放された体は、スーッと血の気が引くように熱が冷めていった。

自分の思いきった行動に遅れて動揺したエレノアは、ボーイからグラスを奪い取り、一気に呷《あお》った。すると、焼けるような熱が喉《のど》を通った後、くらくらと視界が回り始めたのだ。

その後、早口で国王に退場の挨拶《あいさつ》をし、脱兎《だっと》のごとく舞踏会場を後にした。慌てて追いかけてきたローレンツを、なんとか部屋まで送り届けたが……なんと言って別れたかさえ覚えていない。

原因は極度の緊張と、運動不足な王女の体を酷使した反動だろう。

辿り着いた居室からネージュ以外の侍女を追い出すと、エレノアは寝台に倒れ込んだ。

「姫様ってば、いくらなんでも筋肉なさすぎでは……？」

「貴方は淑女《しゅくじょ》の基本ができてなさすぎです」

「ひゃい……」

ぐうの音《ね》も出ず、エレノアは布団に突《つ》っ伏《ぷ》した。

「ですが、なんとかなって安心致しました……さぁ、お水をお飲みください」

ネージュに差し出された水を大人しく飲む。先ほどまで頭がふわふわしていたが、人心地ついたからか、随分と意識がはっきりしてきた。

「……皆、騙《だま》されてくれたでしょうか」

立派な音楽のおかげでそれなりに雰囲気はあっただろうが、実は、あれは新人の騎士が叙任式で披露するために必ず覚えさせられる儀式用の剣舞である。

エレノアが唯一、男性パート以外で踊れるものだった。

「当然です。だって姫様のお姿をしていらっしゃるんですよ？　もしあの剣が箒《ほうき》であったとしても、皆呆けたように見惚《みと》れていたに違いありません」

「そうだといいです……ね!?　ああっ、痛いっ！　優しくしてっ！」

これでもかというほど力を込めるネージュに、エレノアは思わず悲鳴を上げた。

◇　◇　◇

一体、貴方は何者だ。

青年は喉《のど》まで出かかった言葉を呑み込み、薄紅色の髪を持つ王女に微笑んだ。

「今宵《こよい》は、素晴らしい時間をありがとうございました……どうぞ良い夢を」

貴方が私の夢を見てくれたなら──言外にそういった意味を含む言葉遊びは、王侯貴族であれば当たり前のように嗜《たしな》んでいるものだ。現に王女の後ろでは、侍女が顔を真っ青にして、何か気の利いた返事をせよと王女へしきりに目配せしている。

しかし王女は……何故か命令を賜《たまわ》った騎士のようにキリリと敬礼した。靴音から察するに、スカートの中では踵《かかと》も合わせたようだ。

「はっ！　殿下もどうぞよい夢を」

こりゃ駄目だ、と視界の隅で侍女が頭を抱える。

王女はカパカパとグラスを空けていく様子から飲み慣れているようだったが、もしかしたら酒に弱い体質なのかもしれない。最後に呷《あお》ったブランデーがとどめとなったのだろう。王女といっても、まだ十七歳の少女──もう少し自分が気にかけてやるべきだったかと、青年は苦笑を浮かべる。

「おやすみなさい」

「おやすみなさいませ！」

ぴったり四十五度で方向転換すると、王女はキビキビと歩いて客室の前から去っていった。

残されたのは、二人の青年だけ。

一人は、豪奢《ごうしゃ》な服を着た黒髪の青年――そしてもう一人は、壁に額をつけて笑いを堪《こら》えている金髪の青年だ。

震える金色の頭を見た黒髪の青年が、眉間《みけん》に皺《しわ》を寄せる。

「いつまでも笑っていないで、部屋に入りますよ」

「だって、あれ見たか⁉　なんで王女が敬礼していくんだよ……！」

ひぃひぃと笑い泣きしながら、金髪の青年が言う。

「さあ。ベアトリーチェ様はあまりにも噂と違いすぎて、何が何やら……まるで王女らしくない言動ばかりですからね」

「知ってるぞ、セス。お前ダンスの時、足踏まれてただろ」

セスと呼ばれた黒髪の青年は、問答無用でもう一人を室内に放り込む。

続いて自分も中に入ると、ドアを閉め、にこりと微笑んだ。

「誰が聞いているかもわからぬところで、みだりにその名を呼ぶのは感心しませんね。ローレンツ殿下」

「あー……えっと、セスさん？　なんか怒ってね？」

二人は、日頃人前で名乗っているものとは反対の名で呼び合う。

普段は従者のふりをしている金髪の青年をローレンツ、逆に王子のふりをしている黒髪の青年をセスと。

「旅の気軽さは、こちらでは忘れていただきますよう。お言葉遣いにお気をつけください」

黒髪の青年は冷ややかとも言える視線を金髪の青年に注ぐ。

ラムセラールから借り受けている客室には、二人きりしかいない。長年旅をしてきたため自分のことは自分でできると言って、使用人を断っているからだ。

「それと今の質問についてですが、当然怒っていますよ。殿下のせいで私がどれほど苦労しているかを知りながら、そんな質問をなさる貴方に」

「まあまあ。許せよー」

金髪の青年が笑う。普段ひっそりと目立たぬように控えているとは思えないほど、明るく朗《ほが》らかな笑顔で。

ローレンツ・ロレス・オクタヴィア。

それが、この青年の本当の名である。本物の従者に見えるよう、日頃の彼は意図的に存在感を消していた。その技は、市井《しせい》に溶け込み外遊する間に身につけたものである。

潜《ひそ》めていた気配を解放した途端、その姿は生気に満ち溢《あふ》れ、王族らしい威厳を醸《かも》し出す。

「簡単にそう言ってしまわれる貴方が、心底憎たらしい」

黒髪の青年がため息交じりに言う。

お忍びの王子を装《よそお》い、ローレンツ・ガルディーニ侯爵と名乗っていた彼は……ローレンツの従者で、名をセス・メイヴィスという。

本物のガルディーニ侯爵の傍系《ぼうけい》にあたり、血筋と年齢の近さ、そして剣の腕を見込まれて、王子の従者に選ばれたのだ。

そう、セスとローレンツは名前と身分を交換していた。いわゆる、成り代わりである。

セスはローレンツ王子として、ローレンツは従者セスとして、ベアトリーチェ達と接していた。

「仕方がないだろ。まさかこんなことになるなんて思ってもみなかったんだし」

ケロリとした顔でローレンツが言う。セスのこめかみに青筋が浮かんだ。

「大変恐縮ながら……紋章入りの指輪を支払いにあてさえしなければ、このような事態に陥《おちい》ることはなかったと思いますが」

冴《さ》え冴《ざ》えとしたその声に、ローレンツはヒッと顔を引きつらせた後、てへっと舌を出した。

そもそも、何故こんな羽目になったのかというと——セスのいない間に買い物をしたローレンツが、手持ちの金が足りないからと、代金を指輪で支払ったせいだった。

見た目はシンプルだが、よく見れば細やかな彫刻が施《ほどこ》されている指輪を、店主は意気揚々《いきようよう》と換金所に持っていった。

——が、その価値を見抜いた換金所の店員から「買い取れない」と言われた店主は、言葉の意味を真逆に取ったらしい。彼はローレンツ達を追ってきて、「こんな安物掴《つか》ませるなんて、自警団に突き出してやる！」と街中《まちなか》で大騒ぎし始めたのだ。

ローレンツを修羅場のど真ん中に立たせるわけにもいかず、セスが表に立って示談を申し入れようとしているところに、誰かが親切で呼んだ自警団が登場。

あれよあれよという間に連行されたセス達だったが、指輪を見た自警団は顔を青ざめさせた。指輪にひっそりと彫られた紋章と、セスの気品ある顔を見て、彼が王子だと勘違いしたのだ。

自警団の詰め所から王宮へと運び込まれたセスとローレンツは、仕方なしにそのまま名前を取り替え続けた。王子が命よりも大事なはずの指輪を支払いにあてた、などという醜聞《しゅうぶん》を広めないために。

「指輪をあのような場で持ち出すなど……あまりにも軽率です」

「別になくなってもいっかな、って。あいつがいる限り、国に帰る気がないからなー。セスには悪いと思うけど」

ローレンツはとある事情により、成人の儀式を終わらせる意思がない。

ラムセラールはオクタヴィアに近いため、帰路の途中で寄ったと思われているようだが、帰るつもりがないのだから、帰路も何もなかった。

「……私も家に戻ったところで、所詮は傍系《ぼうけい》の三男坊です。旅暮らしとさほど変わりはありません。ですが、今は指輪のことを話しているのです。それを承知の上で話を逸らすのは、感心しませんね」

セスが冷ややかに見やれば、ローレンツは「ははは」と笑いながら目を泳がせる。

「……それにしても、まさかラムセラール国王に、これほど気に入られるとは思ってもみませんでしたね。……こうなってしまっては、もはや身分を明かすわけにはいかなくなりましたし」

正式な形こそ取っていないが、これが見合いだということは鼻垂れの子供だってわかるだろう。

だがベアトリーチェとの見合いとなると、どちらに転んでもローレンツにとって都合が悪い。

上手くいった場合、彼は我儘《わがまま》で横暴な〝暴走姫〟と名高いベアトリーチェを妻に迎えなければならないし、上手くいかなかった場合も、ラムセラールの王女に振られたという汚点が残る。

もし今後帰国したとしても、王位を巡る争いに参加するつもりはないとはいえ、ローレンツの栄《は》えある人生において消えない染みとなるに違いない。

「まあバレたらバレたで、侍従が一人、責任とって辞めるだけだし？」

にかっと笑い、冗談で話を切り上げようとするローレンツに、セスが微笑んで頷く。

「なるほど。その場合は責任を持って、私自《みずか》ら不届きな侍従の首を刎《は》ねてやりましょう」

「セス！　お前、俺が主人だってわかってるか!?」

「はて」

セスは素知らぬ顔でローレンツから視線を逸らした。靴を履き続けていた足が蒸《む》れている。靴紐をゆっくりとほどきながら、セスは王女のことを思い出していた。

噂に違《たが》わぬ世界一の美貌《びぼう》と、噂とは真逆の――不器用とも言えるほどの実直さ。

ラムセラールの王族に受け継がれる薄紅色の髪は、諸国を漫遊《まんゆう》してきたセスでさえ初めて見る色だった。触れて確かめたので、地毛だという確信もある。

だが、到底淑女《しゅくじょ》とは言えぬ振る舞いに、ダンスでの失態――あまりにもおかしいことばかりなので、もしやセスと同じように身代わりなのではと疑ったが、その線は薄いだろう。

万が一身代わりだとしても、髪色からしてラムセラール王の血を引いていることは間違いない。

「どちらにしても、王族である彼女があれほど見事に剣舞を踊りきったのには感心致しました」

ある意味、〝暴走姫〟がダンスを踊れないことよりも驚かされた。

あの時のベアトリーチェを思い出し、セスは神妙な顔つきになる。

着飾った彼女に「美しいな」と人並みの感想は持っても、心が動かされるようなことはなかった。

しかし、日頃あれほど失態続きで頼りない彼女の、まるで別人のような凛々《りり》しさに目が離せなくなったのだ。

細い体の何処《どこ》に、これだけの力強さが宿っていたのかと思わせるほどの気迫。

あれは舞姫の舞いというより、武神の舞いに近かった。

「俺は、その後の敬礼の方が驚いたけどな」

あっけらかんと返された言葉が、セスの眉間《みけん》の皺《しわ》を深くした。彼女の言動は、なんとも予想がつかない。

「……とにかく、ローレンツ様はもう少し慎重に行動してください。度々《たびたび》城下に下りていらっしゃるようですが……あまり羽目を外しすぎず、目立った言動は控えるようにお願いしますよ」

「へいへい」

「返事は一度」

「はーい」

王子の従者など、ただでさえ骨が折れるというのに。

セスはため息を呑み込む努力すらせずに、大きく吐き出した。

第三章

「私の剣を抜き取り、あまつさえ舞踏会場で振り回したおいたについては、この程度にして――」

重低音で告げられる言葉に、エレノアは背中の汗が止まらない。

「ノア・リアーノおよび、ハーゲン・タッデオ――我が隊の精鋭二人を、未だにお返しいただけない理由《わけ》を、そろそろお聞かせいただけますか？」

にこりともしない山のような男が、こちらを見下ろしている。騎士の礼儀に則《のっと》った立ち方をしているにもかかわらず、仁王立ちした魔王のように怖いというのは、これ如何《いか》に。

一方エレノアは、黄金で縁取《ふちど》られた立派な椅子に腰掛けている……が、全くくつろげなかった。むしろ、今すぐ土下座したいほどのプレッシャーだ。普段のエレノアであれば、ぶるぶると子鹿のように震えていただろう。

しかし、今はこの部屋の主《あるじ》――ベアトリーチェの姿をしている。そんな無様な真似、できるはずもない。口元を扇《おうぎ》で隠し、恐怖に泳ぐ目を瞼《まぶた》で隠して、微笑みの形を保つ。

「ま、まぁ、なんとも怖い顔だこと。そのように凄《すご》まずとも良いではありませんか、ジェラルド」

この山のような男は、栄《は》えある王女付き近衛隊を統括するジェラルド・パネッラ隊長。王女がまだ幼い頃から、その尊《とうと》い身を守り続けてきた男である。

まるで犯罪者のような凶悪な顔つきをしているが、れっきとしたエレノアの上司だ。

ベアトリーチェとは十五年、エレノアとも四年の付き合いになるので、少しの差異にも気付かれやすいだろう。そのため、エレノアは王子の相手をする時よりも一層気を引き締めていた。

「あの二人には大事な任務についてもらっています」

「任務の内容と返却予定日をお教えいただきたい」

「すべて、黙秘します」

邪気のない可憐な声で言い切ると、ジェラルドの額に青筋が浮かんだ。

本来のエレノアがこんな態度を取れば、すでに三度は天国に旅立っていることだろう。

「姫様もご存じの通り、近衛騎士隊は精鋭中の精鋭。その中でも、ノアは部隊長を務めております。この忙しい時期に彼をお隠しになるとは……いくらベアトリーチェ様といえども、少々お転婆《てんば》が過ぎるかと」

(全く、その通りです)

しかし今のエレノアには、全力で頷くことすら許されない。怒《いか》れる上司の目を真っ直ぐに見据えながら、ゆっくりと告げる。

「どうしても譲れません。承服なさい」

ジェラルドは納得いかないという顔で黙り込んだが、結局その場に膝《ひざ》を突き、頭を下げた。

彼がいなくなった居室で、エレノアは椅子にぐったりともたれかかった。

「神経がすり減る……」

そのまま椅子の背もたれから、ずるずるとずり下がる。

彼の怒《いか》りはごもっともだ。ベアトリーチェが消えてすでに十日。もっと早く見つかると思っていたのに、一向に見つかる気配がなかった。

(近衛隊の方は、どうなっているんだろう……)

本来の仕事のことを考えるのはあまりにも不毛な上、胃へのダメージが尋常ではなかったために、エレノアは思いを巡らすことをやめた。

(ええいっ！　そもそもハーゲンは何をしているんだ……あまりにも遅すぎる！)

ハーゲンとは、ベアトリーチェを追わせた同僚の名だ。

彼しかあの場にいなかったから、というのもあるが、他の隊員を追加で送らなかったのは、有能な彼ならばきっと――という思いがあってこそである。

しかし、途切れることなく送られてくる報告書には、「未だ見つけられず」と頼りない言葉が一つ書かれているだけである。仕事舐《な》めてんのかと言いたい。

「あぁあ……姫様……どうかご無事で……」

世間知らずのベアトリーチェが今どうしているのか、考えるだけで枕がびしょ濡れになるし、胃がねじられるように痛む。

あのジェラルドの様子では、実はノア・リアーノが行方不明なので探してほしいと懇願《こんがん》したところで、捜索する人員など回してもらえないに違いない。

打ちひしがれるエレノアに、そばに控えていたネージュが声をかけた。

「あのお方は突飛《とっぴ》ですが、無謀な方ではありません。今回このような行動に出たのも、何か考えがあってのことでしょう……きっとご無事です。ひとまず、近衛隊の方にお任せしましょう」

「ネージュ……」

教会のシスターのような慈《いつく》しみ深さに、エレノアは救いを求める子羊のような目を向ける。

「それよりも問題はベアトリーチェ様……貴方様でございます」

ですよねー！　なんて、冗談でも言えない冷たい空気が漂《ただよ》う。

「本日の予定をお伝え致します。まずは十日後に迫った豊穣祭《ほうじょうさい》での祝辞の見直し。その間に衣装係が参りますので、式典でのご衣装の最終確認も致します」

「まままま、待ってください。式典に、私が出なくてはいけないんですか……？」

「お体が入れ替わったままであれば、もちろん貴方様にご出席いただきます」

豊穣祭とは、ラムセラール国が誇る最大の祭りである。王都の全ての港が開放され、列国の商船がずらりと並ぶ。街は活気に溢《あふ》れ、眠らぬ街へと変わるのだ。

（国の威信がかかった大事な祭りで、私が民衆の前に……？　舞踏会ですら失敗したというのに？）

「祝辞の見直しとご衣装の確認が終わったら、一度お着替えいただき、ピエトラ公爵夫人、ヴォランテ伯爵夫人とそのご令嬢、マッテーオ伯爵夫人との面会を予定しております。そうそう、豊穣祭で奉《ほう》じるタペストリーの刺繍《ししゅう》についてですが――」

考えもしなかった事態に、エレノアは動揺が抑えられない。

「そんなこと、私にできるとお思いですか？」

「可能か不可能かは問題ではありません。やるのです」

目眩《めまい》を感じたエレノアは、椅子の肘《ひじ》掛けに寄りかかって項垂《うなだ》れた。

◇　◇　◇

（剣を振りたい）

頭の中で、鋼《はがね》の剣が舞う。

剣が一本、剣が二本、剣が三本……訓練への欲求がエレノアを支配していた。

先日の舞踏会で剣を握ったせいか、体の感覚が蘇《よみがえ》ってしまったようだ。

（祝辞やダンスの練習ばかりでストレスが……思いっきり剣を振り回したい……）

舞踏会で筋肉痛になって以来、ベアトリーチェの体に負担にならない程度に筋力を鍛《きた》えているが――そんなもので満足できるはずもない。

剣への欲求に突き動かされたエレノアは、ふらふらと渡り廊下を歩いていた。

柵で区切られた先には、土を平《なら》して作られた稽古場《けいこば》が広がっている。その奥には騎士団の各隊に与えられている倉庫が立ち並んでいた。

「……ここへ足を運んだのは久しぶりだな」

エレノアの世話をするため、ずっと働きづめだったネージュが、今日は久々の休日を取っている。ネージュは心強い存在だが、それ故、気の抜けない相手でもあった。王女らしい振る舞いを望む彼女の前で、剣を振りたいなどとは到底言えない。

事情を知らない他の侍女も遠ざけ、エレノアは一人で行動していた。

「滑《すべ》れよ毒は、抉《えぐ》る鼓動～。繋がれ死体～要《よう》は青いね～」

渡り廊下の端に立ち、鼻歌を口ずさむ。久しぶりに持てた一人きりの時間。慣れ親しんだ稽古場《けいこば》を眺めるエレノアの心は弾んだ。

見渡す限り稽古場《けいこば》には誰もいない。いや、わざと人がいなくなる昼過ぎを狙って来ていた。

エレノアの視線の先にある倉庫。そこには稽古《けいこ》に使われる柵や縄、木剣などが収められている。

（戸締まりされてないなんて滅俸ものだけど……この瞬間だけは許す。どうか開いていていてほしい）

万が一にもないだろう希望を胸に、周囲に人がいないことを確認する。

この機を逃してはならんと、エレノアは渡り廊下の柵を掴《つか》み、勢いよく跳び越えた。

パステルミントのアフタヌーンドレスの裾《すそ》が、ふわりと舞う。

「――っ⁉」

空中で、エレノアは目を見開いた。柵を跳び越えた先に、人が立っていたのだ。

それも、この状況を一番見られてはいけない相手であるオクタヴィアの王子が、エレノアと同じくらい目を丸くしてこちらを見ている。

「わ、っああっと！」

着地に失敗しそうになったエレノアは、慌てて体勢を立て直した。

倒れ込みはしなかったが、ドレスの裾《すそ》を踏んでつんのめったエレノアを、咄嗟《とっさ》に男の腕が支える。

「……大丈夫ですか？」

頭上から聞こえてくる声は、笑みを含んでいるようだった。

彼――ローレンツはエレノアの体を支えながら、ゆっくりと立ち上がらせる。

エレノアは返事どころか顔を上げることさえできずに、地面を見つめたまま冷や汗を流した。

(今、完全に気配消してましたよね!?　他国の城で気配消して、何してたんですか貴方!?)

けれど、そんなこと口に出せるはずもない。ただの王女が何故人の気配を読めるのかと、逆に問い質《ただ》されてしまうだろう。

ローレンツの後ろから、従者が近づいてきているのが足音でわかった。こちらも気配を殺していたらしい。

「だ、大丈夫です、ありがとうございます……いやですわ。ちょっと躓いてしまったみたい、ほほほ……」

「可憐な天使も、時に羽ばたきに失敗することがあるのですね」

「……ほほほほ」

(あぁ……神様、何故今この時に彼がここにいるのですか……)

ただ躓《つまず》いただけではなく、柵を跳び越えてきたことは、当然のごとくバレてしまっていた。

あまりの居心地の悪さに、エレノアは未だ顔を上げることすらできず、パタパタとドレスを手ではたく。

「しかし、なかなかお転婆《てんば》のようですね。周りの者の気苦労が偲《しの》ばれます」

そう言うローレンツの口調には、いやに実感がこもっていた。

親近感を覚え、エレノアはつい顔を上げてしまった。エレノアも普段は振り回される方だからだろう。

ドレスをはたき終えたエレノアに、ローレンツが手を差し出す。

親近感からか、幾度か経験して慣れてしまったからか――さほど考えることなく自然と手を取ったエレノアを、ローレンツが優しく見下ろしていた。

蒼玉《そうぎょく》のような瞳が日の光にきらめく。

「先日の剣舞は見事でしたね。実に――美しかった」

（へ？）

向けられる視線があまりにも真っ直ぐで、エレノアはぽかんと口を開けてしまった。しかし、すぐ我に返る。ベアトリーチェの姿をしているのだから、美しくて当たり前なのだ。

なのに、彼と目が合っていたからだろうか。それとも、今日に限って貴族特有のわかりにくい褒め言葉ではなかったからか。何故か、エレノア自身に向けられた言葉のように感じてしまった。

急激に顔に集まった熱をなんとか発散させようと、長い睫毛《まつげ》をバシバシと開閉させる。

「まだまだ未熟で……お恥ずかしいものをお見せしました」

「ご謙遜《けんそん》を。とてもお上手でしたよ。失礼にならなければよいのですが、姫というよりは、凜々《りり》しい騎士のような気迫を感じました」

エレノアは咄嗟《とっさ》に笑みを浮かべて扇《おうぎ》を広げた。

顔に表れた動揺を悟られてしまうのはまずいと判断したのだ。

「いやですわ。騎士だなんて。ほほほほ……そういえばローレンツ様、このような場所で何を？」

何故気配を殺していた？　とは聞けないが、このくらいは聞いてもいいだろう。いや、むしろこの国に剣を捧げた騎士として、当然聞くべきである。

「高名なラムセラールの騎士にご指導いただこうと、訓練場へ案内していただいたのですが……どなたもいらっしゃらないようでしたので、こちらで待たせていただいておりました。そのせいでベアトリーチェ様を驚かせる結果となってしまい、大変申し訳なく思っています」

よく見れば、日頃よりも動きやすそうな格好をしている。

案内された、というのが本当かどうか後で裏を取ろうと考えつつ、エレノアは口を開いた。

「ローレンツ様も剣を？」

「素人の手習いですよ。とはいえ、ずぶの素人よりはマシでしょう」

ローレンツが背後に視線をやると、従者が一歩足を踏み出して頭を下げた。その表情には、何処《どこ》か悪戯《いたずら》っぽさが滲《にじ》んでいる。

「彼は頼りになる従者ですが、旅ではいつもそばにいてくれるわけではありませんから」

従者がいることを忘れていたエレノアは、ここでようやく思い出した。

（もしや騎士生活から離れすぎて、人の気配に鈍感になってる？　こんな失態、初めてだ……）

ずどんと落ち込んでしまいそうな気持ちを振り切り、従者に話しかけた。

「セスといいましたね。先日は美味《おい》しいお菓子をありがとう」

王子と従者は何故か一拍おいてから、二人してわずかに口角を上げた。そして従者の方が口を開く。

「礼には及びません」

「貴方は珍しいものが好きだと聞きましたが、酒はお好き？　ここでは、魚の胃や腸の塩漬けをつまみにするのですが」

「旅の間に、魚をまるごと塩に漬けているのは幾度か見ましたが……内臓だけを？」

「ええ。いつの間にかボトルが空いてしまうほど、酒が進みますよ」

「興味深いですね。是非食べてみたい」

「よその方は抵抗があるだろうと思って、出す店は少ないでしょう。合う酒をいくつか見繕《みつくろ》って、お部屋に運ばせますわ――ですから」

そこでエレノアやセスから視線を戻し、ローレンツを見上げる。

おほん、と咳払いをし、ほんのりと頬を赤らめながら言った。

「先ほど私が転びそうになったことは……どうかご内密に」

王子と従者は顔を見合わせ、今度こそ二人でにこりと笑った。

◇　◇　◇

「酒で男と取引しようだなんて、けったいなお姫さんだな」

月明かりの下、客室でグラスを傾けながらローレンツが朗《ほが》らかに笑う。

「しっかし、かなりひどい臭《にお》いなのに、なかなか美味《うま》いんだな。この酒にも合ってる」

「ベアトリーチェ様は酒に弱いようなのに、何故詳しいんですかね……本当だ、美味《おい》しい。大蒜《にんにく》や葱《ねぎ》などの薬味を入れても美味《おい》しいでしょうね。濃厚なのでチーズなんかも合うかもしれません」

「チーズか！　確か、まだ一かけら残っていたな」

ローレンツが笑顔で荷物を漁る。

「王女が供も連れず、騎士の訓練場で何をするのかと思ってたけど……ありゃ、じゃじゃ馬だな」

お目当てのチーズを見つけたはいいが、カビが生えていたらしく、表面を指でこすっている。

「まるでご自分を見ているようでしたか？」

「セス。お前、自分が従者だって覚えてる？　普通、主人にじゃじゃ馬って言うか？？」

ローレンツの問いに、セスは薄く笑ってグラスに口をつける。王女が自《みずか》ら選んだのだろうか、なかなか渋い好みだ。しかし、セスの口には合っていた。

「滑《すべ》れよ毒は、抉《えぐ》る鼓動……」

ぽつりとセスが呟《つぶや》くと、ワインを飲んでいたローレンツが、ぶっと噴き出した。

「ははは！　地上で聞く天使の歌声は、こうなるかという出来だったよな！」

「言葉が過ぎますよ。喉《のど》の調子を崩していると おっしゃっていたし、まだ治っていないのでしょう」

（とは言っても――あれでは、舞踏会で披露するのを嫌がるのもわかる）

昼間に聞いた彼女の鼻歌は、よくわからない歌詞に、むちゃくちゃな音程だった。

（祖国の歌に似ているような気もしたが……もう一度聞けばわかるだろうか）

セス達は旅の間、各国の武術を見て回っていた。世界を旅する者にしかできない贅沢《ぜいたく》な趣味である。剣術に止《とど》まらず、体術、棒術、弓術、護身術、捕縄術《ほじょうじゅつ》、捕手術《とりてじゅつ》――達人がいるという噂を聞けば、なんでも見に行った。

長年のたゆまぬ鍛錬《たんれん》の末に編み出された技術を、よそ者にほいほい見せる馬鹿は少ない。

しかし、セス達は世界共通の通貨ともいえる、誰もが欲しがるものを持っていた。

旅で手に入れた秘蔵の酒――その使い道を、彼らはよく知っている。

そして今日もその酒を手に、こっそりと訓練場へ赴《おもむ》いた。ラムセラールの剣術……特に突きの技術は、世界でも指折りだと評判だったからだ。

さりとて、他国の王子が騎士の訓練場に立ち入るというのは、さすがに外聞《がいぶん》が悪い。だから目立たない服装に着替え、人の少なそうな時間帯に向かったのだが……そこでセスが見たものは、不気味な歌を歌いながら渡り廊下を歩くベアトリーチェだった。

咄嗟《とっさ》に気配を殺して隠れたのだが、まさか柵を跳び越えてくるとは思わなかった。

秘蔵の酒は結局使わなかったが、酒に詳しい彼女になら効力はあったのかもしれない。

「楽しそうだな」

「ええ。面倒なことになったと思っていましたが、なかなか楽しいことばかりですよ。この国は」

ベアトリーチェと会話をする度に、ちぐはぐな印象が増す。

〝暴走姫〟と呼ばれているくせに、暴走どころかこちらの言葉一つで固まるし、飾り立てた美辞麗《びじれい》句《く》より、率直な言葉の方が響くようだ。

「いや、暴走といえば暴走なのか……あの柵を跳び越えようとするなんて」

「ああ。ありゃ常習犯だぞ」

「貴方の未来の花嫁候補は、随分と可愛らしいお方のようですね」

剣舞を褒めた時の彼女の、慌てた様子を思い出す。

必死に取り繕《つくろ》おうとしてできていなかったにもかかわらず、こちらが怪しむ様子を見せれば、すぐに表情を切り替えていた。ますます王女らしくないが、そんな素直な反応もセスには新鮮だった。

「お、なんだ？　自分の嫁にしたくなったか？」

にやにやと下品な笑みを浮かべる主《あるじ》に、セスは微笑む。

「ならば、東の果ての国で見た呪法を使って、貴方の体を乗っ取るしかありませんね。王女を妻に迎えるには、私の身分では不足ですから」

「冗談です。すみません」

ローレンツは、わざとらしく震えながら、自《みずか》らの体をぎゅっと抱きしめた。

◇　◇　◇

「見えますか？　あの丘の上を白鷺《しらさぎ》が二羽飛んでいる」

「まあ本当。美しいですね……」

青い空。白い雲。緑の森に、なだらかな丘。そして——ローレンツの眩《まぶ》しい笑顔。その全てに乾いた笑みを浮かべながら、エレノアは天を仰ぐ。

（こうなるとは、想定外だった）

何度目になるかわからない、神に嘆《なげ》く時間である。

エレノアとローレンツは今、城の裏手の丘にピクニックに来ていた。

「無理にお付き合いくださっているのではありませんか？　ローレンツ様は、馬にお乗りになってもよろしかったのに……」

「つれないことをおっしゃるんですね。私は貴方の隣を歩けて、とても楽しんでいるというのに」

ローレンツとエレノアの後ろから、乗馬した近衛隊員三人に、侍女達と従者達、さらには数人の貴族令嬢達が歩いてきている。

何故こうなったのかというと……先日の出来事が原因だ。

エレノアがこっそり訓練場に出向いていたことは、結果的に国王陛下の耳にまで届いた。

〝暴走姫〟の行動を見咎《みとが》めれば癇癪《かんしゃく》を起こされると知っていた近衛兵達が、離れた場所から見守っていたのだ。

それが本来のエレノアの職務であるために、批難などできるはずもない。――が、あの時の自分達が近衛兵達からどう見えているのか、エレノアは全く考えていなかった。

侍女や護衛の目を盗んだ王女が、人気《ひとけ》のない訓練場へ出かけ、そこで見合い相手と落ち合う。

そのことが何を意味するかといえば……「私達、とても上手くいっています」と公言しているようなものである。

更にエレノアは、柵を回り込む時間すら惜しむかのように跳び越え、見合い相手に抱きついたのだ。近衛兵達から報告を受けた国王陛下は、さぞや誤解したに違いない。

このまま王子との仲を盤石《ばんじゃく》なものにしようと思ったのか、デートをしろと命じてきたのである。

エレノアが命じられた場で、同じく王の言葉を聞いていたローレンツは、驚いた顔でこちらを見た。エレノアは見返すことができず、さっと目を逸らしてしまう。

だがしかし、天はエレノアを見捨てなかった。

二人きりのデートのはずが大人数でのピクニックになったのだ。先日の舞踏会でローレンツに目を奪われた貴族の娘達が「どうか、ひと目だけでも」と父親に頼み込んだという。そしてその父親達は、若き侯爵と会う機会を設けてやってほしいと、国王陛下に懇願《こんがん》した。

豊穣祭の近いこの時期、貴族からの献金は重要な資金源となる。彼らの頼みを撥《は》ね除《の》けるのは得策ではない上、何人もの貴族から申し出があったので、いっそ一斉に済ませてしまおうと国王は思ったらしい。

エレノアは歩きながら、パラソルの下でため息をつく。髪を編み込んだリボンと同じ、つややかなベージュ色のパラソルだった。

ふと視線を感じて隣を見れば、ローレンツが微笑みながらこちらを見下ろしていた。

（え、何？）

ぽかん、と口が半開きになってしまう。

何故笑われているのかわからない、というエレノアの気持ちを察したのか、ローレンツが口角を上げたまま、指をくるくると回した。

「あっ」

その指の動きを見て、ハッとする。エレノアは無意識にパラソルを回していたのだ。子供ならいざしらず、年頃の……それも王女がパラソルを回すなんて、はしたないことこの上ない。

知識としては知っていたはずなのに、パラソルなんかこれまで持ったことがなかったので、つい持て余してしまった。恥ずかしさに表情が強張《こわば》る。

（どうしよう、いっそ殴って記憶を……いやだめだ。邪《よこしま》な考えは感づかれる。じゃあもうどうすれば、ああ、ああああ……）

羞恥《しゅうち》に悶《もだ》えるしかないエレノアは、せめてもの思いでローレンツの視線をパラソルで遮《さえぎ》る。

すると、吐息を含んだ笑い声のあとに、小さな呟《つぶや》きが聞こえた。

「可愛らしいですね」

ピシリと音を立てるように、エレノアが固まる。

（勘弁してほしい）

これまで女性として扱われたことがないエレノアは、その言葉が自分に向けられているわけではないとわかっているのに、まごついてしまう。

「ええと」

「はい」

「ええと……」

「はい」

おかしい。相手は聞いてくれようとしているのに、全く言葉が出てこない。

はくはくと口を動かしては噤《つぐ》み、動かしては噤《つぐ》みを繰り返すエレノアを、ローレンツが覗《のぞ》き込む。

ハッとするほど美しい顔が目の前に迫り、エレノアは赤らんでいるであろう顔を隠すことさえ忘れてしまった。

「貴方があまりに素直で可愛らしいから、もっと見たくなってしまうのです。許してくれますね？」

「え？　ええ、はい……もちろんです」

そう返事をしてから、おかしなことに気付く。

（今、何故かこちらが悪者にされたような……？）

いいように手の上で転がされたことだけはわかったが、何がどうしてそうなったのかがわからなかった。そこへ、背後から声がかかる。

「楽しまれているようで、何よりです」

エレノアは足を止め、気持ちを切り替えてから口を開いた。

「セスにも苦労をかけてしまいましたね。重くはありませんか？」

近衛隊の軍馬にも多少運ばせてはいるが、緊急時に邪魔になるという理由から、主な荷物は侍従と侍女が持ち歩いている。特に食べ物は馬上で揺らすと形が崩れてしまうので、セスに持ってもらっていた。

「力仕事は慣れておりますのでご安心を」

「頼りにしています」

先日の一件から、ローレンツとセスとは気安い会話ができるようになっていた。

無様なところを見せ続けているのは痛手だが、向こうは親近感を持ってくれたらしい。もしくは、酒とつまみの賄賂《わいろ》が効いたのだろうか。

一方ネージュは、王女相手に気安く話すセスにいい感情を抱いていないようだった。

自分と同じ立場である彼が、話しかけられてもいないのに……と無作法に感じているのだろう。

しかし、ローレンツとセスを普通の主従関係の枠組みに当てはめるのは無粋《ぶすい》だ。きっと彼らは主従関係というよりも、長年背中を預け合い、共に旅をしてきた仲間という括《くく》りなのだ。

騎士であるエレノアは、なんとなくその関係に共感できた。

「旅先では大工仕事を手伝ったこともあるんですよ」

「まあ。では、ローレンツ様も？」

もしかしてと思って尋ねると、ローレンツは当然のように頷く。

「ええ。基礎は学びましたので、無人島に流れ着いてもどうにかなりますよ」

王子の冗談に笑っていると、後続の令嬢達も追いついてきた。

「頼もしいですわね、ローレンツ様。でもご安心なさって。無人島に流れ着くようなことになど、私どもが絶対にさせませんから」

「無人島なんて、想像するだけで恐ろしいですわ」

「お転婆《てんば》なベアトリーチェ様なら、冒険もお手のものかもしれませんけれど」

「私どもでは、とてもとても」

可憐なドレスを纏《まと》う令嬢達は、誰もが女性らしく品があり――そして誰もがベアトリーチェとソリが合わなかった。有力貴族である父親の権力を笠に着て、王女に対していささか無礼な発言をすることもある。

こういった状況に免疫《めんえき》のないエレノアは、どう返せばいいか戸惑う。いつもなら数倍にして言い返す王女がまごついているのを見て、令嬢達は冷ややかに目を細める。

「あら、お加減でも悪いのかしら」

「それとも、素敵な男性の前では元気が出ないご病気？」

そんな病気があるのかとエレノアが尋ねるようにネージュを振り返れば、彼女は額に手を押し当て、ため息を零《こぼ》している。そして、エレノアにだけ聞こえるように囁《ささや》いた。

「男の前ではぶりっこしてこのカマトトが！　と言われているんです！」

小声で怒鳴るとは芸が細かい。なるほど、とエレノアは頷く。

日頃、女性からきつく当たられたことがなかったエレノアは、内心とても驚いていた。すらりとした長身で、中性的な顔立ちのエレノアは、女性に好意を持たれやすかった。

とはいえ、エレノアにとって着飾った小柄な淑女《しゅくじょ》達は皆、可愛らしいものに分類される。何を言われても小鳥が囀《さえず》っているようにしか聞こえず、困った顔で見返すことしかできない。

「やはりお加減が悪いのでは？　お休みになっては如何《いかが》です？」

「ローレンツ様、これより先は私どもがご案内致しますわ」

エレノアを押しのけ、令嬢達がローレンツを囲む。すると、彼はにこりと微笑んだ。

「ありがとうございます。しかし姫のお加減が優《すぐ》れないのでしたら、尚更そばを離れるわけには参りません。近衛の者と話をしてきましょう。ベアトリーチェ様、こちらへ」

令嬢達に口を挟む隙も与えず、ローレンツが優雅に王女の手を掬《すく》い上げた。その動作があまりにもスマートで、エレノアはぽかんとしてしまう。

少し歩いて令嬢達から離れたところで、開いたままだった口から声を絞り出すことに成功した。

「ロ、ローレンツ様。私、体調を崩しているわけでは……！」

「存じておりますよ」

「えっ、では」

何故？　とエレノアは首を傾げる。

すると振り返ったローレンツが、エレノアの瞳を見つめながら言った。

「貴方と二人きりになりたかった男心を、汲《く》んでくださっているとばかり……」

えっ、と思わず固まったエレノアに、ローレンツがふふっと笑う。

そんな悪戯《いたずら》っ子のような一面があると思っていなかったエレノアは、大いに驚かされた。

「……まさか、からかわれたのですか？」

「いいえ。ですが、貴方のくるくると変わる表情を見ることに、大きな喜びを感じているのは否定しません」

（それはつまり、からかっているということなのでは⁉）

と思いつつも、なんと返していいかわからず、エレノアは結局ローレンツに手を引かれるまま近衛隊のところまでついていく。

いつの間にか、近衛隊員達は下馬していた。

三人の近衛隊員は、エレノアにとってはなじみ深い仲間である。そのうちの一人はエレノアと同じ部隊長格の男だった。彼は馬を部下に預けると、エレノアのもとへやってくる。

「いいところにおいでくださいました。この辺りで昼食をと思ったのですが、如何《いかが》でしょうか」

「わかりました。では準備を――」

つい癖で手伝おうとしたエレノアを、後ろからついてきていたネージュが笑顔で止める。

「ベアトリーチェ様はこちらでお待ちください」

思わず顔を引きつらせたエレノアは、パラソルの下でこくこくこくと頷いた。

結局、何一つ手伝うことのないまま、簡易的な食事の席が設置された。広い敷物の上にはいくつものバスケットや皿が並べられている。エレノアとローレンツが敷物に座ると、令嬢達も続いた。

小高い丘の上で、心地良い風に吹かれながらの軽い食事が始まる。令嬢達はことごとくエレノアを会話から弾き出し、楽しそうにローレンツと言葉を交わしていた。

（なんというか、すごい）

エレノアは感心するばかりだった。彼女達は常にローレンツを楽しませようという心遣いに満ちている。振る話題も、反応の仕方も、ほんの小さな仕草一つさえ、ローレンツのために計算されたものだった。

彼女達の小さな唇からは、気の利いた台詞《せりふ》しか出てこない。

すぐに言葉に詰まってしまう上に、話題すら振れないエレノアとは雲泥《うんでい》の差である。

時折ローレンツがエレノアにも話題を振ってくれるが、返せる言葉は「はい」か「そうですね」しかなかった。

（女子ってすごい。女子力すごい）

ビールの泡が飛び散る酒場で怒鳴り合った経験はあるが、爽《さわ》やかな風が吹く丘の上で女の子達と笑い合った経験など一度もない。

エレノアは圧倒されながら、ちびちびと温かい紅茶を飲む。

――ドンッ！

突然、大きな音と共に地響きがした。地面に座っていたエレノア達は、その振動を直《じか》に食らう。

「きゃあああああ!!」

「何事なの!?」

令嬢達が悲鳴を上げて立ち上がる。ガチャガチャと食器がぶつかり合う音と、令嬢達の悲鳴の合間に、近衛隊の声が飛んできた。

「我々二名で音がした方を探索してきます！　お食事はそのままでけっこうですので、皆様速やかに帰城してください――行くぞ！」

部隊長と部下の一人が、馬に乗って背後の森へと走っていった。幸いなことに爆音は一度きりだったため、令嬢達も徐々に冷静さを取り戻す。

「見て、ソースで汚れてしまったわ」

「私も驚いて、足をくじいてしまったみたい」

サンドウィッチを落としたせいでドレスに染みがついたと嘆《なげ》く少女。気落ちした様子で足をさする少女。その他の少女達も、すぐにこの場から立ち去る気はないようだ。

それを見たエレノアは残った近衛隊員に命じる。

「ここはお前に任せます。指揮を執《と》れますね？」

この場に騎士は一人だけ。エレノアが本来の姿のままなら自身でその役を担《にな》うのだが、王女の体ではそうはいかない。

王女直々《じきじき》に命令された隊員は、自分の拳《こぶし》で胸を叩いた。

「お任せください。――ガルディーニ卿《きょう》、馬上より周囲の状況を把握していただきたい。お乗りいただけますか？」

「承知した」

「ベアトリーチェ様も馬に――」

「いえ。わたくしは歩きます」

万が一に備え、国賓《こくひん》のローレンツを馬に乗せた判断は的確だ。だが、今エレノアがローレンツと共に騎乗するのは得策とは言えない。令嬢達がごねる可能性が高いからだ。

中には足をくじいた少女もいるので、どちらかといえば彼女を騎乗させるべきだが、じゃあ私も――などということになれば、時間がいたずらに過ぎてしまう。

であれば、最初から「王女も歩くのだから我々も歩こう」と思わせた方が早い。

ベアトリーチェらしく、すまして言ったおかげか、近衛隊員はそれを受け入れた。

「――承知致しました。ですが、もし危険が迫ればすぐにお乗りいただきます」

小さな声で耳打ちをする近衛隊員に、エレノアは微《かす》かに顎《あご》を引いてみせる。

気難しい王女の了解を取れたことに安堵《あんど》したのか、ほっと息をつくと、近衛隊員は片手を上げた。

「それでは出発しま――」

「待って、まだ手にマスタードがついているの」

「先ほどの音はなんだと思う？　落石かしら」

「ねえ、帽子を忘れてる方がいらっしゃるわ」

「本当に私達だけで帰れるの？　迎えを待っていた方がよろしいいんじゃなくて？」

近衛隊員の声は、令嬢達の姦《かしま》しい声によってかき消された。女性相手に声を張るわけにもいかず、戸惑いの表情を浮かべた隊員の横を、すっと馬が通り抜ける。

「お嬢さん方」

よく通る声だった。誰もが口を閉じ、馬上を見上げる。

三頭いた馬のうちの最後の一頭。その背に跨《また》がったローレンツは、威厳がありつつも柔らかな声で言った。

「大丈夫。ラムセラール国の騎士は皆優秀だ。何も心配することはない。それにほら、城はここから見える距離にあるだろう？　安心して、私についておいで」

令嬢達は熱に浮かされたように、こくんと頷いた。

ラムセラール国王に剣を捧げたエレノアでさえ、胸にくるものがあった。己《おのれ》を強く持っていなければ、この場で膝《ひざ》をついていたかもしれない。

それほど力強く、頼もしく、そして慈《いつく》しみ深い声だった。

これが国の名を持つ男の姿なのかと、胸が震える。

ローレンツは馬上からセスに目配せすると、並足《なみあし》で馬を歩かせ始めた。揺れる馬の尾に、令嬢達は無言で追従する。

エレノアも歩き出した。その次に侍女達と侍従達が続き、近衛隊員とセスがしんがりを務める。

一行は焦ることなく、しかし真っ直ぐに城へと向かった。

そしてしばらく進んだ時――

「ピギィイイイイ!!」

甲高《かんだか》い獣の鳴き声が丘の上にとどろいた。

ハッとしたローレンツは馬首を反転させる。

最後尾にいた隊員が、ローレンツのもとに走ってきた。

「猪《いのしし》のようです！　先ほどの爆音に驚き、錯乱《さくらん》しているのかもしれません！」

「先行した二人が対処できているかどうかわからない以上、馬には君が乗るといい」

ローレンツが、ひらりと馬上から飛び降りる。近衛隊員が心得たとばかりに頷いた。

「お心遣い痛み入ります」

鐙《あぶみ》に足をかけて一気に飛び乗った隊員は、馬を落ち着かせるように首元を叩いた。そしてエレノアに向かって言う。

「馬上から失礼致します。申し訳ございませんが、少しこちらを離れます。ベアトリーチェ様、決していつものような我儘《わがまま》を――」

「仕留めなくてもいい――必ず追い払え！」

説得しようとした隊員の言葉を遮《さえぎ》り、エレノアは強い口調で命じた。

馬は小回りがきかない上、逃げる獣に威圧感を与えてしまう。無理に追えば、猪を暴走させてしまう恐れがあった。

死の危険が迫った動物ほど、怖いものはない。

そうなってしまったら、この場に更なる混乱を引き起こすだろう。

最悪なのは、ろくに身動きが取れない集団へと突撃されること――つまり、令嬢達に向かって走ってこられることだけは、避けなければならない。猪の大きさによっては、怪我では済まないだろう。

馬に跨《また》がった隊員は、背筋を伸ばしてローレンツを見つめた。

「……ガルディーニ卿《きょう》、どうか……信じさせてください」

彼は剣を鞘《さや》ごとローレンツに差し出す。その痛切な表情に、エレノアは唇を噛んだ。

隊員の気持ちは、痛いほどわかる。

王女のそばに近衛隊が一人もついていない状況で、他国の者に剣を預けるということが、どれほど無謀なことか……エレノアにはよくわかっていたからだ。いくら国王陛下に気に入られているとはいえ、ローレンツは近衛隊にとっても、この国にとっても部外者だった。

「預かった」

ローレンツは真っ直ぐな瞳を隊員に向けたまま、剣をしっかりと受け取る。

その潔《いさぎよ》い態度に、エレノアは先ほどの隊員と同じことを祈った。

（――信じさせてください）

一度深く頷くと、隊員は手綱《たづな》を操《あやつ》った。腹を蹴られた馬が、速度を上げて走っていく。

エレノアはローレンツに向かって言う。

「ひとまず丘を下りましょう。ここから距離をとりながら、何処《どこ》かに隠れられる場所がないか――」

話し終えるよりも先に、大きな鳴き声が再び聞こえた。

「プギィイイイ!!　ゴッゴッゴ!!」

間違いなく近づいてきているその声を聞き、エレノア達は振り返る。

先ほどまでは見えなかった猪の姿が、丘の上にあった。

まだ距離はあるのに、その姿は随分と大きく見える。もしかしたら熊ほどもあるかもしれない。

先ほど馬で駆けていった隊員が、先行した二人と連携して猪を追いやっている。

狩りの要領で追い込み、そのまま森に帰してくれれば――と固唾《かたず》を呑んで見守っていたエレノアの後ろで、甲高《かんだか》い悲鳴が上がった。

「きゃあああああ!! け、獣よ!」

「いやあ! こっちへ来るの? お父様、お父様!」

令嬢達の悲鳴は次々と連鎖して、収拾がつかなくなっていく。

冷静さを欠いた彼女達が、我先にとスカートを掴《つか》んで逃げようとする。

エレノアは一瞬、唖然としてしまった。

あの天真爛漫《てんしんらんまん》なベアトリーチェでさえ、獣の前で騒いではいけないと知っている。彼女を守るすべての者達が、幼い頃から耳にたこができるほどしっかりと言い聞かせていたからだ。

なので、まさか獣の前で大声を上げるなどと――そんな自殺行為をする人間がいるとは思ってもみなかったのだ。

「皆さん、お静かに! どうか落ち着いて――」

正気に戻って必死に宥《なだ》めようとしたが、もう遅かった。

「落ち着いていられるはずがないでしょう!」

「そもそも、貴方がピクニックに行くなんて言い出したから――!」

令嬢達は、すでに錯乱《さくらん》状態だった。主《あるじ》の混乱が伝わり、侍女達も怯えている。

まずいことになった――額に汗をかくエレノアの隣で、ローレンツが小さく呟《つぶや》く。

「……来た」

え？　と振り返ったエレノアは、ハッと息を呑んだ。

猪が三頭の馬の間をすり抜けて、真っ直ぐこちらに走ってきている。令嬢達の悲鳴を聞きつけ、目標をこちらに変えたのだ。

「きゃあああああ！」

「いやあああああああっ」

令嬢達が悲鳴を上げて散り散りに逃げていく。

「静かにっ、動かないで！　獣は逃げる者を追ってしまう！」

しかし今度も声は届かなかった。令嬢達は、とにかく猪から距離をとろうと、ドレスを振り乱し、無我夢中で走っている。

エレノアは息を一つ吐くと、キッと前を見据えた。

閉じていたパラソルを剣のように両手で持ち、令嬢達とは反対方向へ――猪の方へと走る。

逃げれば追われるのであれば……迎え撃つしかない。

「ベアトリーチェ様!?」

侍女達の隙間を縫って逆走するエレノアを、ローレンツが呼び止める。

彼とセスだけはこの状況の中でも平静を保っているようだが、ローレンツは他国の王子。まだ王位継承権を持っていないとはいえ、もし彼に何かあれば、国際問題になるだろう。

（申し訳ございません――姫様。お体をお借りします）

万が一の場合は、地面に転がって猪を避ける自信がエレノアにはあった。どのみち猪をこのまま行かせれば、人はたやすく蹂躙《じゅうりん》される。

近衛隊の自分が王女の身を危険に晒《さら》すなど、許されることではない。

わかってはいるが、この国の騎士として見過ごすこともできなかった。

逃げる令嬢達の最後尾――つまり猪の軌道の最前線に立つと、エレノアは腰を落とした。

自分の体とは違う、ベアトリーチェの腕と足の長さを、目で測る。

そしてパラソルをレイピアのように構え、呼吸を整えた。

「ベアトリーチェ様！　お下がりください！」

「誰か、ベアトリーチェ様をお止めしろ！」

近衛隊が馬で駆けてくるが、方向転換に時間を要したためか、だいぶ出遅れている。

そんな彼らをよそに、猪が地を蹴り、跳ねるように走りながら突撃してきた。

口の周りには泡が飛び散り、声を上げ続ける喉《のど》はつぶれかけているようだ。すでに正気を失っているのかもしれない。走る度に草原に血が飛び散っているのを見るに、近衛隊が切り傷をつけたのだろう。

エレノアは両手に全神経を集中させ、力を込める。

真っ直ぐに走ってくる猪と目が合う。

一瞬も逸らさなかった。

全ての音が遠ざかり、猪の纏《まと》う気配を肌で感じ取る。

「ピギッ……ピッ……ガッガッガッ!!」

猪が大きく跳ねた。

豪速で、エレノアを押しつぶそうと、前足を高く上げる。

エレノアはパラソルを突き上げた。

分厚い毛皮に覆われた喉《のど》を、押しつぶした瞬間――柄《え》がバキッと折れる。パラソルの骨組みが、猪の頑丈さに耐えきれなかったのだ。

「くっ……」

ここまでか――

攻撃を諦《あきら》め、防御に切り替えようとしたエレノアの手を、手袋をした手が掴《つか》んだ。

その力強い手が折れたパラソルの柄《え》を、力任せに猪の喉《のど》に押し込む。

エレノアが振り向く間もなく、今度は猪の眉間《みけん》に剣が突き刺さった。

そこから飛んだ血が、ぴしゃりとエレノアの頬に散る。

片手で彼女を援護し、もう片方の手で猪にとどめを刺した人物を、エレノアは唖然と見上げた。

ズドンッ、と地響きを立てて猪が倒れる。

エレノアを背後に押しやったローレンツは、猪の眉間《みけん》に刺した剣を引き抜くと、次は目、さらに心臓をも突き刺した。

これほどの巨躯《きょく》に剣を軽々と抜き刺しする腕力が、彼がただ者ではないことを物語る。猪が絶命したことを確認したローレンツが、エレノアを振り返った。

「貴方は、なんという無茶を！」

彼はエレノアを怒鳴りつけた。心臓から勢いよく噴き出した血を浴びたその姿は、血まみれだ。初めて見るローレンツの激高《げきこう》した姿に、びくりとエレノアの肩が震える。

「あ、あの状況では、迎え撃つしかないと……」

「だとしても……だとしてもです！」

自身を落ち着かせるように、ローレンツが息を吸っては吐き出す。

その吐息は、深い後悔にまみれていた。

「――肝が冷えました。貴方の勇敢な姿を見られたのは嬉しいですが……次からは真っ先に私の背に隠れてください」

跪《ひざまず》いたローレンツが、エレノアの手を取ろうとしてやめた。自《みずか》らの体が血にまみれていることにようやく気付いたようだ。

令嬢達を避難させていたセスがローレンツに駆け寄り、ハンカチを手渡す。ローレンツは渡されたハンカチを、そのままエレノアの頬に当てた。

「美しい貴方を汚してしまいましたね……」

たった一滴、頬に飛び散った血を丁寧に拭《ぬぐ》う。

真っ白なハンカチで、自分よりも先に。

「……ご無事でよかった」

エレノアはただただ唖然とするしかなかった。

(何、これ)

地に足がついているのかすらわからない、ふわふわとした心地と、何かに追われるような居心地の悪さを同時に感じる。

「……ローレンツ様がこんなにお強いなんて、思ってもみませんでした」

思わずそんなことを口にしていた。結局感じたのは、悔しさだったのかもしれない。

もし、この状況で剣を持っていたのが自分だったとしたら、猪は仕留められなかっただろう。

ベアトリーチェの体では圧倒的に、力が足りなかった。

「他国で自《みずか》らの剣の腕を自慢するほど、愚《おろ》かではないつもりです——さぁ、馬が来ました。どうぞ馬上へ。今度は遠慮させませんよ」

エレノア達が話している間に、近衛隊が戻ってきていた。彼らは一様に力不足を恥じるような顔をしていたが、今のエレノアにそのフォローをする余裕はなかった。

ぐっしょりと血に濡れた上着を、ローレンツが脱ぎ捨てる。彼は白いシャツ姿でエレノアに近づいてきた。

「——失礼」

次の瞬間には膝裏《ひざうら》を掬《すく》われ、抱き上げられていた。

羽根のように軽やかに浮いた体に驚き、言葉が出てこない。呼吸さえ止まっていた。

守られたのも、抱き上げられたのも、初めてだった。

こんな風に扱われるなんて——これまで一度もなければ、想像すらしたことがなかったのだ。

「動きますよ」

てっきり近衛隊の誰かが同乗するのかと思えば、エレノアの後ろにはローレンツが乗った。

先ほどの二人のただならぬ様子を見て、誰も口を挟めないようだった。

エレノア達を乗せて、馬はゆっくりと歩き出した。


ローレンツと共に城へ向かう間、エレノアはぼんやりと馬に揺られていた。

猪には冷静に対処できたのに、その後の出来事には完全に頭がついていかなかった。

気付けば白亜の城に辿り着いていて、地面に降り立ったローレンツが、エレノアに手を差し出す。

「……？」

心底不思議に思い、エレノアは首を傾げる。

そんな彼女を見ても、ローレンツは微動《びどう》だにしない。

(もしかしてこれは……手を貸すというのか？　何故？　……まさか、馬から降りるために？)

馬の乗り降りを人に補助してもらうなんて、いつぶりだろう。

先ほどから頭がついていかないエレノアに、ローレンツが沈痛な面持《おもも》ちになる。

猪と対峙《たいじ》した恐怖で呆然としているとでも思ったのかもしれない。

「怖ければ、目を瞑《つぶ》っていてください」

鐙《あぶみ》に足をかけたローレンツの顔が、ぐっと近づいてきた。

「――へっ？」

目を見開くエレノアの両脇に、手が差し込まれる。ローレンツは、まるでダンスでも踊るかのように軽々とエレノアを持ち上げた。

あの夜のダンスの続きのようだった。今ならもう少し、上手に踊れるだろうか。

馬から降ろしてもらった後も硬直したままのエレノアを気遣ったのか、ローレンツは彼女を抱き上げたまま城内へと入っていった。後ろから歩いてきていた令嬢達が、それを呆然として見送る。

まるで子羊のように大人しく抱き上げられているエレノアと、下半身が血に濡れたローレンツを見て、衛兵達が目を丸くする。しかし、後ろから近衛隊がついてきているのを知ると、敬礼して二人を見送った。

編み込まれていたエレノアの髪から、リボンがほどける。ふわりと桃色の髪が広がった。

廊下を突き進むローレンツの歩みに合わせて、王女の髪が靡《なび》いている。まるで一幅《いっぷく》の絵のような美しい光景に、人々は立ち止まって振り返った。

エレノアを抱き上げるローレンツの腕は、驚くほどしっかりとしていた。彼は空色の瞳でただ真っ直ぐに前を見据え、歩みを緩《ゆる》めることはない。

王女の居室の前に辿り着くと、ようやく彼はエレノアを降ろした。

まるで少しでも衝撃を加えれば、脆《もろ》く崩れ去ってしまうと信じきっているかのような、繊細な動きで。

「ごゆっくりなさってください。また笑顔の貴方にお会いできるのを、楽しみにしております」

ローレンツは桃色の髪を一房手で掬《すく》うと、恭《うやうや》しく口づけた。

「ローレンツ様……」

感謝の意味を込めて名を呼ぶエレノアに、彼はほっとしたように笑む。その笑顔を見たエレノアは、また口がきけなくなってしまった。

「今度は私が土産《みやげ》を持って伺いますね」

再び石像と化したエレノアの髪を放すと、ローレンツは後ろに控えていた近衛兵と侍女に一言二言告げて、その場から立ち去った。

颯爽《さっそう》と歩いていくローレンツの後ろにセスが続く。彼は一度こちらを振り向くと、エレノアを元気づけるようにニカッと笑って手を振った。

エレノアは呆然としながら、セスに手を振り返す。

それを合図にしたかのように、周りにいた者達が一斉に彼女に駆け寄った。

猪と対峙《たいじ》した際に泥や汚れがついてしまったドレスを、侍女に三人がかりで脱がされ、一糸纏《いっしまと》わぬ体を湯に投げ込まれた。

獣の臭《にお》いを微塵《みじん》も残さないようにと、いつも以上に香りの強い石鹸《せっけん》で全身を洗われる。いつもならこの後、香油を使ったマッサージを丁寧に施《ほどこ》されるのだが、今日はマッサージもそこそこにベッドに寝かされた。いつものことながら、優秀な侍女達である。

そのまま大人しく布団に潜《もぐ》っていると、医者が慌てて走ってきた。どうやらローレンツから「念のために診察を」と指示を受けていたらしい。

エレノアも何度か会話したことのある年嵩《としかさ》の宮廷医が、王女の体を診察する。

自分がベアトリーチェの体に入っていることは、こうして第三者と接した時に一番強く実感するのだった。

「腕と肩に貼り薬、それから気持ちを落ち着かせる香《こう》を出しておきます。とにかくゆっくりお体を休めるのが一番ですね」

労《いたわ》りの籠《こ》もった言葉に頷くと、エレノアはおずおずと口を開いた。

「先生、森での爆音は城まで届きましたか？」

「もちろんです。大きな音でしたからね。敵襲かと思って、城内は一時騒然としたものです」

先ほど見た城内の様子は落ち着いていたので、戦《いくさ》の線はないだろうと思っているが、騎士であるエレノアは気がはやってしまう。

「原因は何か聞いてます？」

「ベアトリーチェ様。貴方様の今のお役目は、安静になさることですよ」

窘《たしな》められてもなお視線を逸らさずにいると、医者はため息と共に教えてくれた。

「豊穣祭で使う打ち上げ花火の運搬中に、ちょっとした事故が起きたそうです」

「花火……火事や怪我人は？」

「幸い被害はなく、祭りの準備も滞《とどこお》りなく進行しているようですよ」

安堵《あんど》して体の力を抜いたエレノアを見て、主治医が満足げに頷く。

後ろに控えていたネージュも、ほっと胸を撫で下ろしていた。ベアトリーチェの容態はもちろんのこと、爆音についても不安で仕方がなかったのだろう。

再び「安静に」と告げて主治医が帰ると、入れ替わりに近衛隊長のジェラルドが入室してきた。いつも以上にしかめっ面で、眉間《みけん》には皺《しわ》が深く刻まれている。

その顔を見て全てを悟ったエレノアは、乾いた笑みを浮かべた。

「如何《いかが》しましたか、ジェラルド」

「まずは無事にお帰りくださったこと、心よりお喜び申し上げます……。また、部下の指導不足でした。次はないとお約束致します」

獣にいいように翻弄《ほんろう》された近衛隊員達。全ての責任は、隊長であるジェラルドにある。つむじが見えるほど低く下げられた彼の頭に、エレノアは短く了承の意を返した。

するとジェラルドが頭を上げて言う。

「さて、今日はお話が――」

「お説教、の間違いでしょう」

まるで人格が入れ替わったかのように話題と態度を変えたジェラルド。そんな彼にエレノアは苦笑する。

「よくおわかりで。国民を守られた尊《とうと》き精神と勇気には感服致します――が、次からは是非その二つを、御身《おんみ》を守ることに費やしていただきたい」

ジェラルドの慇懃《いんぎん》なお説教を受け、エレノアはベッドにポスンと埋もれた。

「今日はとても恐ろしい目にあったの。心底疲れているから、またにしてちょうだい」

ベアトリーチェの我儘《わがまま》な態度を真似てみせると、ジェラルドはそれ以上強く言えずに言葉を詰まらせる。


「――わかりました。では、後日必ず」

上手く躱《かわ》せたと思ったが、どうやら浅はかだったようだ。エレノアは白旗の代わりに右手をあげる。


ジェラルドが出ていった部屋に、ネージュだけが残った。入れ替わりのことを知る彼女は別の意味でお説教したかったのだろうが、医者の「安静に」という言葉を思い出したのか、エレノアの身の回りを整えると静かに退室した。


エレノアはそっとベッドから下りて立ち上がる。

そして窓硝子《ガラス》に手を添え、額をつけた。

分厚い硝子《ガラス》の向こうがぼんやりと見える。広がる庭園の向こうは高い塀に遮《さえぎ》られ、今日出かけた丘までは見えない。

ひんやりとした硝子《ガラス》の感触が心地良い。

深い息を吐き出しながら、そっと目を瞑《つぶ》った。

パラソルを突き出しながら、王女の小さな手を、すっぽりと包み込んだ大きな手。

猪に立ち向かったエレノアを怒鳴った声。安堵《あんど》したように零《こぼ》れた笑み。

自分を後回しにして、エレノアの頬を拭《ぬぐ》ったハンカチ。エレノアを軽々と抱き上げた頼もしさ。

乗り慣れているはずの馬上でガチガチに緊張したエレノアを、守るように抱きしめる腕。周りの誰もが、二人を羨望《せんぼう》の眼差しで見つめていた。

それを思い出すと、羞恥《しゅうち》の火に体を焼かれそうだった。せっかく櫛《くし》で綺麗に梳《す》かれた髪を、ぼさぼさにかき乱しそうになる。エレノアは両腕で自分の体を抱いてそれに耐えた。

(なんだ、これは)

身悶《みもだ》えするほどの恥ずかしさと、名も知らない衝動が心に渦巻く。

(なんなんだ。これじゃあまるで――)

思い当たったものに、エレノアは瞠目《どうもく》した。

自分の体を抱きしめたまま、ずるずると壁伝《かべづた》いに尻餅をつく。

「絵本の中の王子様と、お姫様みたいじゃないか……」

力なく呟《つぶや》いた言葉。

けれど、これ以上ないほどしっくりときていた。

(そうだ。「みたい」なんじゃない)

ローレンツは正真正銘《しょうしんしょうめい》の王子様だ。そして、この体の主《あるじ》であるベアトリーチェも王女様だ。

そんな二人は、何処《どこ》からどう見てもお似合いだったに違いない。あれだけベアトリーチェを目の敵《かたき》にしていた令嬢達でさえ、呆けたように見上げていたのが、その証拠だろう。

絵本の中のお姫様と王子様のように、お似合いの二人。

(――でもお姫様は、私じゃない)

ドレスも似合わないエレノアは、舞台に上がることすらできない。

心を守るように、我が身を抱きしめる手に力が込められていく。

かけられた言葉も、抱き上げられた体もすべて……ベアトリーチェのもの。

最初から知っているはずだ。それなのにショックを受けてしまった。落ち込むようなことでもないのに落ち込む自分は、意味がわからなくて気持ち悪い。

（精神がたるんでいるに違いない）

甘やかされすぎて、騎士の本分を見失うなんて……

エレノアは立ち上がった。今すぐ雑念を振り払うために、素振りがしたい。

剣でなくてもいい。何か適当なものを——と見回し、部屋の隅にあった錫《すず》製のフロアスタンドを手に取った。大量のクリスタルが吊るされた照明は、剣のようにずっしりとした重さがある。

ただ一心に、フロアスタンドを振る。汗が飛び散り、頭が空っぽになるまで。

（ドレスなんて、剣を振るのに必要ない……）

エレノアは騎士だ。ベアトリーチェを守るために、ここまできた。

——だからエレノアには必要ないのだ。

王子様、なんてもの。

第四章

「これは少々……あからさますぎなのでは」

「国王陛下直々《じきじき》のお達しです。とてもお似合いですよ、ベアトリーチェ様」

お針子ににこりと微笑まれ、エレノアは引きつった笑みを浮かべる。

――ローレンツの瞳と同じ、空色のドレスを身につけたまま。

ピクニックから数日が経った。その間、尾ひれのついた噂は、好き勝手に城内を駆け巡ってくれていた。あの天使のように美しいベアトリーチェが一撃で猪を吹き飛ばしただとか、近衛隊から馬を奪って単騎で突撃しただとか、猪の心臓をえぐり取ろうとしただとか……

元々ベアトリーチェは天真爛漫《てんしんらんまん》で王女らしからぬ素行が多かったせいで、「あの王女ならやりかねない」と思われているようだった。

そんな噂の中でも一番人々の関心を集めたのは、近隣国から来た美貌《びぼう》の若き侯爵――ガルディー二卿《きょう》との噂であった。

あの時いた令嬢達は、時の有力者の娘ばかり。そんな彼女達を出どころとした噂は信憑性《しんぴょうせい》を伴《ともな》い、あっという間に宮廷内に広まった。宮廷の次は社交界、社交界の次は市井《しせい》へと。

庶民の間では、結婚秒読みとまで囁《ささや》かれているようだ。

「陛下は何をお考えなのでしょう……ただでさえ不本意な噂が広まっているというのに……」

なんだかんだと言いつつ娘の我儘《わがまま》を容認していることからわかるように、国王陛下は娘に甘い。とことん甘い。べらぼうに甘い。

先日の猪の件についても、陛下が「お転婆《てんば》もほどほどにな」と笑って済ませてくれたからこそ、貴族達から白い目を向けられずに済んでいる。

「噂は噂。皆、高貴な方々の身辺が気になって仕方がないのでございます。なんでしたら、噂を真《まこと》になさってもよろしいのでは――？」

じゃじゃ馬姫をその気にさせようとしているのか、お針子の目がキラリと光る。

「そ、それよりも。ここにきて生地から作り直すなんて、本当に間に合うんですか……？」

仮縫い状態で纏《まと》っているこのドレスは、豊穣祭の式典で王女が身につけるものだ。

だが、エレノアが近衛騎士としてベアトリーチェのそばにいた頃に見せられたドレスとは違う。どうやら元々予定していたドレスを没《ぼつ》にしてまで、新しく作るようにと指示されているらしい。

「ほぼ完成していたはずのニンジンの色のドレスは……」

「バーミリオンです！　先ほども申し上げましたが、陛下から直々《じきじき》にご指示を賜《たまわ》っているのです。さぁ、一度くるりと回ってくださいませ……裾《すそ》の広がりはいいですね。手を上げてみてくださいますか？　まずは右、次は左。肘《ひじ》を曲げて、伸ばして……動きにくいところは？　ないようですね」

色の名前を訂正された後、次々と細かい動きを指示される。

ドレスを仕立てるなんて、十一年前の祖父の誕生日以来だった。こうして動きやすさを確かめるのが普通のことなのかどうかもわからないが、動きやすいならそれに越したことはない。

「では、ベアトリーチェ様はしばらく休憩なさってください」

エレノアは差し出された椅子に座ると、空色のドレスを手で撫でながら深い息を零《こぼ》す。

「……陛下……外堀を完全に埋めてしまうおつもりか……」

たとえ式典にローレンツが参加せずとも、彼の姿を見たことのある誰もが、エレノアのドレスの意味を察するだろう。

彼の色に染まっています――という、女性ならではの意思表示だと。

（お叱りだ。完全にお叱りを受ける。お前は何をしていたんだと……）

ベアトリーチェに再会する日のことを思い、エレノアは震え上がった。いつの間にかベアトリーチェとローレンツの見合いが、ほぼ纏《まと》まりかけているのだから……

（でも姫様。ローレンツ様は姫様の夫たりうる人物です――頼もしくて信頼がおけ、姫様を笑顔にするユーモアもあり……そして、何より心の健《すこ》やかなお方です）

エレノアは心の中でもごもごと反論した。

彼ならばきっと、ベアトリーチェとうまくいく。彼女を幸せにできるだろう。

――つきんと、胸が痛んだ。

なんだろうと思い、エレノアは慌ててドレスの前をくつろげる。

「今ちくりとしたのですけれど、もしや針が刺さったままなのでは？」

「な、なんてこと！　大変申し訳ございません！」

顔を真っ青にしたお針子が、震える手で王女の胸元に指を入れる。

マチ針の一本でも残っていれば、お針子は職を失うことになる。だが、手で触って確かめた限り何処《どこ》にも針は見つからなかったようだ。かわいそうなほど狼狽《ろうばい》していたお針子が、ほっと胸を撫で下ろす。

「もしかしたら、胸元のレースが原因かもしれません。あまり肌に触れないように致しましょう。他に気になる箇所はございますか？」

「気になるといえば……腕のこれはなんですか？」

エレノアは肘《ひじ》を上げた。二の腕の部分から異国の衣装のように、動く度にひらひらと揺れる袖《そで》が垂れている。どんな婦人が着ているのも見たことがないそれを、エレノアは不思議に思った。

「美しいでしょう。紗《うすぎぬ》を重ねてあるのです。ひらひらとしていますが、動きを阻害するほどではありませんので、ご安心ください」

「動き……？　これは式典用のドレスだと記憶しているのですが」

何故先ほどから、動きばかりを重視するのだろうか。いや、動きやすいに越したことはないのだが。先日の猪事件の時のような無茶を警戒して、むしろ動きにくいドレスにしてくると思っていただけに、エレノアは困惑した。

思えばスカートも、ドレープが多く入っているおかげで質素な印象こそ受けないが、いつもベアトリーチェが着ているドレスより随分とボリュームが少ない。

「ええ。式典用のドレスですよ。間違いございません」

会話は噛み合っているものの、何処《どこ》か食い違っている気がする。

エレノアが後ろに控えるネージュを振り返れば、彼女も訝《いぶか》しげに首を傾げていた。

お針子が部屋を出ていくと、エレノアはネージュに尋ねた。

「……また陛下が何か企《たくら》んでいるのでは」

「陛下の企《たくら》みですと、直前まで予想できないのが痛いところですね……ですが一応、侍女頭《じじょがしら》に探りを入れておきます」

前例があるため、どうしても警戒心を抱いてしまう。頭を抱えるネージュに乾いた笑みを浮かべながら、エレノアは頷いた。

「今日はこのあと、何があるんでしたっけ」

「今一度お着替えをしていただきまして、先日のチャリティバザーにご協力くださったブラン公爵夫人のところへお礼に伺います。そのまま豊穣祭の運営委員会へ、陣中見舞いに向かう予定です」

どちらも王女の大切なお役目だ。気持ちを切り替え、エレノアは窓の外に広がる青空を見た。


力不足を自覚しながらも、なんとかスケジュールをこなしていく。

どうにか役割を果たし終えた頃には、お茶の時間になっていた。

城に帰り着いたエレノアは、馬車から降りるとゆっくりと城内を歩く。

渡り廊下に大きな歓声が響いていた。何が起きているのかと、エレノアはネージュの方を振り返る。だが、彼女は目を少し見開いて、首を横に振った。

興味を引かれたエレノアが走ってそちらに向かおうとするのを、ネージュが咳払いで諫《いさ》める。

ピタッと止まったエレノアは、かろうじて走ってはいないと言えるくらいの速さで歩き始めた。

辿り着いた先は、王宮に詰める全ての兵士が使用する訓練場だ。一体何が起きているのだろうと、背伸びをして中を覗《のぞ》こうとするが、大勢のギャラリーのせいで何も見えない。

（元の身長だったら見えたのに！）

ヒールを粉砕してしまいそうな力強さで、エレノアは地団駄《じだんだ》を踏む。

標準的な男性と同じくらい身長のあるエレノアと違い、ベアトリーチェは女性の中でも小柄で華奢《きゃしゃ》な体つきだった。

そうこうしているうちに、ギャラリーの歓声が大きくなった。「そこだ！」「やっちまえ！」という野次も聞こえ始める。

エレノアはついに我慢ができなくなった。

「ちょっと、退《ど》いて。空けて」

「なんだよ、今いいとこ……って、殿下!?」

ギャラリーの隙間に体をねじ込み、押し入ろうとした王女を見て、横にいた男が驚愕《きょうがく》の声を上げる。エレノアは慌ててその口元に手を当てた。

「黙って！　今いいとこなのでしょう!?」

「は、はい」

急に敬礼をした男を不審に思ったのか、周りのギャラリーがざわつく。そして、そこに王女がいるのを見てぎょっとした。

しかし王女の奇行は珍しいことではなく、この城内では見ないふりをするのが暗黙の了解だ。そんな王女にエレノアはいつも振り回されていたが、今ばかりはありがたい。

なんとかギャラリーを抜け、最前列に立ったエレノアは、思わず息を止める。

周りの歓声が遠のいていくほど、目の前に広がる光景に目を吸い寄せられていた。

訓練場の中央にいる人物。その長い四肢が力強く動いている。

彼は長剣を模した形の木剣を、試合相手の木剣に激しく打ち付けた。

揺れる前髪の下の顔を見て、エレノアは息を呑む。

(――ローレンツ様)

そこへ、横にいた男が心配そうに声をかけてきた。

「ベアトリーチェ様、決してこれ以上は出られませぬよう……」

エレノアは「わかっている」という意味を込めて頷いた。だが、万が一の危険を考慮したのか、男が庇《かば》うように斜め前に立つ。

エレノアは男の体の隙間から、ローレンツの試合をそっと覗《のぞ》いた。

相当脚力があるのだろう。勢いに乗った重い攻撃だ。真剣な目は常に前を見ていてぶれない。視線から次の手を読むことができないため、対戦相手は苦戦しているだろう。

ローレンツと戦っている相手は、服装からしてこの城の衛兵のようだ。見覚えはあるものの名前までは知らない男だった。ギャラリー達も同じ制服を身に纏《まと》っている。

服装といえば、ローレンツは以前ここを訪れていた時と同じ、ラフな格好をしていた。

動きやすそうな服装が、ローレンツのしなやかで大胆な動きを助けている。

彼が剣を振るうならば、性格と同じく静かな――あの猪を退治した時のように、無駄な動きの一切ない必要最小限の動きをすると思っていた。それなのに、ローレンツの剣は熱く激しかった。

息が詰まるような圧迫感を覚え、エレノアは胸を押さえる。

彼から目が離せない。

――タンタンカンカン、カッカカッ！

打ち合いがどんどん速くなり、木剣のぶつかる高い音が響く。

二人は互いに、つけ入る隙を探っていた。

「いけっ、そこだ！　足出せ足！」

「負けんな！　踏み込め！」

ギャラリーはますます沸き、歓声と野次が大きくなる。その時、強く吹いた風で土煙と熱気がぶわりと湧き上がり、ローレンツが気圧《けお》されたように一歩下がった。

(――あっ！)

対戦相手はその隙を見逃さず、大きく踏み込んで勢いよく突く。

ラムセラール国の剣は先を細く尖らせてあり、突くことに特化している。やや後ろにのけぞった不安定な姿勢では、その突きは受け止められない。

ローレンツは横に逸れるように体を捻《ひね》って突きを躱《かわ》すと、突き出された剣を自身の持つ剣で上から押さえた。

（その程度じゃ、ラムセラールの突きは止められない！）

エレノアは彼の身を案じた。突きの勢いは削《そ》がれるが、軌道に影響があるほどではない。衛兵はそのまま、力業《ちからわざ》で押し切ろうと剣を突き出す。

――が、次の瞬間、ローレンツがくるりと宙を舞った。

「えっ!?」

驚いたのはエレノアだけではない。

軽業師《かるわざし》のように空中で回った彼を見て、周りの衛兵達も皆ぽかんと口を開けていた。

刃が交わった部分を支点にして、体を捻《ひね》ったのだろう。理屈はわかっても、兵士としての訓練を受けてきた者には、思いもつかない手である。

事実、対戦相手は剣を押さえられ、無力化されているというのに、驚きに目を見開いてローレンツを眺めていた。

（今までの打ち合いは無難なものだったが……そうやって相手の油断を誘ってた？　では、一度後ろに下がったのも……？）

あれほど自然に下がられては、自分が押していると勘違いするだろう。そのままとどめを刺しにいっても仕方がない。

いつも練習の通りにいくわけではないが、あまりにも予測がつかない動きをされると、突然目の前に猛獣が出てきたような、そんな恐怖を覚えるに違いない。

（……強い）

回転していたローレンツが遠心力を使って剣を振るう。

大きな隙も生じる動きだが、唖然としている対戦相手は避けることすら思いつかないようだ。

勝負あり、と誰もが思ったその時。

――スサッ……

（へ？）

勢いがつきすぎた剣は、ローレンツの手からすっぽ抜け、訓練場の端にある木に突き刺さった。

葉がクッションとなり、奇妙なほどうまい具合に受け止めている。

人々は呆気《あっけ》にとられ、その場は静寂に包まれたが……

「――ぷっ」

「あっはっはっはっは！」

誰かが噴き出したのをきっかけにして、場は弾けたような笑いに包まれた。

「見てみろ、木剣が枝に刺さってら！」

「かっこよかったのになぁ、兄ちゃん！」

審判などいなくても、どちらが勝ったかは一目瞭然《いちもくりょうぜん》だ。

（え、嘘？　もう終わり？　――って、誰か剣抜いてこい！　なんでここでやめさせようとするんだ！　他国の剣士の素晴らしい試合を見られる機会なのに……全員、減俸だ馬鹿!!）

エレノアは心の中で罵倒《ばとう》しつつ、悔恨《かいこん》の涙を流す。

（この場に、うちの隊の誰かがいたら……!!）

剣術馬鹿のもとには剣術馬鹿が集まる。エレノアの隊の連中ならば、自分の剣を差し出してでも試合を続行させたはずだ。

歯噛みするエレノアの気持ちも知らず、試合は粛々《しゅくしゅく》と終わりを告げた。

「情けない。私の負けですね」

ローレンツが苦笑しながら手を差し出す。

「ありがとうございました。かの有名なラムセラールの兵士殿と剣を交えることができて光栄です」

呆然としている間に試合に勝ってしまった兵士は、慌ててローレンツの手を握った。

「こ、こっちこそ。いやあ驚いた。商人の護衛だったか……なあ、うちに入隊しないか？　あんたならすぐに入隊できるだろうし、きっと騎士にもなれる」

（——は？　入隊？）

エレノアはぽかんとする。それに、商人の護衛とはどういうことだろうか。

「仲間も一緒にどうだ。そっちも強いんだろ？」

衛兵が視線をやったのは、ギャラリーの中にいたセスだった。彼は笑いながら片手を上げる。

エレノアは驚きすぎて、拳《こぶし》が入りそうなほど大きく口を開けてしまう。

「ありがたいお誘いですが、今の仕事が気に入っています……の、で……」

視線をギャラリーに向けたローレンツが言葉を途中で止める。

エレノアとがっつり目が合ったのだ。

目を丸くしたローレンツの頬がひくついている。

彼が初めて見せる「しまった」という顔だった。

（あぁ、なるほど……そういうことか……）

エレノアの頬も引きつる。

いつも悠々としているローレンツの表情を崩せたことを楽しむべきなのか、身分を偽《いつわ》って衛兵に試合をさせたことを怒るべきなのか。

（……うちの衛兵が、不敬罪で処罰されたらどうする！）

ローレンツの顔を知らないということは、城内の深層部の所属ではないのだろう。

近衛隊の一員として、他国の客人が王宮内を自由に歩き回ることを許していたとは思いたくないが――ローレンツが身分を偽《いつわ》るために質素な服を身につけ、いつもの光り輝かんばかりの存在感を消していることは確かである。

ここはやっぱり怒るべきだと思い、エレノアは口を開いた。

「ローレ――」

「おっと時間だ。すみません、遅れると親方がうるさいんで――」

「ああ、いいよいいよ。行きな。また近くに来たら寄れよ！」

エレノアがその名を呼ぶ前に、ローレンツは訓練場を後にした。

同じくセスも、そそくさと消えてしまう。

（あ、逃げられた！）

エレノアは追いかけようと身を翻《ひるがえ》したが、ギャラリーの壁にぶつかった。厚い肉の壁を地道に抜けるのは時間がかかるだろう。今は一刻も早く、彼らを追いかけなければならないというのに！

エレノアは大きく息を吸った。

「――衛兵！　整列！」

その言葉を聞いて、衛兵達がビシッと整列する。

「左向け、左！」

エレノアの声に反応した彼らが一斉に左を向いた。巻き起こった土煙が風に流れる。

「……って、え⁉　ベアトリーチェ様⁉」

驚く衛兵達にかまわず、エレノアはできた隙間から抜け出す。

背後から戸惑う声が聞こえたが、あの場に残ったネージュに後始末は任せることにした。

逃げた〝商人の護衛〟達は、そう遠くない場所にいた。

エレノアを待っていたのだろう。ご丁寧にも、貴族らしいジャケットを身につけている。

「ベアトリーチェ様。ご機嫌麗《うるわ》しく」

「ご機嫌よう、ローレンツ様――肩に葉っぱがついていますよ」

ローレンツがハッとして肩を見る。だが、そこには何もついていない。

エレノアはため息をついた。

「ジャケットは、そこの茂みにでも隠していたんですか？」

「ご想像にお任せします。——まさかベアトリーチェ様があの場に現れるとは思いませんでした。今日はお出かけになられていると伺ったのですが」

「帰る時間も確認しておくべきでしたね。衛兵達の声が、随分と遠くまで聞こえていましたよ」

ローレンツが苦笑を浮かべる。

「侯爵のままでは剣を交えたとしても、突きは見せていただけないと思いまして——豊穣祭のための品を売りに来た商人の護衛ということにしたんです」

「変装がお上手だこと」

「旅には必要不可欠ですから。お褒めいただけて嬉しいです」

「これは褒めたんじゃありません……」

エレノアは頭を抱えた。幸か不幸か、奇行を繰り返す主人のそばにいるせいで、頭を抱えることには慣れていた。

「このようなことは、これっきりにしてください。我が国の大事な兵士を処分するのは本意ではありません」

「彼らに罪はありませんよ。剣を交えた相手はオクタヴィアの貴族ではなく、出入りの商人の護衛なのですから」

あくまでもそれで通そうとするローレンツを、エレノアはじろりと睨《にら》む。

「ローレンツ様」

「……わかりました。二度としないとお約束しましょう」

「あの場にいた衛兵達に、侯爵としての姿を見られないようにしてください。あとで彼らの所属を確認しておきますので、そちらの管轄《かんかつ》にはあまり近寄らずに……何故笑顔なのです？」

エレノアが渋面《じゅうめん》を作っているというのに、ローレンツは何故か楽しげに微笑んでいた。

「いえ、いつもそういう顔をさせられている方ですので――させる立場というのも悪くないな、と思いまして」

彼に苦労をかけているのは、従者のわりに自由な行動が多いセスだろう。

エレノアはセスに呆れた視線を向ける。

「――セス。普段、どれだけローレンツ様に甘えているんですか」

ローレンツの日頃の苦労を思い、苦言を呈《てい》したというのに、当のセスは何故か満面の笑みを浮かべていた。

「そうなんですよねえ。いつまでもローレンツ様に甘えてばかりで」

「自慢してどうするんですか」

「だって、セスはローレンツ様が大好きなんですよ。ね、ローレンツ様」

何故か自《みず》らを名前で呼び始めた従者に、ローレンツが冷ややかな視線を向ける。

「ええ、そうですね」

……棒読みにもほどがある。いつもの慈愛に満ちた彼とは真逆の印象だ。

自《みず》ら諌《いさ》めたというのに、エレノアはセスを咄嗟《とっさ》に庇《かば》ってしまう。

「……そ、そう邪険にしないでやってくださいませ。従者はいつも主《あるじ》のことを第一に考えているのです。どうお過ごしになりたいのか、何を望まれているのか、何が主《あるじ》のためになるのか——口うるさく感じることもあるかもしれませんが、それもひとえに主《あるじ》のためを思い……」

そこでハッとし、熱弁を振るっていた口を一旦閉じる。

これでは王女ではなく従者の立場で話しているようだ。見れば、ローレンツは目を見開いて見事に固まってしまっている。エレノアは慌てて両手を振った。

「あの、これは常々侍女が言っていることでして……ですから、ええと、従者がどれほど主《あるじ》を大切にしているか、ローレンツ様にもわかっていただければと……」

「ベアトリーチェ様のおっしゃりたいことは、よぉくわかります。従者は主《あるじ》を本当に大事に思っているものですよね。うんうん」

セスが大仰《おおぎょう》に頷く。ローレンツが苦虫を噛みつぶしたような顔をして、彼を睨《にら》みつけた。

「そう言うのでしたら、少しはローレンツ様のご心労を慮《おもんぱか》って行動しなさい」

「はーい。セス、大好きなローレンツ様のため、肝に銘じます」

エレノアの言葉を心に刻むように、セスが胸に手を当てる。そんな彼を横目で見ながら、ローレンツが口を開いた。

「——主人思いの従者に感動しています。ベアトリーチェ様のおっしゃるように、大事にしなくてはいけませんね」

（あ。さりげなくセスの足、踏んでる）

表情一つ変えずにこういうことをやれるのだから、先ほどの立ち回りにも納得がいく。

しかも、ぐりっと踏みにじっていた。ローレンツは涼しい顔を崩さないが、ぶんぶんと頷くセスの笑顔にはひびが入っている。

「ええ、是非そうしてやってください」

そう言いつつ、エレノアは心がむずむずしていた。

二人のこういう姿を見られるようになったことが、なんだか嬉しいと感じる。

猪から助けてもらい、心の距離がぐんと縮まったのも原因の一つだろう。

ローレンツからは、お転婆《てんば》な行動を心配はされても、批難や軽視をされることはなかった。冗談めかして茶化されることはあるが、それさえも進歩に違いない。

猪と戦ったことで仲間意識が芽生えたのか……これまでよりもずっと親しげに会話をしてくれる。

「ところでセス。一体何をもって、ローレンツ様にご苦労をおかけしているんですか？」

エレノアは従者ではないが、王女の近衛隊もそれと同じようなもの。同僚を助けるつもりで、話題の方向性を変える。

「心当たりはないんですけどね。昨日は一日、おそばを離れていましたし」

「それがいけないのではありませんか……？　また街に下りていたんでしょう？」

「はい。ラムセラールの活気は素晴らしい。それに、女性も」

もちろん、王女殿下の美しさには負けますが――とセスが続ける。

（それはそうだ。なんたって姫様は世界一美しいんだから）

思わず頷きそうになった自分を、エレノアは慌てて制す。

「気に入った娘でもいるのですか？」

「ええ。凜《りん》とした、まるで冬の湖面に舞う白鳥を思わせるような美人で……」

エレノアは男社会に属していたため、色事に関しては寛容だ――ベアトリーチェが絡まない限り。

しかし、そんなことを匂わせるわけにもいかず、キッと怒った顔をした。

「たとえローレンツ様のお付きの方といえども、ラムセラールの娘に手を出せば責任はとっていただきますよ？」

「責任をとって連れて帰ってもいいと？　王女殿下のお墨付きをいただけて、恐悦至極《きょうえつしごく》に存じます」

セスがエレノアの手を取って甲に口づけた。普段のエレノアなら払いのけるところだが、よからぬ気配を感じる言葉に、その余裕をなくす。

「お待ちなさい。どういうことです？」

「いやあ助かりました。我が国では一度神のものになると、還俗《げんぞく》は難しいですから」

「還俗《げんぞく》？　まさか、相手は神殿の神官なのですか？」

思いがけないことを聞き、エレノアは驚いた。

ラムセラールの神殿は神を祀《まつ》る神聖な場だ。旅人にも開放されている教会と違い、限られた者しか入殿できないようになっている。

そして神殿は、男子禁制の女の園でもあった。

「……どうやって神殿内に入ったんです？」

「ははは、長年旅をしていると、抜け道を嗅《か》ぎ分ける能力もついてくるんですよね」

にっかりと輝かんばかりのセスの笑顔に、エレノアは閉口した。

物理的な抜け道にしろ、そうでない抜け道にしろ、大問題だ。

王族の男性でさえ入殿できるのは一生のうち二度しかない。祝福と終焉《しゅうえん》の言霊《ことだま》を授かる時のみ——つまり生まれた時と死ぬ時だけだ。

代々神殿との交流は王女の役目であり、ベアトリーチェも度々《たびたび》神殿を訪れていた。近衛隊は門の前まで見送り、そこからは神殿の女性騎士と交代する。

自分達の領域に城の武力を侵入させたくない神殿は、女性だけの騎士団を作って警備にあたらせていた。そんな神殿との軋轢《あつれき》を避けるため、ラムセラール国の城では女性騎士を抱えられないのである。

その神殿に、男子であるセスが侵入し、特定の神官に目をつけていたとは——

「ベアトリーチェ様の御手《みて》に触れたまま、他の女性の話題を口にするとは感心しませんね」

エレノアの体がくるりと回った。まるであの夜、舞踏会でリードされたダンスのように自然に。セスの手をはたいたローレンツが、そのままエレノアの手を取ってターンさせたのだ。

ローレンツの表情は冷静だが、その声には熱が籠《こ》もっていた。

「ベアトリーチェ様を口説《くど》くような不忠義者の従者は、必要ありませんよ」

「私は、王女を口説《くど》く従者がいても面白いなと思ったもので」

真剣な顔をして睨《にら》み合う二人を困惑しつつ見比べていたエレノアは、そこでようやく自身の体勢に気付く。

ローレンツに手を繋がれ、もう片方の手で肩を抱かれていたのだ。

急速に体が熱くなる。

びくりと震えたエレノアに気付いたローレンツが、こちらを見下ろし固まった。今のエレノアは真っ赤な顔をしているに違いないが、ベアトリーチェの姿なら赤い顔もたいそう可愛らしいだろう。

嬉しさの中に、何故か切なさが混ざる。

目尻に涙が浮かんだ気がして、エレノアはローレンツから目を逸らした。

そんな二人を、セスがにやけ顔で眺めている。

「抜け道には詳しいですよ。お教えしましょうか？」

セスの含みのある言葉に、ローレンツはため息を零《こぼ》す。

「……必要ありません」

真っ赤な顔を背《そむ》けているエレノアをネージュが迎えに来るまで、男二人の不可解な会話は続いた。

◇　◇　◇

「では、豊穣祭まではこちらに？」

「はい。長居してしまって恐縮ですが……豊穣祭の賑《にぎ》わいを行く先々で耳にして、是非一度立ち寄ってみたいと思っていたんです」

そのローレンツの言葉を、エレノアは素直に喜ぶ。難解な貴族言葉をやめた彼の言葉は、しっかりとエレノアの心に届くようになっていた。

いつの間にか定例となった、庭でのお茶会。

ローレンツに会うのがあれほど億劫《おっくう》だったというのに、朝のスケジュールに彼との時間が組み込まれていなければ寂しさを覚え、組み込まれていれば心が躍《おど》るようになっていた。

会えない日は、彼がいそうな場所をふらふらと歩いてみたり、いつまた彼と踊るかわからないからと、ダンスのステップを真面目に練習したりするようになった。

こんな風に心が浮き立つようなこと、今までなかったので落ち着かない。

ローレンツに会えると思うと嬉しいのに、いざ会うと何故か切ないような、逃げ出したくなるような気持ちも膨《ふく》らむ。

確かに感じる自身の変化を、エレノアは上手く理解できずにいた。

「元々、数え切れないほどの店が並ぶという市《いち》を見たくて、ラムセラールに立ち寄ったんです」

「そうだったんですね。西は砂漠の果て、東は遥《はる》かな諸島から、数多《あまた》の観光客と共にたくさんの商人が訪れるんです。色とりどりの旗と天幕がひしめき合って……それは見事ですよ」

「楽しみですね」

騎士団に入ってからは毎年警備に駆り出されているので、祭りをじっくりと味わったことはない。だが、是非ローレンツには楽しんでもらいたい。

「豊穣祭が終われば、いよいよ帰国なさるのですか？」

「……それが、まだ決めていないんです。いつかは、とは思っているのですが」

エレノアは意外だった。てっきり世界各国を漫遊《まんゆう》した帰り道だとばかり思っていたからだ。

「何か理由でも？」

やり残したことがあるのか、もしくは帰るための条件を満たしていないのか――

「……あえて言うならば、そうですね。まだ世界には、私が見つけていない美味《おい》しいワインがあるかもしれないと思うと」

これは、はぐらかされたのだろう。ということは、これ以上つっこむべきではない。

ローレンツが用意した茶葉を使い、ネージュに淹《い》れてもらったお茶に口をつけると、エレノアは顔をほころばせた。

「ワインに並ぶほど美味《おい》しいお茶もたくさんありますしね。これはサント国のお茶ですか？」

王女の近衛隊として、エレノアは一通りの茶の味を覚えている。女らしさとはほど遠い理由だが、毒味のために茶を啜《すす》る機会が多いからだ。こう見えて淹《い》れるのも上手かった。

「お見事です。こちらの菓子も召し上がってください」

「またセスが街に？」

エレノアはそばに控えていたセスに視線を向ける。彼に好きな女性がいると知ってから、若干の野次馬根性が芽生えてしまった。

そんなエレノアの視線の意図を、セスはしっかりと汲《く》み取ったようだ。

「はい。ですけど、今日はベアトリーチェ様の笑顔のために買いに走りましたよ」

金髪がさらりと揺れ、美青年が満面の笑みを浮かべる。

「ベアトリーチェ様がお好きだろうなと思うものを探してきました」

「ありがとう。いただきますね」

エレノアはパウンドケーキをそっと口に運ぶ。気を抜くと、あーんと大口を開けてしまいそうだ。何度も練習した通りに、お行儀良く食べられたというのに……ケーキを口に入れた瞬間、エレノアはカッと目を見開いた。

「ブルーチーズが入っていますね!? ナッツの塩気も美味《おい》しいし、ヴィットリオ地方の赤ワ……」

興奮のままに淑女《しゅくじょ》らしからぬことを言いそうになり、咄嗟《とっさ》に口を噤《つぐ》む。しかし遅かったらしい。

「赤ワインに合いそうですか？」

涼しい顔でローレンツに当てられてしまった。

「……合いそうです」

背後に立つネージュの冷ややかな視線。それから身を守るため、エレノアは背中を丸める。だが、その間も口はもごもごと動いていた。本当に美味《おい》しい。

（兵舎に行けばヴィットリオ産のワインがあるのに……）

どうにか取りに行けないだろうかと悩むエレノアの耳に、トンという音が届く。

顔を上げれば、ローレンツの前に一本のワインボトルが置かれていた。

瓶の首に貼られているラベルは、ヴィットリオ地方で作られたことを示している。

パアアっとエレノアの表情が明るくなった。

「ローレンツ様……！」

「もちろん、ご用意しておりますよ」

「ローレンツ様！」

彼の両手をとって踊り出したい気分である。まだ上手く踊れないけれど。

にこにこと微笑むエレノアの前で、ローレンツもにこにこと微笑んでいる。感謝の意味を込めて、エレノアは更ににこにこと笑った。

ローレンツは多少虚《きょ》を衝《つ》かれたような表情になったあと、小さく苦笑する。

「本当に、酒がお好きなんですね」

「酒も甘いものも好きです。甘味《かんみ》もつまみにしてしまうので、いつも周りに笑われていました」

ワイングラスを持ってきたネージュから、それを受け取る。セスがナプキンを当ててコルクを開けると、ワインが爽《さわ》やかな音をたてながらグラスに注がれてゆく。

「ありがとうございます、ローレンツ様」

「貴方の可愛らしい笑顔が見られたのですから、私こそ礼を述べたい」

喜ぶべき一言なのに、あれほど高揚していた心がすっと冷えていく。

手が震え、エレノアのグラスに注がれたワインが揺れた。

どれほどエレノアが礼を述べようと、それは全てベアトリーチェの声であり、ベアトリーチェの言葉となる。

（姫様の笑顔を褒められて、こんな風に気持ちが沈むことなんて、一度もなかったのに……）

最近の自分の感情についていけず、何故か軋《きし》んだ胸に手を当てる。

（――嘘をついていることへの、罪悪感だろうか）

随分と親しくなった王子を未だに騙《だま》している。そのせいで、これほど気持ちがざわつくのかもしれないとエレノアは思った。

（もしこの嘘《いれかわり》がバレたら、彼から向けられている信頼も笑顔も、きっと全てを失ってしまうんだろうな……）

ワイングラスを揺らしていたエレノアは、そこでふと気付いた。

バレた時の心配なんて、しなくていいのだと。

（彼は隣国の王子で、姫様の婚約者候補――けれど、私はただの騎士）

バレた時は、もう彼のそばにいることもなくなる。

胸に押し寄せるのは大きな寂しさだった。

騎士の身では感じることすらおこがましい、大それた寂しさである。

エレノアは誤魔化《ごまか》すように、ワインに口をつける。

ワインは非常に上等なもので、香り高く美味《おい》しかった。パウンドケーキにももちろん合い、美味《おい》しい美味《おい》しいと頬張《ほおば》っている内に寂しさも薄れた。

そうなると、今度は別のことに気をつけなければならない。舞踏会ではすっかり酔っ払ってしまい、翌日ネージュにこってりと絞られたからだ。ベアトリーチェの体とエレノアの体では、酒の許容量が違うらしい。

すぐに飲み干してしまわないよう、エレノアは一口一口をじっくりと味わう。

「ローレンツ様とセスは子供の頃から親しかったんですか？」

空になったグラスに、セスがすかさずワインを注ぐ。美味《おい》しいワインと美味《おい》しいお菓子を食べながらの会話は、いつにも増して楽しい。にこにこにこと、天使の笑顔を惜しげもなく晒《さら》した。

「そうですよ。もう一人も合わせて、三人でよく遊んでいました」

「そのお方も旅の従者に？」

「ええ。初めは私も含め、四人での旅でした。しかし一人は途中で所帯を持ち、もう一人は……」

言いよどんだローレンツに、エレノアは眉尻を下げた。

彼らの旅が、ただ楽しいだけのものではなかったことは想像に難《かた》くない。おそらく〝永遠の別れ〟があったのだろう。

「ローレンツ様……」

エレノアが悲痛な思いでいると、ローレンツは再び口を開いた。

「もう一人は……大工の棟梁《とうりょう》に弟子入りしました」

思いがけない言葉に、「えっ」と大きな声が出てしまう。

慌てて口を塞ぐエレノアの前には、涼しい顔で笑うローレンツがいる。

「……からかいましたね」

「彼が大工になったのは事実ですよ」

エレノアは少々乱暴にケーキにフォークを突き刺した。ちなみに、これで三切れ目である。

「誠実で、思いやり深い方だと思っておりましたのに」

「嬉しいですね。貴方の前では、是非そうありたい」

エレノアが歯噛みすればするほど、ローレンツは笑みを深めていく。

「……大工とは、もしやピクニックの日に伺った？」

「ええ。私達も共に働いていたのですが、才覚を見いだされたのはその者のみでした」

「ローレンツ様は、演説家の方が向いていそうですものね」

エレノアは、口では敵わなかった悔しさを遠回しにぶつける。

「おや、貴方への愛を演説する許可をいただけると？」

「……遠慮します」

何を言っても勝てないことはよくわかった。

頬が膨《ふく》れるのを誤魔化《ごまか》すために、エレノアはワインを飲む。

「訓練場で我が兵を手玉にとってくださった大胆な動きも、旅先で身につけたのですか？」

そう尋ねると、ローレンツは全く悪びれずに笑った。

「そうです。各国には強者がごまんといましたし、時間は無限にありましたから。――あの時のこと、お父上に内緒にしてくださっているんですね。ありがとうございます」

「我が国の兵がオクタヴィアの王子に剣を向けたなどと露見すれば、困るのはこちらです。その後、あの者達と顔を合わせてはいませんか？」

ネージュが調べてくれた彼らの所属を、エレノアはローレンツに伝えていた。

王族や貴賓《きひん》の居室がある深層部ではなく、城門付近の警備にあたる兵達だったため、気をつけてさえいれば避けることも不可能ではないだろう。

「ええ。元々城門を通って城下へ行く場合は、馬車を都合していただいておりましたから」

「それは安心しました。今は豊穣祭のために人が増え、いつもより治安も悪くなっていますから……城下に下りる際は必ず、城の者を供につけてくださいね」

「ありがとうございます」

「旅慣れていらっしゃるので、心配無用なのかもしれませんが……」

「いいえ。貴方の優しさは、何よりも得がたい喜びです」

「そ、そうですか」

目を見つめられたまま褒められ、もぞもぞとしたものが胸を這《は》い上がった。頬が染まるのを感じ、ワイングラスを置いて視線を逸らす。

「……と、ところで話を戻しますが……珍しい技でしたね。時間は無限にあったとおっしゃいますが、習得するのに努力なさったことはひと目でわかりました。本当にお見事という他なく……見惚《みと》れるほどのお手前でした」

穏やかな性格に反して、力強くしなやかで勢いのある剣だった。更に、動いている獣の急所を一撃で突けるほどの正確さもあった。

エレノアの中の剣の虫が、むくむくと首をもたげる。

「……ありがとうございます」

「突きの技術を誇るラムセラールでは、もちろん躱《かわ》し方の研究も行《おこな》われておりますが、あのような奇抜な手は初めて見ました。戦場ではわかりませんが、試合で有効であることは先日拝見させていただきよくわかりました。何よりそのお体を、予備動作なしで捻《ひね》り上げた筋力とセンス。そして、木剣とはいえ得物を持った相手の前で、あれほどの隙を作れる度胸が――」

「ありがとうございます、ベアトリーチェ様。もう……そのくらいで、何卒《なにとぞ》ご容赦ください……」

ハッと気付けば、ローレンツはその端整な顔を半分手で覆っていた。いつもは真っ直ぐこちらを見つめる高潔な瞳も逸らされ、珍しいことに耳が赤く染まっている。

（いつも冷静な彼を初めて動揺させた……）

心の許容量から溢《あふ》れんばかりの喜びに、息苦しさを感じた。

あまりにも唐突な喜びに支配され、己《おのれ》の望みのままにじっと見つめてしまう。

やがて、気を取り直したローレンツが苦笑を浮かべた。

「ベアトリーチェ様は、あんなに恐ろしい目にあったばかりなのに、剣に惹《ひ》かれるのですね」

迷惑をかけたとは思ったが、恐ろしいとは思っていなかった。しかし、王女の口でそのようなことを言えるはずもなく、エレノアは愛想笑いを浮かべる。

「許されるならば、是非ご教授願いたいくらいです」

「王女に指南するには、あまりにも品のない剣ですよ」

とりつく島もない、とはこのことだろう。自分の剣を簡単に他人に披露したくない気持ちも、面倒なことは避けたいという気持ちもよくわかった。

　しかしエレノアは引かなかった。

「ではあの、〝くるん〟と回るところだけでも！」

　あんなことが本当に可能なのだろうか。支点にしていたと思われる剣と剣の交差点は、空中にあったのだ。体重をかけることなどできなかっただろう。

　初見の相手ならば、必ず虚《きょ》を衝《つ》くことのできる切り札となるに違いない。

　そして何より、単純にエレノア自身がやってみたかった。

「――そうですね、では回るところだけ」

　王女の諦《あきら》めの悪さに折れたのか、ローレンツが立ち上がった。

（今、この場で!?）

　まさか今すぐ教えてくれるとは思わず、エレノアは感激する。

「ローレンツ様……」

「はい」

「ローレンツ様……!!」

「ええ」

　最高だ。ローレンツから後光が差して見える。

　願ってもない幸運に言葉が続かなかった。エレノアは両手を顔の前で組み、涙に潤《うる》んだ瞳でローレンツを見上げる。そんなエレノアの背中に、ネージュが厳しい視線を向けていた。

（ごめんなさい、ネージュ……！　まるで親の仇《かたき》のように睨《にら》まれても〝ぐるん〟を取ります……！）

殺気を迸《ほとばし》らせるネージュに気付かないふりをして、エレノアも立ち上がる。怒っていても椅子は律儀《りちぎ》に引いてくれるのだから、本当に仕事のできる侍女である。

「では、こちらへ」

エレノアは「はいはいっ」と返事をしつつ、そそくさと歩いた。

ローレンツは自身の前にエレノアを呼び寄せ、肩が触れ合いそうなほど近くまで身を寄せる。

（……ん？　あ、なるほど。回転する時に、体を支えてくれるのか）

ローレンツが差し出した手を、「師範！　よろしく頼みます！」とばかりに勢いよく握る。

エレノアの心の声が聞こえたのか、ローレンツが心底楽しそうに喉《のど》で笑った。

まるで生まれたての雛《ひな》を見るような、春に咲いた花を愛でるような――これまで見たことがないほど優しい眼差しだった。

エレノアは思わず腰が抜けそうになる。

その隙を見逃さず、ローレンツが素早く手を動かした。彼の手を握っていたエレノアの指先を、ローレンツは軽く摘まむ。

「では、失敬して」

「えっ――」

気付いた時には回っていた。〝ぐるん〟とその場で、片足を軸にして。

呆気《あっけ》にとられるエレノアの腰をローレンツが抱く。そしてそのままステップを踏み始めた。揺れるようなステップは、最近エレノアが真面目に練習しているワルツだった。

背後でネージュが拍手をした。その音でハッとしたエレノアは、黒髪の隙間に覗《のぞ》く瞳を睨《にら》みつける。

「……ローレンツ様、またからかいましたね」

声が涙交じりになる。悔しさで歯ぎしりしそうだった。

本気で教わりたかったのに――この状況が残念だと思えない自分が、心の底から悔しかった。

「ベアトリーチェ様には、剣よりもダンスの練習が必要かと思いまして」

「ひどいお方！」

「舞踏会の夜に足を踏みつけられた時は、ラムセラールの女性はこれほど刺激的なのかと、目が眩《くら》みそうでしたよ」

「申し訳ございませんっ！」

エレノアが勢いよく謝ると、声を出してローレンツが笑った。

「……眩《まぶ》しいですね、本当に」

「もう足は踏みません！」

ローレンツに抱かれたまま、以前よりもずっと上手に踊る。

時折〝くるん〟と回転させられるのが、先ほどの悔しさを思い出させた。

ここには豪華なシャンデリアも大理石の床もないが、秋の日差しを浴びて、緑色の絨毯《じゅうたん》の上で見る彼は、あの時よりも一層輝いて見える。

（こんな気持ち……初めてで、どうしていいかわからない）

体と共に心も躍《おど》っている。浮かびそうになる笑みを、必死に噛み殺さねばならないほどだった。

彼も楽しんでくれているのだろうかと、エレノアは見上げる。

すると、空色の瞳とぶつかった。

エレノアが見るよりもずっと前から、ローレンツはこちらを見ていたのだ。

「先ほどの言葉は皮肉ではありませんよ」

視線を合わせたまま、ローレンツが苦笑した。

堪《こら》えきれない愛しさを滲《にじ》ませたような声で、そっと囁《ささや》く。

「純粋に、心から貴方を美しいと思ったのです――ベアトリーチェ様」

――バッ！

エレノアは勢いよくローレンツから離れた。両手で力一杯、彼を押しのけたのだ。

よほど予想外だったのだろう。衛兵相手にあれほどの大立ち回りを演じた彼が、その場に尻餅をつく。こんな華奢《きゃしゃ》な腕で倒されてしまうほど油断していたらしい。

こちらを見上げる目が驚きに見開かれている。

同じく驚いた顔で見下ろしていたエレノアは、「あっ」と声を漏らした。

「も、申し訳ございません……なんてことを」

ひどく狼狽《ろうばい》したエレノアは、咄嗟《とっさ》に手を差し伸べる。

だが、自力で立ち上がった彼は、エレノアと目線を合わせ、穏やかな表情と声で言った。

「如何《いかが》なさったのです、ベアトリーチェ様……お顔が真っ青ですよ」

エレノアの無礼に怒るどころか、心から案ずるような声だった。

――大きな手、穏やかな口調。

彼の何もかもが、エレノアの心を締め付ける。

「っ……」

じわじわとせり上がってきた涙が、ポロリと零《こぼ》れた。慌ててローレンツから顔を背《そむ》ける。

(これ以上、見ていてはいけない)

エレノアは咄嗟《とっさ》にそう悟った。

「もし私の無作法が原因でしたら、後で何回でもお詫びに伺います。お顔の色が本当に悪い――抱き上げてもよろしいですね？」

一度抱いたまま居室に連れていったことがあるからか、ローレンツは質問というよりも確認をした。しかしエレノアは、ぶんぶんと大きく首を横に振る。

そんな恐ろしいこと、絶対にさせるわけにはいかなかった。

「……ベアトリーチェ様？」

彼が心配してくれているのが伝わって、心が喜び、そしてすぐに沈む。

(――彼が心配しているのは、私じゃない)

そのことに気付いてしまった。

「少しはしゃぎすぎたようです。ご心配なさらないで……ローレンツ様。一人で歩けます」

精一杯、気丈に振る舞うエレノアに、ローレンツは切なげな眼差しを向けた。

申し出を受け入れずに立ち去ろうとするエレノアを、彼は必死に諫《いさ》める。

「とてもお一人で歩けるような顔色ではありません——はしゃぎすぎたせいだと言うのなら、そうさせたのは私です。私をベアトリーチェ様の友人だと思ってくださるのならば、どうか貴方を支える許可をいただけませんか？」

それはまるで、懇願《こんがん》だった。

ざわりと産毛《うぶげ》が逆立ったような、恐ろしい感覚が背中を走る。

エレノアは顔を俯《うつむ》かせたまま、今度は小さく首を横に振った。いつになく頑《かたく》なな王女を前に、ローレンツは途方に暮れている。

最初は不信感しか抱けなかった王女の見合い相手を、エレノアはもう友人のように思っていた。なのに頷けなかった。彼の厚意を、一瞥《いちべつ》もせずに棄却《ききゃく》する。

『純粋に、心から貴方を美しいと思ったのです——ベアトリーチェ様』

初めて味わうほどの幸福の中、突きつけられた現実は無情だった。

彼は今、この国の王のもとに生まれた、世界一美しい王女と見合いをしているのだ。

野原を駆け回り、剣を振ることしか能のない、猪をも恐れないような女など——彼の隣に立つどころか、視界にすら入っていないに違いない。

エレノアはいてもたってもいられず、侍女の名を呼んだ。

「ネージュ！」

「はいっ、ここに」

静観していたネージュが、珍しく慌てて駆け寄ってきた。

「近衛を呼んできてください」

「どなたを呼んで参りましょう」

ローレンツを厭《いと》うエレノアに戸惑っているのは、彼だけでなくネージュも同じだったようだ。

いつになく王女の意思を尊重しようとするネージュに、エレノアは悲鳴のような声を絞り出す。

「誰でもいい……一番近くにいる者を」

そう告げるだけで精一杯だった。

エレノアを抱くローレンツの腕が、わずかに震えたことになど気付きもしない。

ローレンツは黙ったまま、ずっとエレノアを見守っていた。近衛隊が到着すると、慎重な手つきでエレノアを引き渡す。

自分の同僚に当たる男に抱き上げられ、エレノアはほっと息を吐いた。

彼なら多少乱暴に扱っても、うんともすんとも言わないことをよく知っている。

胸に溜まった鬱憤《うっぷん》を吐き出すように、ぎゅうぎゅうと首にしがみつく。

ローレンツの瞳が細められる。

エレノアは近衛隊員の肩に顔を埋《うず》めたまま、ローレンツの顔も見ずに呟《つぶや》いた。

「ローレンツ様、この度の非礼については、後ほどお詫びに伺います」

「お気遣いなく……ご快復をお祈り申し上げます」

その返事は頷くだけにとどめた。

どちらも何も言わないのを確認して、近衛隊員がゆっくりと歩き始める。

(――揺られる心地が、こんなにも違う)

お姫様扱いされたことに浮かれていただけではなかったと、エレノアは気付いたのだ。

(会いたかったのも、いざ会うと逃げ出したくなるのも、彼のことが気になっていたのも、触れられると体が熱くなるのも、全部――)

大事な大事なベアトリーチェに嫉妬《しっと》してしまうほど、自分が彼のお姫様になりたかったからだと。

第五章

朝起きて身じろぎすると、とろりと柔らかい絹が足に触れる。

その柔らかな感触に、入れ替わりが解消していないことを確認した。

そっと近づいてきたネージュから水を受け取る。口に含み、うがいを二度して、侍女が持つ桶に吐き出す。渡された熱い布巾《ふきん》で顔を拭いている間に、桃色の髪を櫛《くし》で引っ張られる。

ここのところ毎日やっていることではあるが、エレノア自身の習慣ではない。

未だ身を隠している王女ベアトリーチェの日課である。

髪をとかし終え、布巾《ふきん》を受け取ったネージュが窓硝子《ガラス》を開け放つ。朝の空気に相応しい小鳥の鳴き声が、窓から飛び込んできた。

すでに市井《しせい》の人々も豊穣祭の準備を始めている。城壁から離れたこんな場所にまで、時折にぎやかな音が聞こえてきた。やぐらを組むために使う木槌《きづち》の音や、船が着港したことを伝える鐘の音、波止場《はとば》にやってきた船を迎える子供達の歓声。

それらの音を聞きながら、エレノアは言い知れぬ焦りに包まれていた。

(早く、姫様を見つけなくては……)

ベアトリーチェの安否は感じ取れるので、これまで捜索の手を増やすようなことはしなかったが——豊穣祭が近づけば近づくほど、人の出入りは多くなる。

通常よりも人の動きがずっと不規則になるため、隠れた人間を見つけるのは困難を極める。

万が一、ベアトリーチェが王都から離れてしまっては大変だ。観光客に紛《まぎ》れられると、見つけられなくなる可能性も出てくる。

これほど長くハーゲンの目をかいくぐっているということは、前々からこっそりと入念な下準備を行《おこな》っていた可能性もあるが——今回の逃亡はあくまで突発的なものだと推測していた。

ベアトリーチェの我儘《わがまま》には、もう十分付き合っただろう。そう判断したエレノアは、間に入っている者を通じてハーゲンに軍資金を渡し、捜索のための人員を雇わせた。

もちろんエレノアの私財だが、もう四の五の言っていられない。

ベアトリーチェが消えてすでにひと月が経つ。

人海戦術《じんかいせんじゅつ》で探すしか、このかくれんぼを終わらせる術《すべ》はない。

(姫様のことを思うと、もう少し付き合ってあげたかった)

エレノアが死に物狂いで王女を演じ、必死に探している様《さま》を見るのが、彼女の裏切りに対するベアトリーチェの復讐だったのだろう。

けれど、王女の身代わりなど存在しないのだ。

ローレンツとの触れ合いを通じて、エレノアはそれを強く感じていた。

(最初は苦手だったのに……)

ふとした時にはいつも、脳裏にローレンツを思い描いていた。会いたくて、友人のような気安さで接してほしくて、気持ちを自覚する前から彼のことを探していた。

(けれど、それももう終わる――いや、終わらせる)

エレノアはひたりと前を見据える。

その瞳に、迷いはなかった。

◇　◇　◇

「……またキャンセル、ですか?」

侍女の言葉を聞いて、ローレンツ王子ことセスは眉を寄せてしまう。

「申し訳ございません。ベアトリーチェ様は、一週間後に控えた豊穣祭の準備で大変お忙しく……」

(それを見越した上で予定を入れていたはずだろう)

セス達が借りている客室に、ベアトリーチェからの伝言を預かった侍女が訪れるのは、もう何度目だろうか。ここ数日、顔も見せずに次々と予定を取り消す王女に、セスは寂しさを感じざるを得なかった。

「それでは仕方ありませんね……そんなにご多忙で、お体に差し障りはないのでしょうか」

「ご心配には及びません」

見舞いに来られては困ると思ったのか、侍女は有無《うむ》を言わさぬきっぱりとした口調で告げた。

こうなるとローレンツにはなす術《すべ》がない。せめて休憩の時間にでも食べてほしいと、菓子を持たせるのが精一杯。

侍女が立ち去ると、ソファにふんぞり返った従者セスことローレンツがにまにまと笑う。

「ついこないだまでは、恋しくてたまんないような顔してたくせになー」

煽《あお》ってくるような言葉に、セスはうまく返せなかった。

随分と距離が近づいたように感じていたのに突然すげなくされて、自分で思っていた以上にこたえているらしい。

『誰でもいい……一番近くにいる者を』

セスの腕に抱かれることを拒んだベアトリーチェ。そしてあろうことか、彼以外の男なら誰でもいいと声を震わせた。

まるで縋《すが》りつくかのように騎士の首にしがみついた姿を見た時、セスの心はひどく疼《うず》いた。やはり自分が運ぶ、と強い口調で言ってしまいそうになったほどだ。

彼女にどんな考えがあったにしろ、あの時の胸の痛みと焦燥感《しょうそうかん》は簡単には消えない。

「んで。セスこそ、そんだけ入れ込んでどうするつもりだったんだよ。結婚する気はないんだろ？」

「ありませんよ。不忠義者にはならないと、お伝えしていたでしょう」

――ベアトリーチェ様を口説《くど》くような不忠義者の従者は、必要ありませんよ。

――私は、王女を口説《くど》く従者がいても面白いなと思ったもので。

ベアトリーチェがいた手前、言葉遊びのような掛け合いになってしまったが、ローレンツにはしっかりと伝わっていたはずだ。現に、ローレンツはしたり顔で頷いている。

「どうするつもりかと問われれば、どうするつもりもございません。私はローレンツ様の従者ですし、貴方が行く先について参るだけです……ただ、彼女が貴方の妃《きさき》になれば、世界一の幸せが保証されるのだろうな……とは、思っております」

いつも自分の信念に従い、真っ直ぐに進んできた。そのことに迷いも、そして後悔も抱いたことはない。だというのに、セスは今、自分の心が何処《どこ》に向かっているのかさっぱりわからなかった。

ラムセラールとの縁は、切って捨てるにはもったいない。〝暴走姫〟との婚約話は上手く躱《かわ》しつつ、他国の王族同士としていい友人関係になれるよう、懸命に動いてきたつもりだが――

（……予想外だったのは、思った以上に自分の心が動かされてしまっていたこと）

王女らしくない行動ばかりとる彼女に、いつしか惹《ひ》かれてしまっていた。

とはいえ従者である自分は、ローレンツのことを第一に考えなければならない。

「確かに悪名は高かったですが……実際は信用に足る清純なお方のよう。ローレンツ様にとっても悪いお話ではないかと」

ローレンツに「家臣に見合い相手を横取りされた王子」などという汚名を着せて、笑いものにさせるわけにはいかないのだ。

セスは自《みずか》らの信条に則《のっと》り、見て見ぬふりをすることしかできない。ベアトリーチェが彼に対して密かに抱いているかもしれない感情を。そして、自《みずか》らの感情を。

「え？　俺、どう転んでも、あれを嫁さんにはしないけど」

ローレンツにあっけらかんと言われ、セスは目を見開いた。

「な、何故です？　美人だと言っていたではありませんか」

心底動揺しているセスが面白かったのか、ローレンツはからからと笑った。

「お前、目ん玉落ちそう！」

「ローレンツ様！」

「怖っ！　そんな怒んなよ。……んー、まあ美人だけど……あれ、本当に替え玉じゃないんだよな？」

いや、俺が調べたから確かだもんな、とローレンツが唸《うな》る。

彼が城内を歩いたり城下街に下りたりしていたのは、身動きの取れないセスに代わって、王女の情報を収集するためでもあった。そしてその結果、替え玉になれそうな王族女性は一人としていなかった。各国に噂が広まるほどの、美貌《びぼう》を誇る女性も。

「けど、どんな環境で育ったらああなるんだ？　彼女は王族としての精神も覚悟も持ってない」

セスは思わず体を強張《こわば》らせる。幼い頃からローレンツを間近で見てきたセスも、当然それに気付いていた。

言葉遊びの機微《きび》もわからず、そのまま受け取ってしまう素直さは、王室教育を受けていないことを物語る。なんでも笑って誤魔化《ごまか》そうとするのは、弱みがあることを相手に告げているようなものだ。

失敗すればすぐに謝罪し、人を思いやる発言が多いのも美徳ではあるが……人の上に立つ者としては頼りなさが目立つ。王族の血が流れる者としての決意も乏《とぼ》しいように思われた。

ダンスや歌より剣が好きなところも含め、セスにとっては好ましいばかりだが――他国の王族に嫁げば、苦労するのは彼女だろう。

「……共に歩む中で身につけてもらえばよろしいではありませんか。私も微力ながら、お手伝いさせていただきます」

諫《いさ》めたり説教をしたりすることはあっても、こうしたローレンツの意思を変えさせるような発言をセスはあまりしたことがなかった。それどころか、聞く者によっては嘆願にもとれただろう。

「俺自身、もし国に帰れば地盤から整えんといかんのに、嫁の面倒まではなあ……」

ローレンツはセスの顔を見て、にやりと笑う。

「それに、部下に寝取られる心配をしなきゃならんような嫁さんは欲しくない」

「寝取ったり致しません。絶対に」

真剣な瞳は、ローレンツに忠誠を誓った時と同じ光を宿していた。

セスの心からの言葉だったというのに、ローレンツはけろりと言う。

「まあそうだよな。セスはローレンツ様が大好き、だもんな」

「……」

ベアトリーチェの前で繰り広げた言葉遊びを思い出し、一瞬にしてセスの心に怒《いか》りが戻ってきた。

身分を取り替えても、名だけはそのままにしておくべきだったと強く感じる。

『ご心配なさらないで……ローレンツ様』

涙を堪《こら》えた声だった。抱きかかえたベアトリーチェのぬくもりが、まだ手に残っているようだ。

放っておけないような弱々しさを滲《にじ》ませた唇。それが紡《つむ》いだ名は、自身ではない男のもの。

あの、胸が締め付けられるような感覚を、セスは思い出したくない。

「駆け落ちでもなんでもしてくれていいんだけどな、俺は」

全ての元凶であるローレンツが、いけしゃあしゃあと言って口笛を吹く。

「ご自分の名誉を損《そこ》なうようなことを勧めないでください」

「器がでかいって思われて、むしろプラスになるだろ。元からない名誉を守ってどうすんだよ。それに、あのセスが愛の逃避行《とうひこう》だなんて……親父への特大の土産《みやげ》話になるじゃん。俺が従者の結婚に寛容だってことは、知ってるだろ？」

それはセスも知っている。同じく従者をしていた仲間に結婚を勧めたのは、他でもないローレンツだったからだ。

「ベアトリーチェ王女もなー、顔はいいのになー。もったいないよな」

顔はいいのになー、とローレンツはそこだけ二度繰り返した。

◇ ◇ ◇

「今日もお見舞いの品が届いておりますよ」

「……」

ネージュに差し出されたものを、エレノアは無言で受け取った。

花やドレスであれば、ローレンツから送られてきたものといえども、一瞥《いちべつ》して部屋の隅に捨て置くことができたかもしれない。

しかし、エレノアの手に渡されたのは書物だった。

ぺらりとめくれば、ここから遠く離れた東国の体術の指南書だとわかる。

その前は錫《すず》でできたワイングラス、その前は珍しい穀物を主原料とした酒、その前は剣を磨くための油――およそ王女には似つかわしくない贈り物だ。

しかしエレノアは、その一つ一つに感嘆のため息をついてしまう。

「……こんなに珍しいものを、あっさり手放されてしまうだなんて……」

開いたページから目が離せない。

インクではなく墨で書かれた文字は、読めない部分も多い。そんな箇所には、ローレンツのものであろう端正な字で共通語の訳が書かれていた。

どれもこれも心が行き届いていて、そしてエレノアの好みを熟知したものばかりだった。

「……お礼の手紙を書きます」

そんなものでは到底この喜びを伝えきることはできない。そうとわかっていても、筆を執《と》らずにはいられなかった。

「そろそろ直接お礼に伺われては？」

「……姫様の捜索に本腰を入れなくてはなりませんし、何より豊穣祭はもう明後日《あさって》なのです。ローレンツ様にお会いする時間など……」

「作りましょうか？」

ぐぬ、とエレノアの口がへの字に曲がる。

ネージュが作れると言うなら、実際に作れるのだろう。これまで散々《さんざん》感じてきた通り、彼女は優秀な侍女である。

「……エレノアさん」

エレノアは驚いて、そばに立っているネージュを見た。ベアトリーチェの体に入ってからはもちろん、騎士であった時も、ネージュに「エレノア」と呼ばれたことはなかったからだ。

「貴方は今おいくつ？」

「え、っと……二十一です……」

エレノアは瞬《まばた》きを繰り返す。ネージュの問いかけがあまりにも優しくて、素直に答えてしまった。

「……そう。ベアトリーチェ様はお好き？」

「はい！　もちろんです！」

「では、ローレンツ様は？」

「は……」

返事をしかけて、むぐ、と口を閉じた。

それを見透《みす》かしたように、ネージュが微笑する。

「今は、いいんじゃないかしら。貴方が思うように動いても。まだ二十一なんだもの」

エレノアの気持ちなんか、とっくにお見通しなのだろう。気恥ずかしさと後悔が胸に押し寄せる。

「……私の身勝手な行動は、姫様の傷となってしまいます」

エレノアの評判は、ひいては王女の評判となる。ただでさえ猪事件のせいで不名誉な噂が飛び交っているのに、更に「王女は恋愛に対して奔放《ほんぽう》だ」などという醜聞《しゅうぶん》を流すわけにはいかない。

「ベアトリーチェ様が帰られたら、彼女がご自分で収拾なさるでしょう。ご自分の尻拭《しりぬぐ》いくらいできるだろうと、信じてさしあげてもよろしいのでは？」

それはベアトリーチェ王女を心から信じている者の言葉だった。

だがエレノアは、ゆっくりと首を横に振る。

ネージュは王女に「尽くす者」だが、エレノアは彼女を「守る者」として存在するのだ。

「私も……いえ、私が自分の意思でここにいるんです」

ローレンツの部屋に行く勇気はなかった。輝き続ける彼をそばで見続ける勇気がなかった。

彼に惹《ひ》かれている自分に気付いた今、そばに居続けることは無理だった。

ベアトリーチェを捜索するため、彼女の名誉を傷つけないため——なんて建前を振りかざしているがその実、ただ「ベアトリーチェ王女」として扱われることが苦しくなってきたからに他ならない。

「……わかっていますか？　今しか、あのお方のそばにはいられないんですよ」

ネージュの労《いたわ》りに満ちた言葉が胸を突く。

もしかしたら彼女は、エレノアのために言ってくれているというより、ベアトリーチェのために釘を刺しているのかもしれない。

エレノアが元の体に戻った時に「ベアトリーチェと入れ替わっていたんです」などとローレンツに迫るような、馬鹿な真似をさせないために。

「身のほどは、わきまえております」

真っ直ぐ前を見据えるエレノアに、ネージュは一瞬何か言おうとして……結局口を閉ざした。

第六章

朝を告げる鐘の音《ね》が王都に響く。

街中《まちじゅう》の人々が、朝からキリキリと働いている。ラムセラールを象徴する桃色と紺色の布が家々の屋根から吊るされた王都は、目に見えそうなほどの活気に包まれていた。

今日は豊穣祭である。

まだ朝早いうちから、王女の身支度も着々と進められていた。

丹念にくしけずられた桃色の髪は、綺麗に一つに纏《まと》められている。それが頭のてっぺんから垂らされた姿は、この世のものとは思えぬ美しさも相まって、神聖な雰囲気が滲《にじ》み出ていた。

ひらひらとした袖《そで》が軽やかな空気を醸《かも》し出すドレスは、エンパイアライン。引きずるほど長いロングトレーンも、装飾を最低限にしてあるため重さは感じない。

胸元に散らされた無数のクリスタルはシンプルながら、圧倒的な存在感がある。一歩外に踏み出せば、日の光を受けて輝かんばかりの美しさを誇るだろう。

そしてドレスの色は——空に溶けるような青だった。

鏡に映った姿を見て、ドレスと同じ色の目をした誰かを思い出さないよう自己暗示をかけながら、エレノアは微笑む。

結局ベアトリーチェは見つからないままだし、国王陛下が何を企《たくら》んでいるのかもわからずじまいだった。動きやすさを重視したドレスと、二の腕から広がるひらひらの袖《そで》に、言い知れぬ不安を覚える。

焦りと恐怖が胸に押し寄せるが、どちらも化粧の奥に押し込めた。

エレノアの首にネックレスをつけながら、ネージュが早口でまくし立てる。

「祝辞は覚えていますね。言葉が出てこなくなった場合は焦らず、意味深《いみしん》に間をもたせてください。観衆に目を向けるのもよいでしょう。それでも、どうしても出てこない場合は切り上げてくださって結構です」

王女に対して妙に過保護な台詞《せりふ》だが、他の侍女達もエレノアの爪を磨いたり、靴を履かせたりと大忙しなため、気にしたそぶりはない。

「所作の一つ一つにも落ち着きを。何か動作をする前に、数を二つ数えてください」

これも耳にたこができるほど聞かされているが、ネージュも不安なのだろう。

特別に設けられた王族用の席にネージュが近づくことはできない。つまり、何があっても彼女のフォローは望めないのだ。

侍女達が床に散らばった洗濯物を纏《まと》め、部屋を出ていく。パタンと扉が閉じる音を聞き、ネージュと二人きりになったことを確認したエレノアは、彼女を安心させるように不器用な笑みを湛《たた》えた。

「死力を尽くします」

嘘ではなかった。今のエレノアにできることと言えば、目の前の一つ一つに全力を注ぐことだけだ。

「今日はもしかしたら――姫様がお顔を見せるかもしれません」

エレノアの言葉に、ドレスの裾《すそ》の最終チェックをしていたネージュが顔を上げる。

「ベアトリーチェ様が？」

「さすがに豊穣祭での大任となれば、姫様も心配なさるに違いありません。観衆の隙間から見守るべく、お立ち寄りになるかと」

「近衛隊の方々には、お伝えしているのですか？」

「はい。例年通り、近衛隊の多くが街頭の警備に駆り出されますから――ノア・リアーノを発見し次第、何があっても私のもとへ連れてこいと命じています」

チェックが完了したことをネージュが手振りで告げた。エレノアは一つ頷くと、居室を出るために扉の方へ向かう。

「しかし、その言い方では……まるで犯罪者を追っているようではありませんか？　リアーノ卿《きょう》のお体が心配です」

「……私の体が多少手荒に扱われようとも、姫様を連れ戻すのが最優先かと」

ベアトリーチェに痛みなど感じてほしくはないが、体自体はエレノアのものである。少々傷がつこうが、別に気にしない。

「よろしいのですか？」

背後からネージュの心配そうな声がかかる。

（いつからネージュはこんな風に「エレノア」の心配もしてくれるようになったのだろう）

嬉しくなったエレノアはネージュの方を振り返り、口元をほころばせた。

「ええ。それに、人に言えることではありませんから。入れ替わっている、だなんて……」

そう言うと同時に、ガチャリと扉が開いた。

侍女達が洗濯物をメイドに渡して帰ってきたのだろう。

そう思って前を向いたエレノアは、侍女達の後ろにいる人物を見て固まった。

「……ローレンツ様」

そこにはローレンツがいた。背後にはセスも控えている。

（久しぶりに見た……かっこいい……）

あれほど会うのを渋っていたにもかかわらず、嬉しさが、ぶわりと胸に湧き上がる。

近隣国からの貴賓《きひん》として相応《ふさわ》しい装《よそお》いをしたローレンツは、誰もが吸い寄せられるほどの魅力に溢《あふ》れていた。

目が釘付けになりそうだったが、自制心をフル稼働して視線を逸らす。

彼を意識した途端に乱れる息も、深呼吸して整えた。

落ち着きを取り戻したエレノアは、ローレンツに向き直る。すると、彼もまた固まっていることに気付いた。

いつもは涼しげな目元が大きく見開かれている。真一文字に結ばれた口からは、挨拶《あいさつ》の言葉さえ出てこない。

首を傾げそうになったエレノアは――ハッと思い出す。

直前まで、自分がネージュと何を話していたのかを。

『人に言えることではありませんから。入れ替わっている、だなんて……』

部屋にはネージュ以外いないと思って、油断した。

ローレンツは扉の向こうにいたため、それより前の会話は聞こえていないと思うが、その言葉だけでも色々と想像できてしまうだろう。

（もし、私と姫様の中身が入れ替わっていることに気付かれたら……!?）

だらだらと額から汗が流れそうだった。

何か言い訳しておくべきだろうか。だが、「さっきの入れ替わりというのはですね、家具の配置についての話で……」などと取り繕《つくろ》うのも不自然に違いない。

結局何も言えないまま時が流れる。

侍女達はこの緊迫した空気に口を開くこともできず、部屋の隅に下がってしまっている。

見つめ合って数秒か、数分か……口火を切ったのは、ローレンツだった。

「……失礼。まばゆいばかりのお美しさだったもので……」

嘘だとは思いたくないが、本当のことを言っているとは到底思えなかった。しかし、「一旦そういうことにしておく」という認識は共有できたと思う。

エレノアはありがたくそれに乗っかることにした。いつまでも居室の中と外で話すわけにもいかず、ローレンツのもとへ足を運ぶ。

廊下に出て、話すのに不自然でない距離まで近づくと、スカートの裾《すそ》を持って腰を落とした。

「お褒めいただき、ありがとうございます。ローレンツ様もたいそう凜々《りり》しく……ここ数日、ずっとお会いできず寂しゅうございました」

豊穣祭の準備で忙しかったという大義名分はあれど、誘いを断っていたのはこちらである。

寂しかったというのも礼儀として言っただけに過ぎなかったが、それを聞いたローレンツの表情に、エレノアは思わず息を呑んだ。

「……ええ、私も」

切ない笑みを浮かべるローレンツは、本当にさみしそうな顔をしていた。

（……そんな顔をさせるつもりはなかったのに）

胸に痛みを覚え、エレノアは表情を曇らせる。

その表情を見たローレンツは、一度目を瞑《つぶ》り、瞼《まぶた》を開く頃にはいつも通りの涼しげな笑みを浮かべていた。

手袋に包まれた王女の手を取り、そっと口づける。

「今日はそばにいてくださいますね？」

うっと言葉に詰まったエレノアに、意地悪な視線が向けられる。

「……ひゃい」

この分では、エレノアが意図的に避けていたのは完全にバレているだろう。

（だから、あれほどさみしそうな笑顔を……？　いや、それだけではないような気がする……）

けれどそれがなんなのか、エレノアにわかるはずがない。

ひとまず、彼に握られていたままだった手を引っ込めた。

「……それで、このような朝早くに、一体如何《いかが》なさったのですか？」

「本日、ベアトリーチェ様をエスコートする名誉を賜《たまわ》りまして」

一度調子を取り戻したローレンツは強い。にこりと微笑む彼に、エレノアは引きつった笑みを返す。賓客《ひんきゃく》に王女のエスコートをさせるなど、誰の仕業か決まっている。

（へ・い・か……！　さては、ベアトリーチェ様に豊穣祭から逃げ出すような愚行を犯させないために、ローレンツ様を寄越《よこ》しましたね……！）

エレノアが近衛騎士としてそばにいる時も、ベアトリーチェの逃亡には細心の注意を払っていた。特にこういった大きなイベントの前は、機嫌を損《そこ》ねないように必死だった。彼女の気分一つで、その日の公務がお忍びでの街散策に変更されることもあったからだ。

（もしかしたら、ジェラルド隊長辺りの入れ知恵かもしれない……）

ローレンツにエスコートさせれば、ほいほいついていくと思われているのだろう。

自分の気持ちなど、もう全ての人間に見透《みす》かされているのではないかと思うと、耐えがたい恥ずかしさがエレノアを襲う。

（一体どんな顔をしてローレンツ様を見れば……ああ、姫様……本当に申し訳ございません……）

心の中でさめざめと泣くエレノアに、ローレンツが手を差し出す。そこにエレノアが手を載せれば、その手をそっと腕に回された。

ローレンツが、彼女を見下ろしながら目を細める。

「本当に美しい。そのドレスは桃色の髪に、よく映えますね」

（ええ、もちろんです。姫様はいつだってお美しいですが、着飾った時の美しさは他に類を見ないほどですからね。どんな色のドレスだって……って）

自分の顔が、ボンッと火を噴いたように思えた。

エレノアは真っ赤になったであろう顔を俯《うつむ》かせ、ドレスと同じ空色の瞳から逃げようとする。

（違うんです！　これは陛下が、陛下が……!!）

いや、どちらにしろエレノアの未熟な恋心など、きっと見抜かれているのだろう。

勘弁してよう、とベソをかきたい気分で、エレノアはローレンツの腕を引っ張る。もはや死地に赴《おもむ》く覚悟だった。

「……い、行きましょう」

「ええ。足元にお気をつけて」

何もない廊下だ。転ぶはずがない。

けれど、そうも言い切れないほどの失敗を、彼の前でやり尽くしてきていた。

(躓《つまず》いて腕を握りしめたこともあるし、ダンス中に足も踏んだし、着地し損《そこ》ねた体を受け止めてもらったし……)

世の姫君達が聞けば、顔を真っ青どころか真っ白にするほどの粗相《そそう》続きである。

「……気をつけます」

「そう構えなくとも大丈夫ですよ。転んでも支えますから」

あっけらかんと言うローレンツに、また顔が赤くなりそうだった。エスコートされているというのに、エレノアは彼をぐいぐいと引っ張って歩く。

二人の後ろから、セスやネージュら使用人、そして近衛兵達が続く。

豊穣祭の今日は、何処《どこ》もかしこも大忙しだった。城内をひっきりなしに人が行き交っている。

その誰もが皆、ローレンツにエスコートされるエレノアを見て、言葉を失った。

あまりにもお似合いな二人の姿に、そして王女の美しさに——

エレノアが歩く度、さざ波のようにドレスが波打つ。

ドレスにちりばめられたクリスタルが、その歩みに合わせて揺れた。窓から入り込む朝日を反射して輝く姿は、神々しくすらある。

やがてエレノアとローレンツは長い廊下を歩き終え、城の正面にある庭園に出た。

石畳が敷き詰められた門前には、ずらりと馬車が並んでいる。王族や高級官吏を、豊穣祭のために設《しつら》えられた特設会場へ送り届けるためだ。

二頭立ての馬車は、ラムセラールを象徴する薄紅色と紺色の布や、色とりどりの花で飾られている。祭りの日らしく、馬を飾る馬具も華やかなものだった。

「ベアトリーチェ王女、ならびにオクタヴィア国ガルディーニ侯爵の、お成《な》ーりー！」

高らかな声で名を呼ばれ、配車係によって馬車に押し込められる。

二人の乗った馬車はファンファーレと共に進み始めた。その後ろから、別の馬車に乗ったネージュ達がついてくる。

エレノアは無言で馬車に揺られていた。

この数日間、ローレンツを避け続けていたことに加え、致命的な失言を漏らしてしまったせいだ。

（入れ替わりなんて言葉……そうそう日常的に使うものじゃないし……）

きっと怪訝《けげん》に思われているに違いない。現にローレンツは、窓の向こうを見つめて何やら考え事をしている。馬車の中は重い沈黙に満ちていた。

（こういう時、いつもの彼なら絶対に話しかけてくれるのに……）

だが今思えば、ローレンツに気を遣わせすぎていたかもしれない。エレノアは自分の接待スキルのなさと、女子力のなさに落ち込む。

（ピクニックの時のご令嬢達は皆、気を遣えていたな……可愛らしかったし、健気《けなげ》だった。それに比べて私は……偉そうにふんぞり返って、話題を振られるのを待っているだけとは……）

エレノアは意を決して、ローレンツの方を見る。すると、窓の向こうを見ていたはずの彼が、視線だけをこちらに向けていた。

ドキリ、と体が強張《こわば》る。

「如何《いかが》しました？」

眉が下がっていますよ。と指摘され、エレノアはさっと両手で眉を隠した。

「まるで怯えているようですね――取って食ったり、しませんよ」

彼が浮かべたのは苦笑というより自嘲の笑みに見えた。

気付けば、エレノアは手を伸ばしていた。その手で、手袋をした彼の手に触れる。

ローレンツの方こそ、怯えているように見えたからだ。

彼が目を見開いたまま固まる。突然のことに、呆気《あっけ》にとられているようだった。

「私の剣の腕ではまだ、ローレンツ様に並び立つことはできないかもしれませんが……それでも、ひょいと摘まれて簡単に食べられてしまうほど、か弱いつもりはございません」

（というか、エレノア《わたし》の体なら勝つ。絶対負けない）

思わず挑戦するかのような熱い視線を向けてしまう。そんなエレノアの瞳をじっと見つめたあと、ローレンツはぷっと噴き出した。

「貴方が、私に抵抗を？」

「もちろんです」

「その、か弱い腕で？」

「力だけが……正攻法だけが勝負じゃない。——そうでしょう？」

エレノアも笑う。それは秘密を共有する者同士の笑みだった。

「貴方には悪い見本を見せてしまったようだ」

今度こそ苦笑を見せるローレンツに、エレノアは詰め寄る。

「あの〝ぐるん〟。旅立たれるまでに必ず教えてくださいね」

「陛下のお許しが出れば」

「まぁ。ひどいお方」

先ほどまでの気まずさが嘘のように、穏やかな空気が流れる。

——旅立たれるまで。

二人の関係は、どれだけ長くてもそれまでのものだ。

ローレンツ達はオクタヴィアに帰り、エレノアもいずれは騎士に戻る。

王女の身ならいざしらず……騎士のエレノアが王子の彼とこうして笑い合うことは、もう二度となくなるだろう。

諦《あきら》めたのではない。

手が届く相手ではないと、最初から知っているだけだ。

ローレンツはもしかしたら、ずっと覚えてくれているかもしれない。「回転技を覚えたい」なんて言い出す変な王女がいたことを。

けれど、それはベアトリーチェのことであり、エレノアのことではない。

彼の記憶には、エレノアなんていなかったのだ。いない人間との思い出が残ることなんて、絶対にない。

エレノアはきっと、彼を忘れられないというのに。

「先日は教えなくてよかったと胸を撫で下ろしました。あんな危険な技を、今日の剣舞に取り入れられでもしたら大変ですから」

「へっ？」

エレノアは素《す》っ頓狂《とんきょう》な声を上げてローレンツを見た。

「……剣、舞？」

言葉にならない嫌な予感が、じりじりと胸に迫ってくる。

口の中がカラカラに乾きそうなほど焦る彼女とは反対に、ローレンツはいつも通りの静かな声で答えた。

「ええ。後ほど披露なさるのでしょう？」

「……どなたが？」

「それはもちろん」

ローレンツがじっと見つめてくる。

「……えええええっ⁉」

エレノアは思わず悲鳴を上げた。これ以上ないほど大きな悲鳴を。

そのせいで馬車が急停車し、ローレンツが近衛兵に取り押さえられたのは、致し方ないと言えよう。


（陛下、お恨み申します……）

ベアトリーチェの体に入ってから、何度目になるかわからない呪詛《じゅそ》の時間である。天幕が張られた控えの間にいるエレノアは、組んだ両手を額につけてしゃがみ込んでいた。

ローレンツの潔白を証明し、豊穣祭の会場に辿り着いた彼女の額には、冷や汗が浮かんでいた。

先ほどからひっきりなしにネージュが汗を拭《ぬぐ》いに来る。

会場には天幕を使って、いくつかの控えの間が設けられている。

その中でも、ここは王女のために作られた特別な部屋だった。

とはいえ、祭り会場は市街地の広場であるため、部屋の一つ一つはそう大きくない。特に今年は、例年エレノアが警護に立つ部屋よりも一回り小さかった。

その理由は明白だった。

広場に、ででん！　と建てられた特設ステージが、場所を圧迫しているのだ。

その長方形の舞台は、人が一人踊るのに丁度いい面積だった。更にはご丁寧にも、ステージ中央から前方に向けて延びる花道まで用意されている。

天幕の向こうから、人々のざわめきが聞こえていた。

（会場いっぱいに、人が集まっている……）

先ほど天幕の隙間からチラリと覗《のぞ》いたら、ステージを取り囲むように観衆が押し寄せていたのだ。

彼らが花道に押しかけることのないよう、騎士がステージに背を向けて警備にあたっている。

（何これ泣きたい）

〝天使の歌声〟と評されるベアトリーチェの歌だって、こんなに大々的に披露されることはなかった。せいぜい園遊会などで、彼女の気が乗った時に歌われる程度。それももちろん、聴くのは貴族達だけである。

（あぁ、だからこれほど皆、期待しているのか……胃が……胃が痛い……）

自国の姫は天使のように美しい――それだけで十分、自慢になるに違いない。

その上、雲の上の人とも言える王女が、自分達のために舞いを披露してくれるのだ。慈悲深く美しい天使をますます誇りに思うだろう。

これほど期待に満ちている観衆を前に、「ちょっとお腹が痛いので王宮に帰ります」とは言えない。本当に痛いのだが。

国王陛下は最近の王女のおとなしさを見て、押せばいけると思ったに違いない。

求心力の稼ぎ時だ！　売れる時に売っとこ！　とばかりにほくそ笑む国王の顔が浮かび、エレノアはキリキリと痛む胃を押さえた。

「……練習は如何《いかが》なさいますか？」

ネージュが恐る恐る声をかけてきた。これほど大がかりに準備が進められていたのに気付かなかった自分を恥じているようだ。

とはいえ、ネージュはエレノアにつきっきりだったのだから、情報収集にも限界があるだろう。

エレノアはテーブルの上に置かれた儀式用の剣を見つめる。

その柄《つか》には目を見張るような、細かな装飾が施《ほどこ》されていた。

規則正しく並んだ、無数のクリスタルとルビー。そして、ベアトリーチェの瞳と同じ色の宝石――ペリドットもはめ込まれていた。

剣舞を披露するまでの流れは、先ほどこの剣を持ってきた国王と王太子が説明してくれた。

顔を土気色《つちけいろ》にしたまま淡々と聞く王女を見て、さすがに秘密にしていたのはまずかったと思ったのだろう。一連の流れを国王自《みずか》ら事細かに説明すると、労《いたわ》りの言葉を尽くしていった。半《なか》ば放心していたエレノアの胸には、少しも響かなかったが。

「練習と言っても、やれることはほぼありませんからね……」

曲目は先ほど教えてもらったが、観客がすでに集まっている中、楽隊と合わせ稽古《げいこ》をするわけにもいかない。そもそも、音に合わせて踊ることなどエレノアにはできなかった。あくまで剣舞の型《かた》を知っているだけなのだ。

(とはいえ、姫様の顔に泥を塗ることはできない……)

お針子があれほど動きやすさを気にしていたのは、このためだったのかと気が遠くなる。

二の腕から広がるひらひらした袖《そで》も、舞う時の美しさを考慮に入れたものだろう。

「こうなったらもう、新人騎士のための無骨な剣舞を、如何《いか》に淑《しと》やかに踊るか——それだけです。無様に剣を落とすことだけはないよう、なんとか頑張ります」

この、世界一の美しさで乗り切れということなのだろう。王女の手習いと思って微笑ましく見てもらうしかない。

諦《あきら》め半分で告げたエレノアに、ネージュは感心したように言う。

「近衛隊の部隊長を務めるだけあって、土壇場《どたんば》で根性がおありですよね。それが、貴方が損ばかりする所以《ゆえん》なのかもしれませんが」

「褒め言葉として受け取らせていただきます」

「もちろんです」

なんとか覚悟を決めたエレノアは、ようやく立ち上がった。

それに、エレノアは確信していた。奇抜なことには目のないお方だ。王女が剣舞を踊るとなれば、興味もひとしおだろう。

（必ず、姫様はここに現れる。自分の体に入った別人が広場で踊るなんてこと……彼女が見逃すはずがない）

幸いステージは一段高く作られており、遠くまで見渡せるようになっている。観衆と同じ高さに立っている同僚達よりは王女を見つけやすいだろう。

あとはエレノアが、演舞中にどれだけ余裕を作れるかということだ。

(今日、必ず見つけ出す)

決意を新たにしていると、天幕の外で警備にあたる近衛兵から声がかかった。

「ベアトリーチェ様。お客様がお見えです」

「お通しして」

エレノアが近衛兵に返事をすると、速やかに入り口が開けられた。

「来てくださって嬉しいです。ローレンツ様」

顔を見せたのは予想通りの人物だった。エレノアが手振りで招くと、ひらりと袖《そで》が舞う。

「本番前だというのに申し訳ありません――すぐに去りますので」

エレノアを気遣う表情を浮かべるローレンツは、供を連れていなかった。

「セスはどうしましたか?」

「祭りの日ですから……」

前に言っていた神殿の娘でも誘いに行っているのだろう。同じように好き勝手に動く人間が身近にいるエレノアは、ほろりと心で涙を流す。ローレンツの苦労が偲《しの》ばれ、その身を案じてしまう。

「会場の警備には万全を期しているつもりですが……万が一ということもございます。ローレンツ様におかれましては、お一人での行動はお控えください」

「お心遣いに感謝します」

ローレンツが真正面に立つ。距離の近さを感じてエレノアの頬に熱が集まり、ふいと下を向いた。

「それで、どのようなご用件でしょう?」

「先ほどの様子では消沈なさっているだろうからと、檄《げき》を飛ばしに来たのですが……無用だったみたいですね」

苦笑交じりの言葉に、エレノアは慌てて顔を上げた。

「いります！　ください！」

背筋を伸ばして両手を後ろで組み、両足をだんと踏み鳴らして揃える。上官を前にした時の、待ての姿勢である。

そんな姿勢を取ったエレノアに、ローレンツがぽかんとした。

（しまった！　檄《げき》を飛ばす、なんて言うから……つい騎士の時の癖が！）

顔を赤から青に染め、あわあわと唇を動かすエレノアに、ローレンツの口元が緩《ゆる》む。

「くっ……はは……！」

彼は、まるで耐えきれないとでも言うように息と笑いを吐き出した。

「まさか、ここでその姿勢をとるとは……貴方は本当に騎士がお好きなのですね」

「……ええ。幼い頃から、ずっと夢見ておりました……おかしいでしょうか」

「お姫様は、白馬に乗った王子に憧れるものですよ」

騎士を馬鹿にされたと思い、むっとしかけたエレノアだが――

冗談めかした言葉とは裏腹に、ローレンツの眼差しは何処《どこ》か切なげだった。

驚くエレノアに気付いたのか、彼はいつも通り爽《さわ》やかに笑う。

「ましてや、ご自身が騎士になろうと思われる女性は珍しいでしょうね」

「……お嫌いですか？」

彼ほどうまく切り替えられないエレノアは、ぽつりと本音を零《こぼ》していた。

そんなことを聞かれるとは思っていなかったのか、ローレンツは答えに窮《きゅう》する。

逡巡《しゅんじゅん》したあと、彼は覚悟を決めたように声を絞り出した。

「私個人としては、嫌いではありません」

「……よかった」

安堵《あんど》の気持ちから、子供のように顔をほころばせてしまった。

胸に広がる喜びのままに、エレノアも告げる。

「ローレンツ様も、剣を振るっていらっしゃる時が一番素敵でした。胸が震えるほどに」

ハッとして、慌てて口元を押さえる。

ローレンツの空色の瞳は見開かれ、今にも転げ落ちそうだった。

「いえ、あの、これはですね」

エレノアは愛想笑いさえ浮かべる余裕がない。手を上げたり下げたり、挙動不審になってしまう。

あまりのいたたまれなさに視線が泳いだ。

「……貴方という人は」

ローレンツが掠れた声で吐き捨てる。眉根を寄せた表情は、何かに葛藤《かっとう》しているようだった。

「触れても？」

（前はそんなこと、聞かなかったのに――）

見下ろすローレンツの瞳が燃えていた。

だが、どんな情熱を宿しているのか、エレノアには想像もつかない。

こくんと首を縦に振るのが精一杯だった。

ローレンツは片膝《ひざ》を折り、そっとエレノアの手を取る。

まるで壊れ物に触れるかのように、恭《うやうや》しく。

「――どの分野においても先駆者というのは、良くも悪くも注目を浴びるものです。困難にめげず、批難に負けず、突き進まねばなりません……が。同時に、模倣せねばならない手本もない。自由に、貴方らしく舞ってください」

彼は握っていたエレノアの手を、自身の額につける。祈りを注ぐような〝檄《げき》〟に、エレノアは身動き一つとれなかった。

(目眩《めまい》がしそうだ)

手袋越しに、ローレンツの熱い思いが伝わってくるようだった。黒い前髪がエレノアの手に触れ、柔らかい感触を伝えてくる。

(この人は、剣がなくても私を殺せるのだろう)

胸にせり上がってくる感情は、決して口に出してはいけない。

エレノアは涙が浮かびそうな目を細め、ゆっくりと頷いた。

――王女の舞いは静かに、人々を魅了した。

しなやかに動く腕、陽の光を反射する剣、気迫を感じる足踏み。

桃色の髪がふわりとなびき、力強い眼光を和《やわ》らげる。

これほどの人数が集まっているというのに、観衆からは物音一つ聞こえない。選《よ》りすぐりの演奏者達が奏でる最高峰の音楽だけが、広場に響いていた。

人々は一様に、惚《ほう》けたように見上げていた。ありがたいことに、新人騎士が叙任式で披露する儀式用の踊りだとは気付かれていないようだ。

中には眦《まなじり》を濡らし、手を合わせている者さえいる。

それほど神聖な舞いだった。

動くたびに、ひらりはらりとドレスが翻《ひるがえ》る。

はためく衣装の隙間から、エレノアは群衆に目を凝《こ》らしていた。

（……姫様……どちらにおられますか）

見る者を切り裂いてしまいそうなほど強い視線。人々の動き一つさえ見逃さんとする気迫のこもった瞳は、剣舞の迫力を倍増させる。

（胸が高鳴っている……必ず、姫様は近くにおられるはずだ）

それは久しく感じていない鼓動の高ぶりだった。精神的なものとは違う、心臓そのものが喜んでいるかのような高揚感。沸き立つような喜びは、近くにいるはずのベアトリーチェの魂を渇望《かつぼう》しているためだろう。

（あちらにはいない……こちらにも……）

急《せ》く心を押しとどめることは、騎士の基本でもある。

平常心を保ちながら足を交互に踏み出し、ゆっくりと回転する。剣の切っ先を見つめるふりをして視線を巡らせた。

(出てきてください姫様……ノアがお頼み申します……)

エレノアは胸を天に差し出すように、背を反らした。足を軸にして、再びゆっくりと回転する。

探すのはベアトリーチェの魂。太陽の光を眩《まぶ》しがるふりをして、目を細めた。

(白銀の髪に、男にしては線の細い体……)

まさか生涯において、自分の姿を探す日が来るとは思ってもみなかった。

片足を上げ、剣を前に突き出す。その剣の先に視線を向けた時、体がぶるんと奮い起ちそうな感じを覚えた。

(――いた)

二人の視線が交わる。

広場を埋め尽くす観衆の中に、エレノアはベアトリーチェの姿をしっかりと見つけた。

人々が初恋の熱に浮かされるような目でエレノアの舞いに見入る中、ベアトリーチェの冷静な眼差しは異質だった。突き刺すような鋭い視線が、ちりちりと肌を焼く。

観衆の隙間に見えるベアトリーチェは、ごく普通の町娘のような格好をしていた。

誰かに借りたのか、豊穣祭の日に娘達がこぞって身につける、花で飾られたボンネットを被っている。マントを羽織《はお》っているが、その下も町娘らしいワンピースだろう。筋肉質なエレノアの体でも不気味に見えない着こなしは、さすがとしか言えない。

（……ハーゲンがどれほど探しても、見つからないわけだ）

エレノアを男だと信じ込んでいるハーゲンは、それらしい男ばかりを探していたはずだ。

だが、ベアトリーチェの姿は完璧に〝女〟である。

（まさか姫様が、女装して隠れているとは思わなかった……）

いや女装も何も、正真正銘《しょうしんしょうめい》の女なのだが。

自分で自分の考えにつっこんだエレノアは、ベアトリーチェの強烈な視線を受け止め続ける。

彼女の方も、エレノアが自分を見ていることに気付いたのだろう。勝ち誇ったような笑みを浮かべると、「んべ」と舌を小さく出した。

（全員、集合ー!! 目的を確認！ 今すぐ引っ捕えるのだ！ カチコミじゃーー！）

とても保護対象を見つけた時の台詞《せりふ》とは思えないが、エレノアは心の中で叫んでいた。

しかし、さすがはベアトリーチェ。ステージの上の自分を警備するために、何処《どこ》に近衛隊員が配置されているのか予想がつくのだろう。悪知恵を働かせ、どの近衛隊員からも離れたところに立っている。

（けれど、観衆に阻まれて身動きが取れないのは姫様も同じ。演目が終わって人々が帰り始める前に、なんとかして近衛隊に伝えなければ……）

エレノアはベアトリーチェの方に体を向ける。そのまま動かなくても不自然に思われないよう、剣を天に向かって突き立てた。

陽光を受けてぎらりと光る白銀に、人々の視線が集まる。

一方、剣先を見つめていたエレノアは、ゆっくりと視線を下におろした。

その瞬間、ベアトリーチェの体が背後から殴られたように大きく揺れる。

(なっ……!! 姫様!!)

気を失ったのか、倒れ込みそうになったベアトリーチェの体を、背後にいた男が抱きかかえる。

突然倒れた町娘を気遣い、周りの人々が道を開けた。男はその道を通って堂々と広場から出ていく。

その様子を、エレノアは薄れゆく意識の中で見ていた。

ベアトリーチェが殴られた瞬間、エレノアも強い衝撃と目眩《めまい》に襲われていたのだ。これも魂と体が繋がっているせいだろう。目に映る世界が浮遊しているかのように揺れている。耐えがたいほどに激しい目眩《めまい》だった。

(剣だけは落とすわけにはいかない……)

剣舞の最中に剣を落とすのは、これ以上ないほど最悪な失敗だ。

ベアトリーチェの名を汚すことだけは許されない。

エレノアは半《なか》ば感覚がなくなっていた足を折り、その場に膝《ひざ》をつく。

剣先を下に向けると、先端を舞台に軽く突き刺した。そして剣の柄《つか》に縋《すが》るようにして、ゆっくりと顔を伏せる。

アップテンポだった音楽が一転、せせらぎのように安らかな音に変わる。

次に何が起きるのか、観衆は固唾《かたず》を呑んで見守っていた。今のエレノアの姿勢は、まるで神に祈りを捧げる天使のようでもあったからだ。

だが実際には、祈りや踊りどころではない。エレノアは必死だった。尋常でないほど冷や汗が流れ、目の焦点も合わない。それでも根性だけで、どうにか意識を保っていた。

しかし、いつまでもそうしていれば、周りにバレるのは必然だった。

静かに見守っていた観衆がざわつき始める。

これは演出ではなく、アクシデントなのではないかと心配しているようだ。

エレノアの動きに合わせて演奏していた者達も、どうしていいかわからず、ずっと同じ曲調で弾き続けている。

けれども、エレノアは立ち上がることができなかった。

今立ち上がれば、無様に倒れ込んでしまうだろう。国の威信をかけた祭りで、天使と言われる王女が倒れる――そんな愚行は、決して犯してはならない。

（けれど……どうしよう……）

立ち上がることも、顔を上げることもできない。楽隊の演奏にも迷いを感じる。あと数秒もしないうちに、誰かが中止を告げに舞台に上がってくるだろう。

（立ち上がれ、剣を振るえ……！）

心の中でどれほど自分を叱咤《しった》しても、体が言うことを聞かなかった。すでに全身の感覚がない。

（だめだ、もう腕がもたない……）

剣の柄《つか》を握る手からも力が抜けそうになった時、観衆が突然ワッと湧いた。

――トンットンッタンッ
何者かが跳ねるように近づいてきているような、軽快な足音が背後から聞こえる。

人々から悲鳴のような歓声が上がり、エレノアを誰かの影が覆った。

「……貴方の許可も得ずに先走ったこと、どうかお許しください」

ふわりと体が浮いた。

だが、それよりも心の方がずっと高く浮いたように感じて、目に涙が滲《にじ》む。

「足に力が入りますか？　無理でしたら寄りかかってください」

耳元で囁《ささや》かれ、縋《すが》りつくように身を委《ゆだ》ねた。

エレノアの体に力が入っていないことに気付いた彼――ローレンツが、抱く腕に力を込める。

「このまま高く掲《かか》げます。一度でいいので、笑顔を見せてください」

エレノアが首を小さく縦に振ると、ローレンツは彼女の体を片腕だけで抱いた。

そして、人々から見えやすいように高く掲《かか》げる。

何故か白い布を被ったローレンツの頭を支えにして、エレノアは集まった観衆を眺めた。

人々の目に、もう不安の色は残されていない。

エレノアが微笑むと、大きな大きな歓声が上がった。

「わぁ……！　王女様！」

「我らが天使……ベアトリーチェ様！」

天使の笑みを向けられた観衆は、高揚を抑えられないようだった。

エレノアが笑みを浮かべるのも厳しくなった頃、ローレンツが彼女を下ろす。

だが今のエレノアは、自身の力で立つことができない。ローレンツはエレノアの体を自身の方へ回転させると、腰を抱く腕で引き寄せた。

彼に支えられている背中がのけぞる。

空と同じ色の瞳が、エレノアを見下ろしていた。

「お叱りは、あとでいくらでも——」

ローレンツの唇がゆっくりと動くのを至近距離で見ていた。

全世界の音が消えたように感じる。

頬と言うには危うい位置……唇の端に、乾いた感触が降りてきた。

焦点が合わないほど近くに、空色の瞳がある。

——エレノアの耳に音が戻ってきたのは、それから数秒後のことだった。

地が割れんばかりの地響きがとどろく。熱狂的な大歓声が渦を巻き、広場中を満たした。

そんな中、エレノアの頭は真っ白だった。

目を見開いたまま硬直している彼女を、ローレンツは自身が被っていた白い布で覆った。

そして、何物にも代えがたい大切なもののように抱えると、慎重な足取りで花道を歩む。

白い布をなびかせながら去っていく一組の男女に、観衆から惜しみない拍手が贈られる。

剣舞の出来映え《できば》は、火を見るよりも明らかだった。

何事もない体《てい》を装《よそお》ったローレンツは、エレノアを抱えたまま控えの間に戻った。

天幕をくぐると、エレノアを覆い隠していた白い布をはだける。かろうじて意識のあるエレノアを確認して、彼は目を細めた。

「ご無事ですね……よかった」

天幕の中で待っていたネージュが、顔面を蒼白《そうはく》にして駆け寄ってくる。

「ああ……ベアトリーチェ様……さぁ、こちらへ！」

エレノアの顔色を見たネージュは、悲痛な声で長椅子へ案内した。そこには布や毛布で作られた簡易的な寝床がある。

王女の体に傷一つ付けないように細心の注意を払いながら、ローレンツがエレノアを横たわらせた。

その頃になってようやく、エレノアの意識がはっきりしてきた。

思いがけないローレンツの登場と、思い出すだけで思考が停止してしまいそうになる大胆な行動は、いわゆるパフォーマンスだったのだと気付く。

突然、操《あやつ》り糸が切れたかのように動かなくなったエレノアを、剣舞を中断させることなく救い出す方法があれしかなかったのだ。

観衆は一連の流れを演出として受け止めてくれただろう。

エレノアが動けなかった間の違和感など、完全に忘れ去っているに違いない。きっと今頃笑顔で祭り見物に戻っているはずだ。

横たわったエレノアの隣に、ローレンツが跪《ひざまず》く。

抱きかかえてくれていた腕が離れたことを寂しく思う間もなく、彼に手を握られた。

「ベアトリーチェ様、お加減のほどは？　お返事するのも辛ければ、ご無理なさらず」

ようやく手を動かせるようになっていたエレノアは、返事の代わりに、握られている手にわずかに力を込めた。

「少し落ち着かれたようですね……よかった。壇上で蹲《うずくま》る貴方を見た時は、生きた心地がしませんでした」

エレノアに負担をかけない程度に、手を強く握り返される。

「今、医師を呼んで参りますから」

その言葉を聞いて、エレノアは大事なことを思い出す。大きな不安が胸に押し寄せていた。

（やめて、呼ばないで――）

咄嗟《とっさ》にローレンツの手を握った。

先ほどよりも強い力で握ると、ローレンツがエレノアの顔を覗《のぞ》き込む。

「何か伝えたいことがおありなのですね？」

彼が注意深く自分の顔を見つめているのを感じ、エレノアは口を開いた。

「……ば、ない、で……」

声が掠れて上手く紡《つむ》げなかった言葉を、ローレンツは読み取ってくれたようだ。

「しかし……」

どう見ても重病人のエレノアが医師を拒絶していることに、彼は困惑している。

「先日もお加減が悪そうだったではありませんか……何か病を患《わずら》われているのでは？」

エレノアは小さく首を横に振った。

「……ローレ、ツさ……お願い、が……」

「私にできることでしたら、なんなりと」

握り返す手と、即座に返された言葉の力強さに、エレノアは涙を一筋零《こぼ》す。

「ど……か……私を……奪……って……」

(どうか……私を、私の体を奪い返して)

息苦しさと嗚咽《おえつ》で途切れ途切れの言葉を紡《つむ》ぐと、ローレンツの手が硬直するのを感じる。

気付けば、ただ懇願《こんがん》していた。

(頼むなら、彼しかいないと思った)

誰よりも騙《だま》している相手だというのに。誰よりも知られてはならぬ相手だというのに。

彼以上に頼れる人がいるとは思えなかった。

「……それは私に、ただの男になれと？」

何処《どこ》か呆然としたローレンツの声には、動揺が滲《にじ》んでいた。エレノアは彼を見続けることができず、目を閉じてこくんと頷く。

出入りの商人の護衛を装《よそお》い、兵士と試合をしていたローレンツ。あれほど上手く身分を隠せる彼なら、ただの観光客として市井《しせい》に紛《まぎ》れ、ベアトリーチェの行方を追うことができるはずだ。

「――ご自分のおっしゃっていることが、わかっているのですか」

常にない、厳しい声だった。

自身の動揺を抑えつけるために、わざと冷たく突き放しているような、そんな声。

エレノアは、もう一度頷いた。

頬に涙の筋ができる。握っていた手に力を込めようとしたら、ローレンツの体がびくりと跳ねた。

まるで熱いものにでも触れたかのように、素早く手を振り払われる。

彼は、何かに怯えるようにこちらを見つめていた。

エレノアは視線を逸らさず、言葉を重ねる。

「……お、願い――貴方、だけなんです……」

ローレンツが息を呑む。震えた唇で何かを言おうとして、その口を閉じた。

何かに耐えるように、手を握りしめている。

「――ただの男となった私に、奪ってほしいと？」

エレノアは、こくんと頷く。

舞いの途中で突然襲った強い衝撃は、エレノアの体が受けた衝撃だろう。

ベアトリーチェは、体調を崩して倒れたのではない。襲われたのだ。あの時、ベアトリーチェを抱えていた男に。彼を一刻も早く見つけ出し、奪い返さなければならない。

「貴方には、その覚悟がおありなのですか」

「もちろん……で、す」

危地に飛び込む覚悟なら、とうにできている。

「私と、共に歩む覚悟ですよ」

熱い眼差しを向けられる。言葉の端々《はしばし》に緊張が走っていた。

この体では、きっと一人で奪い返すのは無理だ。けれど近衛隊に助力を頼むのは難しい。ただでさえ豊穣祭で忙しいことに加え、彼らが動くのは原則「王女のため」でなければならないからだ。入れ替わりのことを話したところで、笑い飛ばされて終わりだろう。いつも王女の突飛《とっぴ》な言動に振り回されている彼らは、まともに取り合ってくれないに違いない。

たとえエレノア一人で犯人を追い詰められたとしても、逆上されればベアトリーチェが危ない。ローレンツが共に行ってくれるのならば、どれほど心強いだろうか。

(彼なら――いつも助けてくれた彼なら、助けてくれると……信じたかった。信じてよかった)

エレノアは、万感の思いを込めて頷いた。

「はい」

――ぎゅっ
気付けば抱きしめられていた。

(え、何？　何がどうして、こうなった……？)

突然の抱擁《ほうよう》とその力強さに、涙が引っ込む。

長椅子から抱き起こされ、縋《すが》るようにしがみつかれていた。激情を伴《ともな》った抱擁《ほうよう》に、戸惑いばかりが生まれる。

（ええと……姫様を奪い返してくれってお願いして、共に助ける覚悟はあるのかと聞かれて、それに頷《うなず》いて……なんでこうなった⁉）

ローレンツの黒髪が頬をくすぐる。その感触がエレノアの羞恥心《しゅうちしん》を煽《あお》った。

（とととにかく、とにかく離れてもらわなきゃ……）

このままでは心臓が高鳴りすぎて壊れてしまう。エレノアは体を引こうとしたが、ローレンツはそれを許さず、更にきつく抱きしめた。

（ひえええ……ひえええええ……）

うなじが粟立《あわだ》つような感覚に、くったりと力が抜けてしまいそうだった。

自分を落ち着かせるため、ひとまず深呼吸をする。

（いつも冷静な彼がこれほど突飛《とっぴ》な行動に出た理由が、何かあるに違いない）

エレノアの背中をきつく抱きしめる指先は、微《かす》かに震えているようにも思えた。

何かが、胸を突いた。

それに突き動かされるように、エレノアはおずおずとローレンツの背中に手を回した。抱きしめ返すというよりも、そっと触れるように背中を撫でる。

よしよしと、安心してと伝えるように。

するとローレンツの体が、我に返ったように固まった。

——その時である。

「ベアトリーチェ殿下！　何卒《なにとぞ》、お目通り願いたい！」

天幕の入り口が勝手に開けられ、一人の男が飛び込んできた。

入り口の近くで真っ赤になって絶句していたネージュが、驚いてそちらを振り返る。

そこにいたのはローレンツの従者セスだった。

彼はエレノアとローレンツを見てネージュと同じように絶句した後、シュタッと片手を上げる。

「いや、すまんかった。出直すわ」

天幕の外に出ていこうとするセスに、ローレンツが珍しく慌てた。

「ロー……セス！」

「ごめん、悪かった。邪魔したな」

（邪魔したな？）

セスの言葉を反芻《はんすう》したあと、エレノアはハッとした。

自分達が抱きしめ合っていることに、ようやく気付いたのだ。

「セス……！　お待ちなさいっ！　これは……誤解です！」

気力を振り絞り、ローレンツを突き飛ばす。先ほどよりも随分と体が動くようになっていた。

「へえ、誤解」

「……その目をやめなさい」

にやにやとした顔を隠そうともしないセスを、ローレンツが咎《とが》める。

「残念だったな、誤解だとさ。まあまあ。そうしょげんなって。またチャンスはある」

「セス！」

セスとローレンツが話している間に、エレノアはなんとか落ち着こうと頑張っていた。

バクバクと鳴っている心臓に手を当てて、呼吸を整える。

そして、もう一度口を開いた。

「重ねて言いますが、誤解です……。先ほどは、何者かに奪われた私の大事なものを、市井《しせい》に紛《まぎ》れて探してほしいと……無理を承知で、ローレンツ様に頼んでいただけです」

それだけだ。それだけのはずだった。ローレンツの抱擁《ほうよう》の意味はわからないが、ひとまず事実としてはそれに尽きる。

それなのに、何故か一度固まったローレンツが、ゆっくりとこちらを向いた。

「……大事なもの、を？」

「え？　はい」

「……なるほど。わかりました……色々と……」

ローレンツは遠い目をしていたが、ベアトリーチェの件を了承してくれたことに変わりはない。

エレノアは満面の笑みを浮かべた。

「ありがとうございます！　ローレンツ様なら、きっと助けてくださると信じておりました」

「……貴方の望みは、必ず叶えましょう」

ローレンツがなんとも言えない顔をする。苦笑のようでもあるが、何処《どこ》となく慈《いつく》しみ深い表情だ。

彼は真面目な表情に戻ると、従者の方に視線を向けた。

「ところでセス。如何《いかが》したのです。恐れ多くも王女の天幕に飛び込んでくるに値《あたい》する用件なのでしょう？」

諫《いさ》めているようで、信頼しているのがわかる言葉だった。

セスは頷くと、顎《あご》を引いて背筋を伸ばす。

「……度重なる無礼、深くお詫び申し上げます。――しかしベアトリーチェ様。火急《かきゅう》の用件につき、しばしお時間をいただきたい」

全身の血潮が沸き立つような、凄《すさ》まじい求心力があった。いつもの溌剌《はつらつ》とした彼とは別人のようで、国王陛下にも劣らぬほどの威厳を、セスから感じる。

（これは誰……？　本当に、セス？）

エレノアは圧倒されつつも、できる限り毅然《きぜん》として向き合う。少しでも気を抜けば、困惑が表情に出てしまいそうだった。

「時間はあまりありません。手短に」

それを聞いた途端、セスが急に相好《そうごう》を崩す。

「助かるよ。んじゃ、まずは改めて自己紹介から」

（いや、なんでそこから!?　手短にって言ったのに！　しかもなんでタメ口!?）

そう口走りそうになったエレノアに、セスが近づいてくる。

膝《ひざ》をついて目線を合わせたセスは、薄い唇を開いた。

「我が名はローレンツ・ロレス・オクタヴィア。正統なる、オクタヴィア王家の血を引く者である。

これまでの偽《いつわ》りを、どうか寛大な心を以《も》って許されよ」

エレノアは一瞬、耳が遠くなったのかと思った。

「……は、い？」

「さすがはラムセラールの天使、ベアトリーチェ様。これほど早く許してくださるとは！　その海のように広い心に感謝する」

先ほどまで従者と思っていた男が、いつもと同じ笑顔で自分を王子だと言っている。

（ちょちょちょ、ちょっと待っ、ちょっと待って！　許してない！　今のを了承の意味にとるなんてずるい！　そんなのなしだ！）

言いたい言葉はどれも声にならなかった。エレノアは呆然と呟《つぶや》く。

「貴方が、本物の王子……!?」

「下手な演技はいいって。バレてたことは知ってるから」

「セス！　じゃない、ローレンツ殿下……？」

「別に今まで通りセスでも構わんのだけど――」

彼は、戸惑うエレノアの隣にいる青年をちらりと見た。

そして意地の悪そうな笑みを浮かべる。

「まぁ、せっかくだし。人目のない場所では、そう呼んでもらうか」

「では……ローレンツ殿下」

セスだと思っていた男を、ローレンツと呼ぶ違和感が半端ない。

「バレてたことは知ってるとは、どういう……？」

「今朝ネージュと話してただろ」

(話してたっけ!?)

エレノアは勢いよくネージュを振り返った。

ネージュは口をバッテンに閉じて、ぶるぶると首を横に振っている。

(今朝？　今朝といえば……あっ！)

エレノアはハッと思い出す。朝から色々と不測の事態が続いたため、すっかり忘れていた。

『人に言えることではありませんから。入れ替わっている、だなんて……』

(まさか、あの言葉を自分達のことだと受け取った……？)

勘違いしてくれたのは助かるが、エレノアの脳みそは全く助かっていない。混乱の極みである。

(オクタヴィアの王子が、誰かと入れ替わっていた？)

「――え？　ということは……」

バッと音がしそうな勢いで、先ほどまでローレンツを名乗っていた青年を見る。

彼はいつの間にか、ローレンツの後ろで折り目正しく直立していた。

エレノアの疑問を読み取ったローレンツが、簡潔に答える。

「そう。そっちがセスだ」

「セス・メイヴィスと申します。王女殿下を謀《たばか》りましたこと、お詫びのしようもございません。大変申し訳ございませんでした」

頭を深々と下げられる。その黒髪の揺れ方は、エレノアがもうすっかり見慣れてしまったものだった。

「……セス？」

気付けば、唇からその名が零《こぼ》れ落ちていた。

黒髪が強張《こわば》ったように微《かす》かに揺れ、空色の瞳がこちらを気遣わしげに見つめる。

「……確かに、『ローレンツ』よりも似合っていますね。貴方らしさを感じます」

ローレンツという名が不似合いだったわけではない。

ただ、簡潔で清涼感があり、貫《つらぬ》くような鋭さを持った名前が、彼には似合うと思ったのだ。

「……貴方という人は、本当に」

彼――セスが眉根を寄せる。苦々しいその表情は、泣き笑いにも見えた。

ふと浮かんだ素の表情に、エレノアの心臓が高鳴る。

（……王子じゃ、なかったんだ）

彼が王子ではないことは衝撃だった。それほど王族としての振る舞いに慣れていたのだ。ベアトリーチェの体に入っているエレノアよりも、よほど。

もしかしたら、旅の間の危険を避けるために、これまでも幾度か成り代わっていたのかもしれない。

「それで、ローレンツ殿下――お話というのは」

「どうか力を貸していただきたい」

ローレンツは真面目な話の時とそうでない時で、口調に随分と差があった。おそらく無意識ではなく、使い分けているのだろう。一国の王子であるローレンツは、人の感情を揺さぶる術《すべ》にも長《た》けているようだ。

「ベアトリーチェ様が、最も信頼をおく者達の力を」

エレノアは言葉に詰まった。ベアトリーチェが最も信頼を寄せる者達――つまり近衛隊を他国の王子に貸し出すなど前代未聞《ぜんだいみもん》である。

近衛隊はその国の王族を守るための部隊だ。たとえ国民のためといえども、おいそれと動くことはできない。ローレンツと結婚を約束している仲ならともかく、ただの見合い相手である彼に貸すなどできるはずがなかった。

逆に言うと、貸してしまえばもう決まったようなものだ。

――ベアトリーチェ王女と、ローレンツ王子の結婚が。

「ローレンツ殿下、それは……」

エレノアはそこで言葉を切った。王女の口から「できない」と告げたら、簡単に覆《くつがえ》すことはできないからだ。

葛藤《かっとう》するエレノアに、ローレンツは神妙に頷いた。

「無理難題を申し上げているのは百も承知だ――が、頼む」

「私の知る貴方は……そのような無茶をおっしゃる方ではなかった。できれば理由を聞かせてもらえませんか」

どれほど無理なことかは、王族であるローレンツの方が深く理解しているはずだ。それでも頼まざるをえないだけの理由があるのだろう。

「嫁を助けたい」

その答えにエレノアはきょとんとした後、目を大きく見開く。

「……ご結婚なさっていたのですか⁉」

あまりにも驚きすぎたせいでバランスを崩し、長椅子からずり落ちそうになる。幾分かまともに動けるようになったとはいえ、まだ体調が万全ではなかったらしい。

「神殿の神官はどうしたのです⁉　袖《そで》にしたのですか⁉」

「そいつだよ。まだ神に誓いは立ててねえけど、あれは俺が嫁にする」

「では、将来を誓い合った仲ということですか……？」

「うんにゃ。まだ付き合ってもない」

「……」

エレノアは真顔になる。無茶をおっしゃる方ではなかった、という自分の発言を訂正したい。彼の言っていることは無茶苦茶だ。

エレノアと同じような表情をしたセスがローレンツを見ている。もしかしたら、セスにとっても初耳だったのかもしれない。

エレノアはため息をつきつつローレンツに尋ねる。

「……それで、その恋人未満の女性がどうなさったのですか？」

「攫《さら》われた」

その言葉に、エレノアは思わず身を乗り出した。

先ほどまでの冗談交じりの雰囲気から一転、ローレンツは剣呑《けんのん》な空気を纏《まと》っていた。心の内で暴れる獰猛《どうもう》な衝動を、押し殺しているように見える。

「まさか、豊穣祭で……!?　だとすれば、警備上の過失です！　すぐに兵を——」

「間に合わない」

にべもない言葉だが、事実でもあるだろう。

ベアトリーチェが兵を動かすには本来、議会で承認を得なければならない。近衛隊はベアトリーチェを守るための兵だが、国王直属の部隊なのである。——ハーゲンに関しては、エレノアの判断で勝手に動かしたが、そのせいでジェラルドに苦言を呈《てい》されているのだった。

今から議会を緊急招集しようとしても、豊穣祭で貴族達も出払っている。兵を動かす許可を取れるのは早くても明日の朝だろう。

「犯人は、俺の顔を知るオクタヴィアの人間だ。俺に取引を持ちかけるための人質として、豊穣祭に出かけていたエレノアを攫《さら》った」

「……は？」

エレノアは長椅子から、今度こそ転げ落ちそうになる。

なんとか立ち上がったはいいものの、スカートの裾《すそ》を踏み、軽く躓《つまず》いてしまった。最近はしなくなっていたような失敗だ。

けれどそれも仕方がない。だって今、ローレンツは……

「今なんとおっしゃった!?」

「ん？　あぁ。犯人は、俺の顔を知るオクタヴィアの人間だ。幼い頃から王子であることは隠して育てられたんだが、知っている人間も――」

「いえ！　そこではありません！　貴方の恋人未満の、神官のお名前です！」

どくんどくんと耳の裏で血管が脈打つ音がする。

顔面蒼白《そうはく》なエレノアとネージュを見て嫌な予感がしたのか、ローレンツは眉根を寄せた。

「エレノアだ」

「……白銀の髪に、長身の？」

「ああ。知り合いなのか？」

エレノアの全身から力が抜ける。

糸を切られた操《あやつ》り人形のように、床に崩れ落ちた。

（……神殿……まさか、そんなところに隠れていたなんて……）

彼女が女装していることは、エレノアでさえ予想していなかったのだ。エレノアが女だと知らないハーゲンは、男子禁制の神殿にいるなど思いもしなかっただろう。

（だって、誰が思う？　あんな筋肉質ゴリラが神官の服を着るなんて……！　一発で叩き出されるような怪しい見た目にしかならないじゃないか！）

神殿といえば、なるほど確かにベアトリーチェのテリトリーだ。彼女はラムセラールの王女として、物心ついた頃から神殿に出入りしている。

もし入れ替わる前から準備していたとすれば、あの美しさと悪魔のような狡猾《こうかつ》さで、神殿の人をたらし込んでいてもおかしくはない。

「ふふ……はは……あはは……」

何故だか笑みが零《こぼ》れた。世間があまりに狭いからか、この苦行の終わりが近いからか……それはエレノアにもわからなかった。

（しかも、誘拐犯の情報まで転がり込んできた……）

差し迫った状況であることは変わらないが、ベアトリーチェが人質になっているということは、すぐに命の危険があるとは考えにくい。

（姫様――すぐにエレノアが助けに参ります）

倒れている暇はない。ローレンツ達に詳しい話を聞かなければ。

気だるさが残る体に鞭《むち》を打ち、エレノアは長椅子に座り直した。


犯人の話をする前にと、ローレンツは自分達の事情を話した。

オクタヴィアの時代錯誤《さくご》な政策のせいなんだが――という呆れかえった語り口で、その説明は始まった。

成人の儀式における最大の難関は、帰国の途上にあるという。

「二心《ふたごころ》ある貴族達は、王家の嫁が妊娠すると、自分の領内で妊婦を探す」

そして生まれてきた子供達の特徴を書き留め、「王子」の誕生を待つ。

王家の子が女であれば妊婦とその子供達の存在は忘れ去られる。しかし、男であった場合、内々に手に入れた王子の特徴と照らし合わせ、瞳と髪が同じ色の男児は、領主の支援を受け大事に育てられる。

——そうして、十数年後に成人の儀式から帰ってきた王子とすり替えられるのだ。

もちろんその場合、本物の王子の命は真っ先に刈り取られる。そうして、貴族は替え玉を王位継承者と偽《いつわ》り、裏から実権を握るのだ。

「十四歳で国を出てから数年、あるいは数十年経って帰国した人間の顔なんか、誰も覚えちゃいない。髪の色だって時が経てば、金が茶になったりするしな」

王子は旅先での身の安全のため、幼い頃は肖像画すら描かれない。他に証明のしようがなければ『なんとなく面影がある』程度でも、入れ替わりは成り立つ。

「ある程度同じ特徴を持つ、同じ歳の男なら、国も否定のしようがない——あとは指輪さえ持っていればな」

「指輪、とは？」

「王家の紋が刻まれた指輪を、旅立つ前に持たされるんだ。ただ一つ、王子の出自を証明するもの——それを、エレノアとの交換条件として持ってこいと言われている」

つまり、替え玉を使った偽装工作が常習的に起こっている、というわけだ。

頭がクラクラする。オクタヴィアは馬鹿の国なのか、と思わずつっこみそうになる。

「そんなことが繰り返されてきた以上、もう初代の王の血なんか残ってないんだろうけど――オクタヴィアの王家は強者の血でできてる。これだけは事実だ」

強い者が頭《かしら》になる。蛮族のような考え方だが、共感できないわけでもない。

なんといってもエレノア自身、幼い頃から「力が全て」と教わってきたからだ。

「結局、その程度で脱落する王子じゃ王にはなれないってことなんだよな。俺は王位継承権なんかどうでもいいけど――エレノアと、自分の命を諦《あきら》めたつもりはない」

ローレンツの迫力の籠《こ》もった瞳を見ていられず、エレノアはそっと顔を逸らした。

（やめてくれー！　キリッとした顔で、そんな風に私の名前を呼ばないでくれ！　むずむずする！

正直、ぞわぞわする！）

真面目なシーンだということはわかっているのだが、どうしても耐えられない。

もう何年もまともに呼ばれていないとはいえ、やはり「エレノア」という名前を口にされると居心地が悪い。

ふと視線を感じて顔を上げれば、セスとバチッと目が合った。

ぐりん、と勢いよく顔を逸らす。

王子ではないと判明した彼に対し、憤《いきどお》りや不信感を抱いているわけではない。

ただただ猛烈に――

（ものすごく恥ずかしい……）

これまでは王子だと思っていたからこそ平気だったのだ。

彼個人と向き合っているというよりも、オクタヴィア王家の血を引く貴賓《きひん》と向き合っているという感覚の方が強かった。

その前提を覆《くつがえ》され、一個人としての彼と向き合うには、覚悟ができていなかった。あまりにも突然すぎて、心の準備が追いつかない。

「……もしもーし。今真剣な話をしてるんだけど」

セスと目を合わせた瞬間、顔を真っ赤にしてもじもじし始めたエレノアを、ローレンツがじとっとした目で見る。エレノアは慌てて居住まいを正した。

「わ、わかっています――ごほん。誘拐の動機は紋章入りの指輪を手に入れることだとして……犯人はどのように接触してきたのですか？」

「街の子供に手紙を持たせてきたんだ。その手紙がこれ。エレノアの髪が一房入れられてたから、間違いない」

エレノアは手渡された手紙を開く。

【久しぶりに見かけた君と旧交を温めたい。夕陽が沈むまでに、互いの宝物を交換しないか？　西ノ二の港にいる女神の足元にて、日没まで待つ】

互いの宝物とはベアトリーチェと指輪のこと。女神の足元とは、女神の船首像がある船のことだろう。

この程度の文面では、誘拐や脅迫の証拠とするのは難しい。ローレンツが街の自警団に出動要請しようとしても、ただでさえ忙しい豊穣祭の日では、取り合ってもらえないに違いない。

だが手紙の主が誘拐犯であることは間違いない。手紙に添えられているのは、確かにエレノアの髪だった。

(髪を切り取られる時に、姫様が恐怖を感じていないといいけど……)

背後から殴られたベアトリーチェは、気を失ったように見えた。目を覚ます前に切られたのなら大丈夫だろうとは思うが、捕らえられている間の心労も相当なものだろう。

(それにしても、これだけ長く切り取ってくれて……)

元の体に戻ったらいっそ丸坊主にでもしてやろうと、エレノアは嘆息する。

その前に、犯人の頭も丸坊主決定だ。

「――ん？ 手紙に『久しぶりに』と書かれていますね……ローレンツ殿下は犯人と旧知の仲なのですか？」

エレノアの疑問を受け、ローレンツが手に握っていたリボンを見る。

「エレノアの髪を束ねていたこのリボンが、青と茜色《あかねいろ》だった。青は現オクタヴィア王妃の家系を表す色、そして茜色《あかねいろ》は俺と奴の瞳の色――犯人は従弟《いとこ》のブルーノ・トラヴィアータに違いない」

凍てつくような視線の先には、そのブルーノがいるかのようだった。ローレンツの放つ殺気に当てられ、背中の毛が逆立つ。

騎士としての本能が疼《うず》き、緊張しかけたエレノアに、ローレンツがにかりと笑う。

「かわいそうな奴だよな。ひと月先に生まれた俺と、髪と目の色が同じだったばっかりに……生まれた瞬間に替え玉となることが確定したんだから」

王子の従弟《いとこ》ならば、彼自身も高貴な血筋に違いない。そのような赤子の人生さえ歪めてしまうほど、王子の座というのは魅力的なのだろう。

「替え玉ということは、彼は社交界には……」

「社交界どころか、ブルーノという存在を知る者はオクタヴィアにもほとんどいない」

なのに、ローレンツは知っているらしい。

「あいつには二度会ったことがある。幼い頃、母の実家で暗い部屋に閉じ込められてたあいつを見たのが初めてで、二回目は……」

ローレンツは何処《どこ》となく昔を懐かしむような顔をしたが、そこで言葉を止めると「いや、なんでもねえや」と首を横に振った。

「それより、西ノ二の港って？」

ローレンツに問われ、エレノアは視線を手紙に戻す。

「個人の所有船が碇泊《ていはく》している港です。西の港は税関がなくそのまま外海と繋がっているので、碇《いかり》を上げられれば面倒ですね……」

「祭りで大々的に市《いち》が開かれている港か？」

「祭り会場となっているのは南ノ一の港です。南は商船、西は来客用の船が碇泊《ていはく》します。南に人が集まるので、西はあまり人気《ひとけ》がない。もちろん、警邏隊《けいらたい》が巡回してはいますが……兵士の多くは祭り会場の方に配備されているので、こちらは民間の自警団が中心になっているでしょう」

「じゃあ、近衛隊を動かせば目立つか」

「はい……指輪の受け渡し場所が船上ということは、桟橋《さんばし》は厳重に警戒されているでしょう……近衛に船を出させて海上から近づき、挟み撃ちにしようとしても、目立つことこの上ない」

指定された船から、犯人を逃がさずにどうベアトリーチェを奪回するか。

手紙を睨《にら》みつけながら唸《うな》っていたエレノアは、セスとローレンツが訝《いぶか》しげな顔をしてこちらを見ていることに気付く。

「如何《いかが》なさいました？」

エレノアはいつもの癖でつい、ローレンツではなく、その後ろに控えていたセスに声をかけた。

「……剣がお好きなことは存じておりましたが、用兵にも通じているのだなと思いまして」

戸惑う様子を見せつつも真っ直ぐに返された視線に、エレノアはギクッと固まる。

「思えば猪騒ぎの時も、冷静に指示を飛ばされていたような――」

「お、お褒めいただき光栄ですわ。ほほ、おほほほほ……！」

天下無敵の愛想笑いを繰り出すと、エレノアは会話の逃げ道を探して視線を彷徨《さまよ》わせた。

ガッチリと目が合ったネージュは、顔を蒼白《そうはく》にさせながらも、すかさず助け船を出してくれる。

「お言葉を挟むようで恐縮ですが……エレノア様の救出を急ぎませんと」

「そうですね！　その通りです！」

大げさに頷くエレノアに、ローレンツが眉を上げた。

「そういや、さっきからエレノアを知ってる風だったな」

「先ほどロー……いえ、セス殿に奪い返してほしいと頼んでいたものが、正に彼女なのです」

その奇妙な偶然に、ローレンツとセスも驚いていた。三人で顔を見合わせ、エレノア奪還の覚悟を改める。

「だが、王女がただの神官とそんなに親しいのか？」

ローレンツに聞かれて返事に窮《きゅう》し、エレノアはネージュを見た。親しい、親しくないで言うには少々複雑だ。こうして体を交換してはいるが、普段はタメ口一つきくことのできない関係である。

「……エレノア様は、ベアトリーチェ様にとってなくてはならない——」

ネージュの説明に、エレノアがうんうんと頷く。体も精神も、どちらか一つずつでは足りない。互いにとって互いがなくてはならない存在だろう。

「——大切な、お方です」

ゆっくりとした口調で続けられたそれは、まるでエレノアに聞かせるための言葉のようだった。

エレノアは目をぱちくりさせてネージュを見る。

「恥ずかしがり屋で、少々気ままなきらいのあるベアトリーチェ様でございますが……エレノア様はベアトリーチェ様がお心を許された……数少ない、大切なご友人でございます」

神妙な声でネージュが言い切った。

気付けば、エレノアの瞳からは涙が溢《あふ》れていた。

あまりにも唐突に、だばだば泣き出してしまったせいか、ローレンツとセスがぎょっとしている。

「そ、それは……」

本当ですか？

そう尋ねられないエレノアに、ネージュが深く頷いた。

「ベアトリーチェ様。一刻も早く、彼女を救い出して差し上げましょう」

「びゃい」

エレノアは大きく頷く。

（姫様、今度こそ信頼を裏切らず、エレノアがお助け致します）


大任を終えた王女は馬車に乗せられ城へ帰還した――ということにして。

空《から》の馬車を見送ったエレノア達は、西ノ二の港に到着していた。

ネージュによって町娘に仕立てられたエレノアは、セスとローレンツを案内するという名目で、共に港へ向かった。

港に辿り着いた頃には、もう夕方だった。薄暗いとはいえ、まだまだ視界ははっきりとしている。ずらりと碇泊《ていはく》している客船の向こうには、茜色《あかねいろ》に染まった海が広がっていた。数艘《すうそう》の小舟がぷかぷかと揺れているのは、宵《よい》の訪れと同時に打ち上げられる花火を準備しているのだろう。

さざ波が、夕日を反射して光る。雲は風にたなびき、薄く引き伸ばされていた。

人がまばらに行き来する港に伸びる、三人の影。

先導しているエレノアは、町娘に扮《ふん》するために花の飾られたボンネットを被っていた。丁寧に皺《しわ》を伸ばされた生成《きな》りのワンピースは、腰のところに華やかな帯を巻いている。「今日この日のために用意した一張羅《いっちょうら》」という設定だ。行き交う娘達も配色こそ違うものの、似たような格好をしている。

エレノアの後ろからついてきているのは、セスだった。その表情には苛立《いらだ》ちが浮かび、いつもの数倍研ぎ澄まされた瞳は、振り返ることなく真っ直ぐ前を見ている。

（——事情を知らなければ、絶対に連れ立って歩きたくない……）

エレノアでさえ思わずびくついてしまうほど、セスの〝不機嫌な演技〟は堂に入《い》っていた。

そしてローレンツはといえば、セスの腕に引かれながら、「おっと」とか「おいおい、もうちょっと丁重に扱えよ」などと軽口を叩いている。

ローレンツは両手を背中で縛り、太股もかろうじて歩行ができる程度に縛っている。大きめの上着を頭から被って人目を忍んでいるが、少し注目してみればその不自然な歩き方に首を傾げたくなるだろう。

エレノア達がこんな演技をしているのは、もちろん理由があった。

「……つけられていますね」

「監視もかなりいるようです。ですが、何があってもお守り致しますから、安心してください」

セスの小声に頷くと、エレノアは何にも気付いていないふりをする。死角からの視線に気付くような町娘はいないからだ。

——ローレンツの身勝手さに腹を据えかねたセスが、彼を裏切り、ブルーノにつく。

シナリオとしては三流の、ありきたりな展開だ。完全に信用してもらうのは難しいかもしれないが、二人で堂々と船に乗り込む口実にさえなってくれればいい。

……だというのに、セスはローレンツをぎっちぎちに縛り上げてしまった。コレではいざという時に動けないのではと心配するエレノアに、ローレンツが得意げに笑った。なんでも、旅をしている間に奇術師にも弟子入りし、縄抜けの秘術を習得したのだという。

「緊張しますか？」

考え事をしていたエレノアが、不安にかられていると思ったのだろう。斜め後ろを歩くセスが心配そうに聞いてくる。

「さすがに。町娘の演技などしたことがありませんから」

「そうでしょうね……しかし王女である貴方が、それをするというのですから、全くもってお転婆《てんば》だ。噂など当てにならないと思っておりましたが――貴方は正《まさ》しく〝暴走姫〟ですね」

セスが苦笑を浮かべた。彼は最後まで、エレノアを同行させるのを渋っていたのだ。

「呆れられました？」

「いいえ。ですが、目が離せなくて困ります」

「うぇえ……」

怒った表情のままなのにやたらと甘く聞こえ、エレノアは大げさにたじろいだ。そんな二人に、ローレンツが冷めた目を向ける。

「……いちゃつくのは、全部終わってからにしてくれねえ？」

「そ、そのようなつもりでは……」

エレノアがまごまごと弁解しているうちに、波止場《はとば》までやってきた。

桟橋《さんばし》がいくつかの階層に分かれた南の港とは違い、西の港はそれほど大規模ではない。船員達も皆、豊穣祭に出払っているのだろう。各船上に留守番をしている者が数名いる程度で、波止場《はとば》は静かなものだった。

桟橋《さんばし》を渡れば目的の船につく。ブルーノの船には、大きな縦帆《たてほ》と中小の横帆《よこほ》が備わっていた。船首には航海の無事を祈る女神の像がある。船体と帆を繋ぎあわせる大量のロープが、船全体を大きな楽器のようにも見せていた。

その船の下には、一人の水夫がこちらを待ち構えるように立っている。

「案内はここまででけっこう……貴方は速やかに立ち去りなさい」

周囲にも聞こえる声で、セスがエレノアに言った。わざわざチップまで渡してくる。案内賃にしては少し高いチップは、口止め料を含めているのだろう。

エレノアは両手でチップを受け取ると、ぺこりと頭を下げて立ち去った――ふりをして、しばらく歩くと引き返し、物陰からセスとローレンツを見守る。

(姫様の一大事なのに、自分だけ帰るわけにはいかない……)

幸い波止場《はとば》には木箱や樽《たる》が山ほどある。王女の小さな体くらい、すっぽりと隠してしまえる。

エレノアと別れたセスは、ローレンツを引きずるようにして桟橋《さんばし》を渡っていた。離れたところにいても、ローレンツの苦情が聞こえてくる。

船の下にいる水夫に向けて、セスがローレンツを乱暴に突き飛ばした。その様子は船上からも見えただろう。

どうか騙《だま》されてほしいとエレノアは拝む。

残念ながら、さすがに話し声までは聞こえなかったが、笑い声が聞こえてきた。船上から桟橋《さんばし》を見下ろす金髪の男が笑ったようだ。

(あれがローレンツ殿下の従弟《いとこ》、ブルーノ・トラヴィアータか……)

距離があるため顔立ちまでは見えないが、ローレンツと非常に雰囲気が似ていた。幽閉されて育てられた彼を知る人間は、オクタヴィアにもほぼいないという話だ。

(——確かに似ている。彼ならローレンツの替え玉として帰国しても、バレることはないかもしれない……)

ローレンツを縛っている縄を、桟橋《さんばし》にいたブルーノの仲間が確認している。

桟橋《さんばし》に転がされているローレンツは、セスに向かって何か怒鳴っていた。

(演技だってわかってるのに……本当に仲違《なかたが》いをしているようだ……)

彼もセスも役者顔負けの演技力である。城では立場を入れ替えていることに、誰も気付かないのも納得だ。

話している内容が気になったエレノアは、別の木箱の陰へと移りながら、少しずつ距離を詰める。

船の下では桟橋《さんばし》に伏したままのローレンツが精一杯顔を上げ、セスをせせら笑っていた。

「——ッハ！　俺に愛想尽かしたってことにすりゃ、そのお高いプライドを守れるもんなあ。命が惜しいので、どうぞ自分だけは助けてくださいなんて、口が裂けても——」

——ドガッ！

ローレンツの髪を掴《つか》んだセスが、その腹を思いっきり蹴り上げた。

蹴られた勢いで、ローレンツの体が浮く。衝撃で口の中でも切ったのか、血が地面に散った。

（……今の、本気で蹴ったな）

涼しい顔して、やることはえげつない。

彼だけは怒らせないようにしようと、エレノアは心に決めた。

「口は慎んでくださいね。ここから突き落とせば、それまでの命ですよ？　――あぁ、そうだ。新しい主人への忠誠の証《あかし》として、このまま海に落としましょうか」

（えええええええ!?　ちょ、セス……殿!?）

なんと呼べばいいかわからないまま、心の中で叫ぶ。

驚きすぎて身を乗り出した拍子に、足が木箱に当たってしまい、咄嗟《とっさ》にしゃがみ込んだ。

（海に落とすなんて本気じゃないはず……いや、でも冗談にも聞こえない！　……あの人、本当に寝返るつもりじゃ……ない、よね!?）

あまりにもいつもと変わらないトーンで言うものだから、エレノアは気が気じゃない。セスが日頃からローレンツに苦労をかけられていることを、エレノアも知っているからだ。

緊迫した状況の中、ブルーノがセスに向かって言う。

「指輪は誰が持っている？」

「私が」

ローレンツの髪を無造作に手放したセスが、小さな袋を懐《ふところ》から取り出す。

屈強な水夫が受け取ろうとするが、船上から「待て」と声がかかった。

「おい！　セスと言ったな」

「はい」

「残念だが、お前をホイホイ信用するほど僕の脳みそは軽くない。――あそこに女がいる。あの女に持ってこさせろ」

一瞬の間の後、セスが後ろを振り返った。エレノアはびくりと肩を揺らす。

（お、お、怒ってる～～～!!）

怒らせないようにしよう、と思ってから一分も経っていない。

桟橋《さんばし》を、セスがずかずかと歩いてくる。

「――帰るようにと、言ったはずですが」

「すみません……」

エレノアは深々と頭を下げた。

セスから静かな冷気が漂《ただよ》っている。

「――怖い思いを、なさるかもしれないんですよ」

その声があまりにも労《いたわ》りに満ちていて、エレノアは思わず顔を俯《うつむ》かせた。

（こ、こ、こわいよぉお……そんな顔で心配されたら、心臓がもたない……）

何故彼は、こうも自分を無力な女の子扱いするのだろう。重いものどころかフォークさえ持てないと思っているに違いない。これなら荒くれ者を相手にしていた方が、数倍ましだ。

普通の女の子は常にこんな扱いを受けているのだろうか。真綿で包むような優しさを当たり前のものとして受け取るのだろうか。だとしたら、エレノアは到底女の子として生きていけない。

首まで真っ赤に染まっているのが自分でもわかる。恥ずかしいことこの上ない。

小さく頷いたエレノアを見ると、セスはため息を吐き出した。そして小袋を手渡す。

「これを船上にいる彼に届けていただきたい。危険を感じたら、すぐ逃げてきてくださってかまいません」

エレノアは腰に巻かれた帯を撫でると、両手で小袋を受け取った。セスの後ろについて船の方へ向かう。

屈強な水夫と転がっているローレンツの横を通り過ぎ、栈橋《さんばし》から船へとかけられた板の上を歩いた。

――トントントントン

靴底が板を叩く音が、妙に響いた。

小さな階段を下りて甲板に降り立つ。そう広い甲板ではない。

操舵席には、ブルーノがいた。強い夕日に染まった金髪は、空に溶けてしまいそうだ。瞳も、髪を照らす夕日と同じ色をしている。

甲板の上には他に、七名の水夫がいた。二人はブルーノのそばで護衛し、一人はエレノアを近くで見張り、残りは海上を警戒している。

（一番近い者はここから五歩、いや、段差も入れて六歩の距離……腰には長剣――全員右利きか）

怖がっている風を装《よそお》いながら船上を見回したエレノアは、そばにいた水夫を見上げた。

「……あの、どうすれば……」

おどおどとしたエレノアの言葉を、ブルーノが鼻で笑った。

「もちろん渡すんだ。僕に」

「指輪の前にエレノアを渡せ!! 無事なんだろうな！」

桟橋《さんばし》の方からローレンツの叫びが聞こえてきた。

「はっはっはっは！」

突然笑い出したブルーノは、操舵台から下りるとエレノアの隣にやってきた。そして船縁《ふなべり》に手をかけ、桟橋《さんばし》を覗《のぞ》き込む。

ローレンツが這《は》いつくばっている姿が、涙が滲《にじ》むほど愉快なようだ。

「無様だなぁ……ローレンツ・ロレス・オクタヴィア。僕がこの日を、どれほど夢見たことか……」

ブルーノは歓喜に震えていた。

ほの暗い目を細めた彼が、さらに口角を上げた時――

「――……きゃ……あぁあ……!!」

微《かす》かな悲鳴が、船内から聞こえた。エレノアがそれを聞き間違えるはずもない。紛れもなく、エレノアの体が発する声だった。

つまり、船内で悲鳴を上げるような何かをされているのだ――ベアトリーチェが。

「……ちっ、水夫は野蛮だから好かない。まぁいい。ローレン――」

ブルーノがローレンツの名を呼び終える前に、エレノアは床を強く蹴って走り出した。帯に手を入れ、指に触れた金属を掴《つか》む。片足を大きく上げて軸足に体重をかけ、握ったものをブルーノの鼻に叩き付けた。

「――ぶっ、がぁ……!?」

鼻血を散らして目を白黒させているブルーノを、今度は足で蹴っ飛ばす。全力の蹴りをまともに食らったブルーノは、マストに背中を打ち付けた。

――船上が一瞬、しんと静まり返る。

「おまっ――何やってくれやがんだ！　あぁん!?」

一人の水夫の声を皮切りに、男達の怒号と、剣を鞘《さや》から抜く音が四方八方から聞こえた。

エレノアは、ぶち切れていた。

「全員殺してやる……」

漏れた声は無意識だった。握っていたものを、強く握り直す。

エレノアが握っているのは、先ほど演舞に使った短剣の柄《つか》だった。剣は目釘《めくぎ》を外せば刃と柄《つか》に分かれることを、騎士であるエレノアは知っていた。

帯に入れても安全で、ばれないサイズでいて、頑丈で握りやすく、それ自体が武器になる。そして、天幕で手に入る――その全てを満たすものが、エレノアにはコレしか思い浮かばなかったのだ。

握るとほぼリーチはなくなるが、ベアトリーチェの拳《こぶし》で殴るよりもずっと攻撃力はある。エレノアの得意とする突きも、至近距離まで近づけば不可能ではない。

「ロープを切れ！　碇《いかり》を上げて沖に出ろ！　――なぶり殺してやる！」

ブルーノが鼻血を袖《そで》で拭きながら立ち上がった。

（意識くらいは失うかと思ったのに――）

エレノアは舌打ちをしたくなる。王女の体では、やはり大した力が出せない。無理をすれば、大事なベアトリーチェの体を危険に晒《さら》すことになるだろう。

真正面から長剣で斬りかかられる。体を反らして避けたが、広がったスカートに刃が当たったようで、布が切り裂かれる。

満足げな水夫の懐《ふところ》に入ったエレノアは、柄頭《つかがしら》で彼の親指の付け根を強打した。

「ぎっ……！」

痛みで力が緩《ゆる》んだ手を蹴り上げると、剣が甲高《かんだか》い音を立てて甲板に転がる。

「この、アマっ！」

剣を失った水夫が、エレノアの首を大きな手で掴《つか》んだ。そのまま絞め殺そうとする水夫の両手に指をかけたエレノアは、肘《ひじ》を背中側に勢いよく引いた。人体の構造を利用した技により、驚くほどあっさりと拘束が解かれる。

女であるエレノアは、元々力で勝負する質《たち》ではない。騎士であり続けるためには、こうして人体の構造を知ることが必要だったのだ。

あまりにもスムーズに逃げられたためか、水夫は呆気《あっけ》にとられていた。その隙に股間を蹴り上げたエレノアは、傾いた水夫の顔を掴《つか》み、鼻面《はなづら》に膝蹴《ひざげ》りを打ち込んだ。

「なんっなんだ……お前……」

鼻を押さえてよろける水夫の目が、驚愕に見開かれる。

「ざけんなよテメェ！」

背後から別の水夫が襲いかかってきた。エレノアは対応するために振り向こうとしたが、できなかった。今し方倒した水夫が、こちらに倒れ込んできていたからだ。

王女の細い体は、そのまま甲板に押し倒されそうになる。

一瞬で血の気が引いた。

（この体に、傷をつけさせるわけにはいかない——！）

どうにか体を横にずらして逃れたものの、反応が遅れたせいで、エレノアは床に座り込んでしまった。

その隙を見逃さず、水夫が剣を振り下ろす。エレノアが息を呑んだその時、何かが視界を遮《さえぎ》った。

——ガキンッ！

二本の剣がぶつかり合い、水夫の剣が弾き飛ばされた。夕日に照らされた刃がキラリと煌《きら》めく。

「……次にこういうことがあれば、私の背に隠れてくださいと、伝えていたでしょう」

エレノアに振り下ろされるはずだった剣を遮《さえぎ》ったのは、セスだった。

いつの間に手に入れたのか、剣を手にしたセスが一太刀で敵を倒す。こちらからは背中しか見えないが、エレノアにはその背中が何よりも頼もしく見えた。

集まってきた水夫達に次々と切り込んでいくセス。その邪魔にならないよう、エレノアは立ち上

がって距離をとった。

じりじりと後退していき、船室へ続く扉の前からセスに声をかける。

「ここは任せますね！」

「あっ――よしなさい！　……このっ、お転婆《てんば》娘がッ！」

初めてかけられた感情的な言葉に、エレノアは心の中で弁解した。

（大丈夫です！　どさくさに紛《まぎ》れて、剣を拾いましたから！）

扉を開けて船内に入り、廊下を走る。見つけた扉を片っ端から開けていった。

（姫様、姫様姫様姫様姫様!!）

エレノアは世界中の神に懺悔《ざんげ》する。

（悠長にしているべきじゃなかった。すぐにでも助けに行くべきだった。彼女の誇りが汚されていたらどうしよう。その心が折られていたらどうしよう。万が一、最悪の事態に陥《おちい》っていたら――）

もはや扉を手で開ける余裕もなかった。ガンガンと、力任せに蹴破《けやぶ》っていく。

足が痺《しび》れてきた頃、ようやく目的の部屋を見つけた。

おそらく倉庫なのだろう。無数の木箱や樽《たる》が置かれた部屋で、ベアトリーチェが水夫に組み敷かれている。

水夫に跨《また》がられ、血に濡れた顔でこちらを見ている彼女と目が合う。

「こ……」

ベアトリーチェが驚きに目を見開いた。

「殺しては、駄目！」

その言葉もむなしく、血が飛び散った。エレノアが水夫の横腹を切り付けたからだ。ろくな抵抗もできなかった水夫が倒れる。エレノアは念のため、水夫の髪を掴《つか》むと、その頭を壁に打ち付けた。彼は脳震盪《のうしんとう》を起こしたのか、そのまま気絶する。

水夫の巨躯《きょく》を蹴り上げてベアトリーチェから離すと、エレノアは床に膝《ひざ》を突いた。

「ごぶ……っご無事……です、か……？」

薄暗い室内では、ベアトリーチェの顔がよく見えない。

息が乱れたまま、震えた弱々しい声で問いかける。

「……捨てられた犬のような声ね。情けない。わたくしは無事です。泣くのはやめなさい。わたくしの顔で泣くことは許しません」

よく見えなかったのは、部屋が暗いからではなく、目に涙が浮かんでいたかららしい。エレノアはぐしぐしと袖《そで》で涙を拭《ぬぐ》う。

（あぁ、姫様……姫様……）

色々な気持ちが心に溢《あふ》れ、言葉に詰まった。唇を噛みしめ嗚咽を呑み込むと、ベアトリーチェを真っ直ぐに見つめる。

「姫様……よくぞ、よくぞ頑張ってくださいました……」

エレノアは気付いていた。ベアトリーチェの声も、エレノアの声と同じくらい震えていることに。

これ以上怯えさせないよう、そっとベアトリーチェの頬に手をやった。抵抗した際に殴られたのだろう。頬にべったりとついている鼻血を拭《ぬぐ》うと、その体を抱きしめた。

恐ろしかっただろう。きっと後悔しただろう。

ベアトリーチェもここで戦っていたのだ。

王女の小さな体で抱きしめた自分の大柄な体が、小刻みに震え始める。

「……遅い、遅いっ！」

「申し訳ございません、申し訳ございません……」

「こんなに遅くなるなんて、何をしていたの？　馬鹿、馬鹿！」

強がって我儘《わがまま》に振る舞おうとする王女の体を、エレノアはきつく抱きしめた。肩に埋もれるベアトリーチェの泣き顔を見ないために。


すぐに泣きやんだベアトリーチェは、エレノアの腕をとんとんと叩いた。

「ノア……この船、動いているのではなくて？」

「え」

ベアトリーチェを取り戻したことで安堵《あんど》していたエレノアは、思わず体を硬くした。床に手を当てると、確かに振動が伝わってくる。

「姫様っ、失礼しま――」

彼女を抱き上げて移動しようとしたが、すぐに膝《ひざ》をついてしまう。ベアトリーチェの腕では、エレノアの体を持ち上げることができなかったのだ。

「自分で歩けます」

ベアトリーチェは自力で立ち上がり、ぱっぱと簡単に服の埃《ほこり》を払った。エレノアが舞台上から見た時と同じ服装だ。多少着崩れてはいるものの、乱れているというほどではない。

「……お前の体を危ない目にあわせて、悪かったわね」

後悔にまみれた声だった。エレノアは彼女の前に立ち、その両腕を掴《つか》む。

「姫様。あいこでございます」

エレノアの方こそ、ベアトリーチェの体で好き勝手している。その気持ちが伝わったのだろう。

ベアトリーチェはくしゃりと笑った。

しかし、一瞬の後には真顔に戻る。

「――わたくしのことはノアと呼ぶように。わかりましたね、姫」

「ひゃ、ひゃい」

(きちんと呼べるだろうか……そう思うと、セス殿とローレンツ殿下は、やはりすごい……)

二人は完璧にお互いの名を呼び合えていた。二人の演技力に改めて舌を巻く。

エレノアはベアトリーチェの手を取ると、ギクシャクとしながら船上に向かった。

出口付近で、ブルーノの叫び声が聞こえてくる。

「僕はこの世に生を受けた瞬間から、ブルーノ・トラヴィアータと名乗ることさえ許されなかった！　なのに、これからはその名前で生きろだって？　何処《どこ》まで見当違いな奴なんだ！」

「お前に替え玉を強要する全ての人間を捨てろよ！　人に指図されずに、自分の足で進めよ！」

「ははは!!　それを許されたのは、お前がローレンツ・ロレス・オクタヴィアだからだ！」

エレノア達が甲板に出ると、血みどろの剣戟《けんげき》は未だ繰り広げられていた。ローレンツもいつの間にか縄を抜け、船上に立っている。

セスとローレンツには水夫達を殺す意思がないため、なかなか勝負がつかないのだろう。終わることのない斬り合いが続いている。

剣を交わす音の合間に、ブルーノとローレンツの叫び声が響いていた。

「だから僕も、なるんだよ――ローレンツ・ロレス・オクタヴィアに！　そして、その足で一歩を進む！」

生まれた時から替え玉として育てられた彼には深く同情する――が、それとこれとは話が別だ。エレノアの天使を傷つけた罪は重い。

エレノアは帯に入れていた細長い笛を吹くと、甲高《かんだか》い音を辺りに響かせた。

――ピーーーーッ！

次の瞬間には、船縁《ふなべり》にロープのついたかぎ爪が引っかかっていた。それが二つ、三つと増えていく。

瞬《また》く間にロープを伝って登ってきた男達が、唖然としている水夫達を押さえ込んだ。

床に伏せられた水夫達とは違い、ブルーノだけは立ったまま両手を拘束されている。

「……何故だ、何処《どこ》から……騎士の船なんか何処《どこ》にもなかったのに……」

信じられないと言わんばかりに、ブルーノが乗り込んできた男達を見る。

男達は誰一人騎士の制服など着ていなかった。彼らは、花火師の服装をしている。

打ち上げ花火の準備をしていると見せかけて、船に乗り込む合図を待っていた。そして花火師の船を装《よそお》った小舟は一定の距離を保ちながら、沖に出た船と併走していたのだ。

「兵が動いたという情報はなかったはずだ……何をした！」

ブルーノの問いに、ローレンツが平然と答える。

「誠心誠意、頼み込んだだけさ。親しい友人に」

水夫達を縛り終えた騎士達は、誰ともなしに一箇所に集まった。

彼らが一斉に膝《ひざ》を折る中、中央にいる男が一歩前に進み出る。

「……お迎えに上がりました」

彼が敬礼したのは、町娘の格好をしたエレノアの前だった。ブルーノが目を見開く。

「……あの女は、誰なんだ……ただの町娘じゃないのか……？」

まともな武器もないのに、屈強な水夫達を次々と叩きのめしていった娘。ただの町娘でないことは薄々気付いていたが、騎士達を傅《かしず》かせるほどだとは思ってもみなかったのだろう。

激しく動いたせいか、ボンネットがずれ、髪が風にたなびいている。

それを見たブルーノが、茜色《あかねいろ》の瞳を極限まで見開いた。

「……まさか――」

夕日に照らされた薄紅色の髪。それはラムセラール王家の象徴だった。

「王女は体調を崩し、城に帰っていたはずじゃ……」

ブルーノが呆然と呟《つぶや》いた。そんな彼をよそに、騎士達の長が口を開く。

「金輪際《こんりんざい》、このようなお転婆《てんば》は控えていただきますよ——ベアトリーチェ様」

「ご苦労でした。ジェラルド。よくぞ私の危機に駆けつけてくれました」

エレノアが労をねぎらうと、ジェラルドは顔を引きつらせた。

議会の承認を得ずに近衛隊を動かす唯一の方法——それは、王女に危機が迫ること。

エレノアが桟橋《さんばし》に近づいていったのも、町娘として不自然でないように船に乗り込めるよう、わざとブルーノに見つかるためだった。

セスが最後の最後まで実行を渋っていたのは、エレノアの身が危険に晒《さら》される計画だったからだ。

エレノアを危険に晒《さら》すくらいなら、自分達だけでなんとかしようと思っていたようだ。近衛隊に船を包囲させることを条件に、彼はようやく計画に乗ってくれたのだった。

一連の計画を一方的に突きつけられた近衛隊は、問答無用で駆り出された。沖に船が出ていても不自然と思われないよう花火師に扮装《ふんそう》させられ、合図の笛を吹くまで待機せよと命じられていたのだ。

「……ノア・リアーノ？」

顔を引きつらせたジェラルドが、女装しているエレノアの体を見て、不審げに名を呼んだ。

「ハッ」

ベアトリーチェの敬礼は堂に入ったものだった。本物のエレノアの所作と大差ない。

ジェラルドは悪趣味にも町娘の格好をした彼女を、ノア・リアーノと認めたようだ。

「よくぞ悪逆の徒を追い詰めた。オクタヴィアからの賓客《ひんきゃく》の身に何かあれば大事だったろう――が、隊を離れすぎだ」

帰ったら覚えていろ。と続けたジェラルドに、ベアトリーチェが軽く敬礼する。

隣に立つエレノアは、心の中で涙を流した。

（姫様……いいえ、恨みはしません、恨みはしませんとも……）

元の体に戻ってからの日々に不安しか感じないエレノアの前で、ブルーノが低く笑った。

「――本物の王子はいいな。それだけで、人が動く」

「お前のために動いてる人間がこれだけいんだろ。目ぇ見開いてよく見てみろ」

ローレンツの声はぶっきらぼうだったが、その裏には優しさが隠れていた。

「……ようやく、お前になれると思ったのに」

「違うだろ。これからお前は、ただのブルーノになるんだ」

「――母さえも、その名で僕を呼ぶことはない。僕をブルーノと呼ぶのは、お前だけだ」

ブルーノはがくりと膝《ひざ》を突いた。もう、抵抗する気力も湧かないようだった。

港に乗り込む前に、エレノアはローレンツに尋ねていた。

『ブルーノとは二度会ったとおっしゃってましたが、二度目に会ったのはいつだったんですか？』

『……旅の供にならないかって誘ったけど、あいつは部屋から出てこなかった――それだけだよ』

彼は少しだけ眉を寄せ、何処《どこ》となく兄のような表情をして答えた。

本物と替え玉。そして、従兄弟《いとこ》という関係。

彼らが帰国を渋っていた理由は、もしかしたらブルーノにあったのかもしれない。

屈折した関係だが、きっと彼らにとってはそれだけではなかったのだろう。

船はいつの間にか旋回し、港に向かって進んでいた。

久々に顔を合わせる近衛隊員らに、エレノアの体がもみくちゃにされていた。その中にいるベアトリーチェが怒り出さないかとヒヤヒヤしているエレノアの隣で、彼女が体を緊張させる。

ふと横を見れば、服を血で汚したローレンツが歩いてきていた。

「……セス」

彼の正体を知らないベアトリーチェが小さく呟《つぶや》く。その声の響きだけで、ベアトリーチェにとって彼が特別な存在であることがわかった。

しかし、ベアトリーチェはすいっとローレンツから視線を逸らした。

「――ご助力、誠に感謝致します。ですが、詳しい話はまた後日……さぁ行きましょう。ベアトリーチェ様」

「え？　ええ」

エレノアは慌てて頷く。

いつの間にか、船は港についていた。エスコートするかのように、ベアトリーチェがエレノアの手を引く。

この状況で込み入った話ができないのはわかるが――それにしても、驚くほど素っ気《そけ》ない対応だ。

死ぬほど恐ろしい思いをしたのだと、一番に泣きつきたい相手なのではないのだろうか。

「……よろしいのですか？」

「……」

船を降りながら小声で尋ねるが、ベアトリーチェは口を引き結んだまま返事をしなかった。

エレノアは一度、船を振り返った。セスと目が合うと、眩《まぶ》しそうに瞳を細められる。だが、それだけだった。

——パンッパパパパパパッパァアアン
突然の大きな音に、思わず肩が跳ねた。

宵闇《よいやみ》に包まれていた空に、明るく大きな花が咲いている。

「……花火だ」

激動の一日だった——

次々と夜空に打ち上がる花火に、誰もが見惚《みと》れていた。

第七章

——ピー……チクピピピピー……

鳥の鳴き声が響く、爽《さわ》やかな朝。

「二百八十、二百八十一……リアーノ！　体がたるんでるぞ！　随分と休暇を楽しんだようだな……スクワット、一からやり直し！」

鬼上司ジェラルドの命令が訓練場に響き渡る。エレノアは息の上がりきった体に鞭打《むち》ち、敬礼した。

――そう。エレノアは無事、自分の体に戻っていた。

入れ替わっていた間、ベアトリーチェはよほど自堕落《じだらく》な生活をしていたのだろう。思う通りに動かない自分の体に苛立《いらだ》ちつつも、懐かしさと喜びを感じる。世界一の美女ではなくなったが、エレノアは長年鍛《きた》え上げた自分の体を好いていた。

「服が、靴が、髪が、死ぬほど楽だ……！」

しこたま怒られているというのに、感極まって泣き出してしまいそうなくらいには。

◇　◇　◇

豊穣祭の夜、打ち上げ花火を最後まで見終わる前に、エレノアとベアトリーチェは迎えの馬車に詰め込まれた。

車輪から火花が散りそうなほどのスピードで街を駆け抜け、あれよあれよという間に城へと戻っていたのだ。これ以上ベアトリーチェを野放しにしていると、また何をしでかすかわからないと思われたのだろう。

馬車から居室まで、護衛という名の見張りについたのは、近衛隊長のジェラルドだった。逃亡されないよう、必要以上にピタリと寄り添う彼にもたいそう申し訳なかった。

——近衛隊を花火師に見せかけて敵の目を欺《あざむ》きつつ、海上に待機させておく計画。

それを真正面から頼み込んでも却下されると、ジェラルドの部下であるエレノアはよくわかっていた。

しかし、事態は一刻を争う。エレノアはネージュに、計画を記した手紙を託した。

毛布を頭から被り、王女に扮《ふん》したネージュは、帰城するために馬車を護送していた近衛隊にきちんと伝えてくれたのだ。

本物のベアトリーチェが敵地にいると知れば、近衛隊も動かざるをえない。ジェラルドは激怒しただろうが、その怒《いか》りをネージュにぶつけるような理不尽な真似はしないと、エレノアは信じていた。

そして、彼なら王女を見捨てないとも。

エレノアの期待通り、ジェラルドは完璧に役をこなしてくれた。おかげでブルーノ達を一網打尽《いちもうだじん》にできたのだ。

——と、まあ、そんなことをしでかしたせいで、城に着いてすぐ説教をされる羽目になったのだが。

エレノアの格好をしたベアトリーチェも、ジェラルドと一緒に王女の部屋についてきた。そして説教を終えたジェラルドが彼女を騎士団の兵舎に連れ帰ろうとすると『姫にこれまでのことを報告してから戻ります』と言って、ベアトリーチェだけがその場に残ったのだ。

そしてジェラルドが立ち去ると、ベアトリーチェは拍子抜けするほどあっさりと、入れ替わりを解いてくれたのである。

「も、も……元に戻った……!!」

入れ替わった時と同じく、二枚の鏡に挟まれて呪文を唱えただけで、エレノアとベアトリーチェは元に戻っていた。どんな仕組みなのかは最後までわからずじまいだったが、今はそんなことどうでも良い。

エレノアは顔を触り、手を開いて閉じ、くるっと回って、自分の体であることを確認する。

正《まさ》しく、二十一年間慣れ親しんだ自分の体である！

「あぁ、ベアトリーチェ様……おかえりなさいまし。エレノアさんも、ご無事でようございました……！」

両手《もろて》を上げて喜んでいるエレノアとネージュを、ベアトリーチェは白い目で見ていた。

「私がいない間に、随分と仲良くなったようじゃない」

（ええ、そりゃあまあ、姫様からの強烈な無茶ぶりを、なんとか二人でこなしてきましたから！）

声に出さずとも、エレノアとネージュの心は一つだったに違いない。そんな二人が面白くなかったのか、ベアトリーチェは腰に巻いてある帯を解きながらふんと鼻を鳴らす。

「ネージュとのことではないわ。ベアトリーチェ王女は、オクタヴィアのガルディーニ侯爵と結婚秒読みだ……という噂が城下街まで広まっていたけれど？」

エレノアとネージュは見事に固まった。そりゃあもう、石像のように。

「頑張れとは言った覚えがあるけれど……見合いを成立させろなんて誰が言ったかしら？」

「ひ、姫様！　申し訳ございません！」

エレノアは咄嗟《とっさ》に追い縋《すが》った。次にどんな罵声《ばせい》――いや、叱責《しっせき》が飛んできても仕方がないと覚悟していたにもかかわらず、簡素なワンピース姿になったベアトリーチェの表情は何処《どこ》か切ない。

「……わたくし、オクタヴィアの王子とは結婚しないわよ」

つんと顔を背《そむ》けながら言うが、いつもの覇気《はき》はなかった。

「……顔が好みでないからですか？」

「王子の顔など、見る機会は一度もありませんでした。あれは見合いなどしたくなかったために嘘をついたのです」

しれっと告げられた事実に、エレノアは唖然とする。

驚きながらもベアトリーチェをベッドにエスコートするのは忘れない。

ベアトリーチェはベッドに軽く腰掛け、靴を脱ぎかけた足をぶらぶらとさせている。

「……セスが、何度も会いに来たわ」

その名前に、エレノアの胸がドキリと鳴る。

「最初は、街で偶然出会ったの。神殿から頼まれて買い物をしていた時、おつりがよくわからなかったわたくしに、彼が説明してくれたのよ。……その次は、焼き菓子が目の前で売り切れてがっかりしている彼を見つけたの。他に人気があるお菓子屋さんを聞かれたから、そこを教えてあげて、二人で並んだわ。そうこうしてたら、彼が神殿に会いに来るようになって……」

ベアトリーチェの語っている「セス」とは、ローレンツの方らしい。

もしかしたらエレノアが食べた菓子は、ベアトリーチェと一緒に並んで買ったものだったのかもしれない。

「特別な感情を、抱かれたのですか？」

「そんなの知らないわ。けれど、今日……水夫に襲われた時、お前の名よりも先に、彼の名を呼んでいたわ」

ぷい、と顔を逸らした拍子に、ベアトリーチェの足から靴が脱げ落ちた。

自分を頼りにしてくれたことは、非常に嬉しいのだが——それ以上にベアトリーチェの心を占めているローレンツが面白くない。

「船にいたのを見た時は、驚いたわ。セスが助けに来るなんて……思ってもみなかったから」

しかしこの様子では、二人はまだ男女の仲ではなかったのだろう。エレノアは心の底から安心する。

「何故誘拐されたのか、姫様はご存じなのですか？」

「聞こえてきた会話からある程度、推測はできてるわ。何故わたくしが狙われたのかだけはわからなかったけれど、それも船上にいるセスを見てわかったの。彼、オクタヴィアの王子の従者だったのね」

ほぼ満点だったが、一点だけ間違っている。

ベアトリーチェは王子の従者の友人だから攫《さら》われたのではない。

（教えたくない……）

いや教えるべきだと、エレノアは自分につっこんだ。

「……姫様」

「何？」

「セスというのは――明るい性格で、少し砕けた口調の、金髪の男ですね？」

「そうよ。何故そんなことを聞くのかしら」

「……彼は従者ではありません。それどころか、名前すら違います」

「何を言っているの？」

「彼が、オクタヴィアの王子です」

エレノアが真実を告げると、ベアトリーチェの動きが止まる。

「彼こそが、ローレンツ・ロレス・オクタヴィア……。つまり従者と王子が、入れ替わっていたのです。姫様は従者の友人だからではなく、王子の友人だから攫《さら》われたのです」

ベアトリーチェがぽかんとする。その時、扉を開ける音がした。

「ベアトリーチェ、入るぞ」

少し開いた扉に、大きな物体がぼすんとぶつかる。

ベッドにあった枕を、ベアトリーチェが投げつけたのだ。

「いやですわ、お父様。着替え中ですの。少しお待ちになって」

にっこり、と笑うベアトリーチェの顔は、国王には見えなかったに違いない。お付きの者が慌てて扉を閉めたからだ。

絨毯《じゅうたん》の上に落ちた枕を数秒見つめた後、ベアトリーチェはエレノアを見た。

「……本当なの？」

「本当です」

「お前はそれを、いつ知ったの？」

「姫様が連れ去られた後、ローレンツ殿下が私に助けを求めるために、打ち明けてくださいました」

そう、とベアトリーチェは唇を動かすだけの返事をした。そして女装したままのエレノアに言う。

「その格好では陛下の御前《ごぜん》には出られぬでしょう。隠れてなさい」

ベアトリーチェがすいと指さす先には衝立《ついたて》がある。エレノアはそこに身を潜《ひそ》めた。

（本物はやはり違う……こうした仕草一つとっても、私には真似できなかった可憐さがある……）

エレノアがぽややんと幸せに浸っていると、ベアトリーチェが扉に向かって「入ってもよろしいですよ」と声をかけた。

「お前くらいなものだ。扉の前で私に待てをさせるのは」

「急にいらっしゃるからいけないのです」

衝立《ついたて》の向こうで父娘の会話が繰り広げられている。

ベアトリーチェの何処《どこ》かぶっきらぼうな口調は、久々に会えた父への甘えからくるものなのだろう。いくら自分で城を飛び出したとはいえ、これまで家族と離れて暮らしたことのなかったベアトリーチェにとって、このひと月は随分と寂しかったに違いない。

「お前が舞台で倒れた時はひやりとしたぞ」

その言葉にエレノアはハッとする。舞台で倒れたことをベアトリーチェに伝え忘れていた。衝立《ついたて》の裏から心配そうに窺《うかが》うと、ネージュがベアトリーチェに何かを囁《ささや》いている。

「まぁ……それはご心配をおかけしました」

「それほどに心労が溜まっておったのだな……」

国王の慈愛に満ちた声に、エレノアも涙を誘われたが――

「あちらにも何か事情があるようだし、お前の見合い話は一度、白紙に戻そう」

思わぬ方向に話が転がり、エレノアはびくりと体を硬くする。

(……)

近衛騎士の二人が長らく行方不明になっていた上に、貴賓《きひん》として城に滞在しているオクタヴィアの王子達も関与していたのだ。もちろん国王にも報告がいかないはずがない。

ちなみに誘拐犯一行は全員、騎士団へと移送された。そこからは近衛隊の手を離れ、別の部署の取り調べを受けている。王子達の入れ替わりについても、すでに国王の耳に入ったのだろう。

(陛下が見合い話を白紙に戻すも、致し方のないこと……)

つきんと胸が痛んだが、国王の決定だ。受け入れねばならない――そう思っていたのに。

「白紙になど、戻していただかなくともけっこうです」

つーんと顔を逸らして、ベアトリーチェが告げる。

「な、なな、ベアトリーチェ」

「陛下ともあろうお方が、前言を撤回なさるのですか？」

「前とは事情が変わったことは、お前もよくわかっておるだろう？」

「まあ。ではお父様。わたくしがこのまま嫁《い》き遅れてもよいと？」

国王が返答に詰まった。

絶世の美少女、ラムセラールの宝とまで言われるベアトリーチェに未だ婚約者さえいないのは、ひとえに彼女の気質が原因だ。暴走姫の暴走によって破談となった……などと噂が広まれば、ベアトリーチェの結婚は更に難しくなるだろう。

それを考えれば、ローレンツは悪い相手ではない。他国の王子という最上位のスペックを備え、更には今回のことで貸しを作れているのだから。

未だ国民はセス——つまりガルディーニ侯爵が見合い相手だと思っているが、そちらが破談になったことにすれば、ローレンツと婚約しても問題はないはずだ。

「入れ替わりのことは驚きましたが、結婚すれば彼とは家族になるんですもの。家族の隠し事一つ許せぬほど、狭量なつもりはありませんわ……。今日も、突然剣舞をしろなどと言われて驚きましたが、他でもないお父様のため必死に頑張りましたわ。……家族ですもの」

そうでしょう、お父様？

娘に隠し事をしていた上に、その最中に倒れられてしまったのだ。そのことを持ち出されては、国王も反論しにくいだろう。

（……これは真似できないはずだ……私じゃ、陛下を手玉に取ることなんかできないし、考えたこともない……）

エレノアは衝立《ついたて》の裏でブルブルと震えるしかない。

「わかった……お前の好きにさせよう。だが、ラムセラールの王女が嫁ぐのは、あくまでオクタヴィアの王子ローレンツ殿だぞ。わかっておるな？」

臍《へそ》を曲げられ、「じゃあもう一生結婚なんてしない！」と言われても困ると思ったのだろう。国王は深いため息と共に、念を押す。

「もちろん、承知しております」

ベアトリーチェはにこりと笑った。

エレノアは衝立《ついたて》の裏で息を呑む。

（姫様は、婚約を望まれている……？　本物のローレンツ殿下と……？　でも、それじゃあ――）

考え込んでいる間に、国王は退室していた。部屋にはエレノアとベアトリーチェとネージュだけが残される。

「姫様……ご結婚なさるおつもりなのですか？」

「いずれはそうなるでしょう。ならば相手はオクタヴィアの王子でも問題ありません」

先ほどと言っていることが真逆なことには、多分気付いていないのだろう。ベアトリーチェも相当混乱しているようだ。エレノアは、ベッドに腰掛けているベアトリーチェの足下に跪《ひざまず》いた。

「では、明日にでも、我々の入れ替わりについて彼らにご説明を……」

「説明はしません」

「……え？」

「入れ替わりを打ち明けることはしません」

このまま何の説明もせず、ただのベアトリーチェとして接すると言うのか。

エレノアは困惑したようにネージュを見た。彼女もまた戸惑いを隠せずに、エレノアを見返す。

「……しかし、私はローレンツ殿下からセス殿との入れ替わりを打ち明けられております。我々だけ秘密にしたままというのは……」

彼らなら戸惑いはしても、謝罪を受け入れてくれるだろう。それだけの信頼関係を築けたと思っているし――ずるいことを言えば、彼らが受け入れざるをえない程度の恩は売っている。

「お前の気持ちはわかっております。不誠実なのももちろん承知しているわ。……ですが、告げたくありません」

機嫌が悪い時のベアトリーチェは、活火山のように怒《いか》りを露《あら》わにする。それが、どうしたことだろう。今日に限って小さく体をすぼめた彼女からは、覇気《はき》一つ感じられない。

「……どうしてですか？」

ベアトリーチェはしばし逡巡《しゅんじゅん》すると、縋《すが》るようにエレノアを見た。

「……男性に、容姿以外を褒められたのは初めてだったの……」

答えたそばから、唇が震え出す。眉間《みけん》に力が入っているのは、涙を堪《こら》えているのだろう。

その姿は、神さえも嫉妬《しっと》しそうなほどに美しかった。

誰もが彼女の美しさに目を奪われる。それは仕方のないことだ。

けれどベアトリーチェは、外見しか見てもらえないことに、深く悩んでいたのだろう。

――姿よりも、心を見てもらえる。

それが、世界一美しく生まれたベアトリーチェにとって何よりも大事なことなのだろう。

「……でしたら、なおのこと――」

「貴方と見合いするのが嫌で逃げたと言えと？」

そう打ち明けたところで、ローレンツは笑い飛ばすだけだろう。そんなことはベアトリーチェも知っているに違いない。だが――

「……失望されたくないの」

それでも怖いのだ。おそらく、怖い物知らずのベアトリーチェが生まれて初めて感じる、心からの恐怖に違いない。

「何故だかわからないけれど、彼には失望されたくないの……」

エレノアはその答えを知っている気がした。けれどもそれは、エレノアが簡単に教えてしまっていいものではないだろう。

「貴方のご意思に従います。私は貴方の騎士ですから」

体を震わせたベアトリーチェがエレノアに縋《すが》りつく。エレノアはゆっくりとその背をさすった。

ベアトリーチェの居室を出た時には、もう梟《ふくろう》の声が聞こえるような時間になっていた。

エレノアが宿舎へ向かって歩いていると、がしりと肩を掴《つか》まれる。

「やあ。報告連絡相談という、仕事の初歩もできないノア・リアーノ君じゃないですか」

聞き覚えのある声に、内心冷や汗をかきながら首を巡らす。

「や、やあ、ハーゲン。久しぶりですね」

「俺はこの一ヶ月、血眼《ちまなこ》になって君を探していたんですが、何処《どこ》に隠れていやがったんですかねえ。何度も、いや何十っぺんも、いろんな方法で連絡寄越《よこ》せと伝えたんですがねえ」

ねえ。と詰め寄られても、エレノアは「ひゃい」と返事をすることしかできない。

直接会わずに連絡を取り合う方法はいくつかある。ベアトリーチェの隊でも、隊員だけが使える秘密の連絡方法が用意されていた。

(許してハーゲン……好きで無視していたわけではないんです……)

「しかしベアトリーチェ様も人が悪い。オクタヴィアのお家騒動に巻き込まれてたならそう言ってくれりゃあ、違う方面から行けただろうに……ま、お前もご苦労だったな」

「ハーゲン……！」

「なんて許すと思ったか」

一瞬、期待に目を輝かせたエレノアだが、「ひゃい」と肩を落とした。

「ひと月だぞ。ひと月！　あん!?　お兄ちゃん、今日という今日はお前を許さねえからな」

年上のハーゲンが弟を責めるように顔を寄せてくる。

「あのう、血だらけなので身支度ぐらいは整えたいのですが……」

「上着ぐらい貸してやんよ。ほら」

「わあい、ありがとうございます……」

ハーゲンの上着を羽織《はお》ったエレノアを、彼はずるずると引きずった。近くにいる衛兵達は見てみぬふりをしている。

「罪の償《つぐな》い方ぐらい、つくもんついてんなら知ってるだろ？　いつもの酒場でみんな待ってるからな。安心しろ。隊長も直々《じきじき》に顔を出してくれるってよ」

「……ありがたく、奢《おご》らせていただきます」

エレノアは覚悟した。財布がすっからかんになることを。

――そしてその晩、ハーゲンを筆頭とした隊の仲間に、酒場でこってりと絞られたのだ。

久しぶりの男所帯と酒の匂いに、懐かしいやらむさくるしいやらで、エレノアは泣き笑いを浮かべていた……が、帰り際にかけられた言葉には殺意を抱いた。

『あぁそうそう。お前、女みたいな顔してると思ったら、やっぱ女装も似合うんだなぁ』

『今度またそれ着てお酌してくれよ！』

『この胸の詰めもんすげえな。本物みてえだ』

あのド阿呆どもは、エレノアが女の格好をしていてさえ、まだ男だと信じていたのだ。最後の男に至っては揉んでいた。揃いも揃って馬鹿ばかりである。日頃は温厚なエレノアから放たれる殺気に、同僚達は真っ青な顔で逃げ去った。

エレノアが宿舎に戻った時には、もう空が白み始めていた。寝る時間はほとんどないだろう。

ハーゲンに借りた上着に皺《しわ》が付かないように、ハンガーに掛ける。

「懐かしいな……」

当たり前だった日常がひどく懐かしく感じた。自分の髪を搔き上げ、ふぅと一息つく。その拍子に、はらりと落ちてきた髪を見て、ザンバラに切られていたことを思い出す。

「……これじゃ、もう結えない」

そう呟《つぶや》いて、自嘲した。

エレノアの体に戻ったのだ。もうドレスを着ることはないし、髪を結う必要もない。

「……もう、彼の隣に立つことも――」

窓の向こうを見つめる。

朝日は昇りきっていた。

◇　◇　◇

「ノア・リアーノ！」

ジェラルドと共に訓練場から引き上げているさなか、エレノアは自分を呼ぶ声に足を止めた。

振り返りざまに、短く切り揃えられた銀髪が靡《なび》く。

「で、合ってたよな」

「……何かご用でしょうか、従者殿」

きらりと輝く金髪の青年を見て、エレノアは咄嗟《とっさ》に身構えた。

ベアトリーチェの体に入っていた時と同じように接するわけにはいかず、かといってどういう対応を取るのが正しいのか、まだ判断ができずにいたからだ。

「先に戻る」

前を歩いていたジェラルドが短く告げた。エレノアが返事をする前に、彼は立ち去ってしまう。

「本当は、騎士だったんだな」

にかっと笑うローレンツを見ると、騙《だま》していることへの罪悪感が膨《ふく》れ上がる。

今のエレノアは久しぶりに騎士服に袖《そで》を通していた。ベアトリーチェの近衛であることを示す、薄紅色のたすきも忘れていない。

「……極秘任務のために身分を偽《いつわ》っておりました。これまでの無礼を改めて……」

「ああ、謝罪はいい。……けど、そういう話し方するってことは、俺が王子だってバレてるんだな」

ローレンツが苦笑する。ベアトリーチェがこの体に入っていた時は、もっとくだけた口調で話していたのだろう。

「前と同じように接してくれ、ってのは虫の良い話だと思ってる。嘘をついた上、あんな目にまで遭わせて悪かった……髪、切ったんだな」

「元々惰性で伸ばしていただけですので、お気にならさず……それに、こちらにも非はありま――」

すので、と続けることはできなかった。ローレンツが、急に距離を縮めてきたのだ。

思わず手が出そうになったが、相手の身分を思い出して必死に堪《こら》えた。

「な、何をなさるのですか。ローレンツ殿下……」

エレノアは腰を落とし、自分を抱こうとするローレンツを押しのける。

「なんだよ。〝セス〟って甘い声で何度も呼んでくれただろ？　今も呼び捨てで……ローレンツでいい」

（姫様〜!?　彼との間には本当に何もなかったんですよね!?　私は姫様を信じていいんですよね!?）

心の中では大泣きだが、表情に出すわけにはいかない。

「記憶にございません」

「つれないこと言うなよ」

だが、記憶にないのは事実だ。ぐぐぐ、と腕に力を入れても、ここ最近怠《なま》けていた体では分が悪い。蹴飛ばしたいのをなんとか堪《こら》えていると、人の気配がした。

ただの通行人だろうと、エレノアは気にも留めなかった。多少不審に思われても、ローレンツとエレノアは傍《はた》から見れば男同士。力比べをしているとでも思われて終わりのはずだ。見咎《みとが》められることは――

「……セス。何をしているんです。リアーノ殿を呼びに行ったのではなかったのですか」

その声を聞いて、エレノアはガクンと膝《ひざ》から崩れた。

「っと、どうした!?」

突然力を失ったエレノアを、ローレンツが慌てて受け止める。

「まぁけどラッキー。役得、役得」

動揺から上手く力が入らない体を、彼はぎゅっと抱きしめた。抱擁《ほうよう》、というほど色気はないにしろ、抱きつかれていることには変わりない。

「セス殿っ……」

エレノアは先ほどの声の主――セスに目で助けを求めた。彼がいる手前、ローレンツを乱暴に押しのけるわけにもいかず、されるがままになっている。

しかしセスは淡々とした表情で見返した。何故自分がそんな目で見られるのか、心底わからないという顔をしている。

（……ああ、そうだ……）

裏切られたように感じた自分を、エレノアは恥じる。

セスからすればエレノアとは、ほぼ初対面のようなものなのだ。

（それも、主人が「嫁にする」とまで言っていた娘だ。この状況で助けを求められては、不審に思っても仕方がない……）

セスと過ごしてきた時間は、全てベアトリーチェのものになる。エレノアには何も残らない。

わかっていたはずなのに、その事実をまざまざと見せつけられたことに、エレノアは想像以上のショックを受けていた。

「ロ……セス殿。放し――」

「……セス、悪ふざけが過ぎますよ。リアーノ殿もお困りのようです」

二人の空気に何か思うところがあったのか、セスが助け船を出してくれた。今も表向きはセスの方が立場が上だからか、ローレンツは渋々ながらエレノアを手放した。

「せっかく今日は珍しく殴られなかったのに」

「……いつもは殴られていたと？　嫌がる娘に無理やり抱きつけなどと、教えた覚えはありませんよ」

ゴゴゴ、とセスの背後から音が響いてきそうだった。これは王子としての苦言でなく、従者としてのお小言なのだろう。

エレノアはほっと息を吐くと、ローレンツから身を離した。

「いや、嫌がってはないよなあ？　エレノア？」

「……僭越《せんえつ》ながら申し上げます――私は貴方と、友人以上の関係になることを望んでいません」

ただのエレノアに戻った今、「友人以上の関係」を求められても困る。

はっきりと告げたエレノアに、ローレンツは随分と驚いたようだ。

「それは俺の身分を知ったからか？」

「いえ。関係ありません」

「ふーーん？」

ローレンツは納得いかない、という風に首を捻《ひね》ってエレノアの顔を覗《のぞ》き込む。身長がほぼ変わらない彼を、エレノアは真正面から見つめることになった。

やましさから、咄嗟《とっさ》に視線を逸らす。そんなエレノアを、ローレンツは大きな目で無遠慮に見つめている。

「――そ、それよりローレンツ様。先ほど、セス殿が私を呼びに来たとおっしゃっていたように聞こえたのですが？」

「ええ。昨日の件について謝罪しようと思い、ベアトリーチェ様の部屋をお訪ねしたところ、リアーノ殿の同席を望まれましたので」

（仮にも一国の王子である彼を、遣いに出させたのか……!!）

くらりと目眩《めまい》がしそうだった。エレノアは慌ててセスとローレンツに謝る。

「大変申し訳ございません……姫様はいつも昼前まで眠っていらっしゃるので、まだ身支度をしていないとお伝えするのが恥ずかしかったのだと思います」

「――いつもは朝から元気に動いていらしたように記憶しておりますが」

ハッとして、足が止まりそうになる。

それは、エレノアが王女の身代わりをしていた時のこと。最初のうちは昼頃まで部屋に籠《こ》もっていたのだが、だんだん時間がもったいなく感じて朝から出歩くようになったのだ。

「ローレンツ様がお城に来られてからは、姫様も張り切っていらしたのでしょう……さぁ、こちらへ」

エレノアが先導すると、セスとローレンツは行儀よく後ろをついてきた。

ズボンに、ヒールのない靴を履いているので歩きやすい。ようやく地に足がついたような心地で、エレノアは歩き慣れた城内を闊歩《かっぽ》する。

（……それにしても。今まで接していたのが私だと、全然気付かないんだな）

後ろから表情一つ変えずについてくるセスに、心がずんと沈む。

気付かないのは当たり前だ。彼を責めるなんて以《もっ》ての外《ほか》。

そうとわかっていたのに心が沈むのは、何処《どこ》かで期待していたからだろう。

——騎士服に身を包んでなお、こんな女の子らしくない体格をしていてなお、彼が一目で気付いてくれるのではないかと。

恥ずかしさと悲しさに、思わず顔が強張《こわば》る。

（姫様のためにも、気付かれてはいけないのだ。なのに、気付いてほしいだなんて——いつからこんなに、自分のことばかり考えるようになってしまったんだ……）

落ち込みつつも歩いていれば、ベアトリーチェの居室についた。

扉を開ければ、そこには本物の王女が座っていた。

「ようこそ、おいでくださいました」

（天使だ……）

エレノアの心に蓮華《れんげ》の香りを含んだ、爽やかな初夏の風が吹き込んできたかのようだった。毎日鏡で見ていた時も美しいとは思っていたが、威力が圧倒的に違う。瞳の力強さも、声の可愛らしさも段違い。肌の隅々までもが、瑞々《みずみず》しく潤《うるお》っているようだった。

「さぁ、お二方はこちらへ」

ベアトリーチェは椅子から立ち上がると、流れるような所作で客人をソファへと招いた。ローレンツに上座を勧めているということは、この部屋では彼を王子として扱うつもりなのだろう。

「ノア。お前も呆けてないでおかけなさい」

もしも尻尾があったなら全力で振っていただろう。エレノアは、はいっはいっと喜んでソファに座る。

テーブルの上には菓子が並べられ、ネージュがそばに控えたワゴンには、お茶が用意されている。

「人払いは済ませてありますので、ご安心ください。まずは、我が騎士ノア・リアーノを助けていただいたこと、深く感謝申し上げます。また、我が国にご滞在いただいている最中にあのような出来事が起きてしまい、誠に遺憾《いかん》に思います。本当に申し訳ございません」

「いや。こちらこそ謝罪したい。従兄弟《いとこ》同士の諍《いさか》いの後始末を、そちらに押しつけてしまった。甚《はなは》だ面目《めんぼく》ない……改まった礼はまた後日させてもらいたいんだが、ひとまずはこちらを」

いつもよりかしこまった口調のローレンツが、セスに持たせていたものを、すっと差し出した。

「……こちらは？」

「イラーリ産の三十二年もののワインだ」

――ガタガタッ

咄嗟《とっさ》に立ち上がったエレノアに、ベアトリーチェがじっとりとした目を向ける。

「ノア、座りなさい」

「ひゃい……」

エレノアは、すごすごとソファに座り直した。深く腰掛けるのは躊躇《ためら》われ、ごく浅く腰掛ける。

（まだこんなお宝を隠し持っていたなんて……！　いや、今はそれどころじゃない。姫様に、どれだけ酒好きな姫を演じていたんだと呆れられる……ああ、ごめんなさい、ごめんなさい姫様……！）

お詫びとして持ってこられたのが、よりにもよってワインである。もう今更どう取り繕《つくろ》っても言い逃れはできないだろう。

（うう、でも……一口でいいから飲みたかった……）

未練がましい目をボトルに向けたエレノアは、ふと視線を感じて顔を向けた。

セスが、訝《いぶか》しむような顔でこちらを見ている。

さーっと血の気が引いた。主人がもらったものに物欲しそうな目を向ける騎士なんて、いい印象を持たれないことは明白だ。

（ち、違っ、違うんですっ！　これが！　あまりにも私の好みに合いすぎてて……！）

いや、それなら違わないのか——とエレノアは落ち込んだ。

（結局、私は勘違いをしていたのだ）

昨日まで自分がベアトリーチェだったから、彼らが与えてくれる厚意は自分が受け取るべきものだと思ってしまったのだ。

（この酒も、私がもらうべきだったのに……と心の何処《どこ》かで思っていたに違いない。なんという傲慢さだろう）

彼らとの信頼関係は、ベアトリーチェとしての立場があったからこそ築けていたもの。それを忘れていた恥知らずな自分をなじる。

そんな中、ローレンツが再び口を開いた。

「そしてもう一つ。昨日ベアトリーチェ様からは許しをいただいたが……エレノア。お前にはきちんと謝ってなかったな。立場と名を偽《いつわ》っていたこと、本当にすまない」

エレノアはドキリとする。彼にやましさを感じさせぬよう、慎重に口を開いた。

「偽《いつわ》らざるを得ない事情がおありだったのでしょう」

暗にブルーノの事を匂わせれば、ローレンツは深い悲しみを湛《たた》えた顔で「ああ」と頷く。

「貴国を謀《たばか》るつもりはなかったが、王子の立場では敵も多く……保身のためには必要だった。許されよ……」

そこで彼が、表情と口調を明るいものに変える。

「というのは建前で。たまたま勘違いされた結果、見合いにまで発展して、面白そうだったから黙ってた」

「はあ……!? 何をおっしゃってるんですの!?」

「ええ、ええ！ そういうお方だとは思っておりましたよ！」

ベアトリーチェとエレノアの声が重なる。

あまりにもふざけた物言いに、エレノアはつい全力でつっこんでしまった。隣に腰掛けるベアトリーチェも、眉根を寄せて絶句している。

それを見たエレノアは、慌ててローレンツを諫《いさ》めた。

「ローレンツ殿下……姫様をからかわれるのは」

「ベアトリーチェ様じゃなくて、エレノアの方をからかうつもりだったんだけど」

親しげな笑みを向けてくる彼に、エレノアはすげなく返す。

「私のことは、どうかノアとお呼びください」

「冷たいなぁ。俺が王子だってバレてから、ずっとこれだよ。どう思う？　ベアトリーチェ様。はああ……ノアだけはそんな女じゃないと思ってたのにさ」

(「そんな女」も何もない。元の自分に戻っただけです)

とはいえ、ローレンツやセスが戸惑うのも致し方ないだろう。当のエレノアでさえ、まだ感覚が全て元通りになったわけではない。

「……随分親しいのですね」

寂しさを滲《にじ》ませたベアトリーチェの言葉に、ローレンツが鷹揚《おうよう》に笑う。

「親しさで言えば、ベアトリーチェ様とセスには負けるけどな！」

エレノアはぎょっとした。なんてことを言い出すんだ、この馬鹿王子は！　と思ってしまう。

(ちが、違うんです！)

じっとりとした目を向けるベアトリーチェに、エレノアはブンブンと首を横に振る。

「俺なんて、ノアには会う度に殴られていたからなぁ」

「……そ、そんなに殴っていましたか？」

エレノアが思わずベアトリーチェを見ると、彼女は赤らめた顔をさっと逸らす。

「さ、三回に一回程度でしょう。ねえ、ローレンツ様」

「三回に五回の間違いだろう？」

「そんなに殴っていません！」

ベアトリーチェが自分のことのように断言するものだから、ローレンツは驚いて彼女を見ていた。

エレノアは慌ててフォローに入る。

「姫様は私を庇《かば》ってくださっているのです。ご容赦ください」

「……ああ、いや。別にいいよ。それに、さっき完全に振られたばっかで、こんな話をしてても
しょうがないしな」

ベアトリーチェが、一体どういうことかと問うような視線を寄越した。エレノアはわずかに戸惑
いながらも、その視線に答える。

「ローレンツ様とは友人以上の関係にはなれぬと、そう申し上げました」

「……馬鹿っ」

可愛らしい言葉と共にパンチが飛んできた。エレノアは片手でそれを受け止める。

(えええええ!?　なんでええ!?)

何故殴られたのかわからず、エレノアは目を白黒させた。

「ならば、わたくしとて――」

ベアトリーチェが扇《おうぎ》を広げた。濡れた瞳を隠すように。

「わたくしとて、セスとは友人以上にはなりえません！」

――ガーン
という文字が、エレノアと……セスの頭上にも響いたに違いない。

「申し訳ございません。姫様があんなことを……」

王女の居室を出たエレノアは、セスに深々と頭を下げていた。

「いえ、ベアトリーチェ様を謀《たばか》っていたのは我々です。拒絶されても致し方ありません」

他人行儀な話し方と表情。人目のある場所なので、王子然としているのは当然だが――目さえ合わせないセスに、ズキリと胸が痛む。

――これが、本来の距離感。

ベアトリーチェが何故「馬鹿」と言ったのか、エレノアは身をもって知った。

これからの関係を否定することによって、これまで築き上げてきた関係をも無にされた気がした。

中身はもう入れ替わっているというのに、それでも元の関係のままでいたかったのだ。

「あのように乱暴におっしゃっていましたが、きっと本意では――」

「本意ではなくとも本心ではあるでしょう。ご安心ください……覚悟はできております。ノア殿はご存じなかったでしょうが、ここ数日、ベアトリーチェ様は我々との関係について悩んでいらっしゃいました」

意図的に避けていた期間のことを持ち出され、心が疼《うず》く。

「そして、結論を出されたのでしょう。今日のベアトリーチェ様は、私と一度も目を合わせなかった。完全に従者として扱われていた――それでよいのです」

「セス殿……」

王子を騙《かた》っていた以上、失望されても仕方がないのだと語るセスに、エレノアはかける言葉が見つからなかった。

（あまつさえ、こんな顔をさせたのが自分でないと思うと、それも苦しいだなんて……これほど自分は醜《みにく》かったのか）

セスにとってエレノアは初対面の騎士に過ぎない。――それも主人を危ない目に遭わせ、その後は袖《そで》にした、いけ好かない人間。

昨日まで向けられていた温かい眼差しを思い出し、知らず視線を落とす。そのまま目を合わせることなく告げた。

「姫様は昨日のことで混乱されていますので、どうぞご寛恕《かんじょ》ください。お部屋までお送りします」

セスとローレンツが入れ替わっていたことは、国王の耳にまで入っている。

それでも表面上は何も変わらない。誰もがセスをローレンツ王子として、ローレンツを従者セスとして扱っているからだ。それが陛下の意思ならば、エレノアも王宮の騎士として従うのみ。

そのままローレンツとセスを引き連れて歩いていると、庭園に差し掛かったところで黄色い声が上がった。

「まぁ！　ノア様じゃありませんこと？」

駆け寄ってきた令嬢が、煉瓦《れんが》に足を引っかけて転びそうになる。エレノアは咄嗟《とっさ》に走り出すと、彼女を腕で受け止めた。

「お怪我はありませんか？」

「ええ。――いえ。あぁ……ちょっと目眩《めまい》が」

頬を赤らめた令嬢がふらりと倒れてきたので、慌てて抱き留める。

「しっかりしてください！　すぐに医師を……！」

「このような往来で、はしたないですわよ」

他の令嬢達が、冷静に彼女を引き剥《は》がす。立ち上がった令嬢は名残《なごり》惜しそうではあったものの、顔色の悪さは窺《うかが》えない。よく見れば、共にピクニックに出かけた令嬢達だった。

「久しぶりにお見かけしましたわ。皆、心配しておりましたのよ」

ベアトリーチェだった時との態度の差に戸惑うが、どちらも彼女達の本性ではあるのだろう。エレノアは騎士らしく紳士に対応する。

「ご心配をおかけしました。任務で城を離れていただけですよ。どうかその美しい瞳を、私のせいで曇らせないでください」

「ですけれど、少しやつれているようですわ」

「やや張り切りすぎたのかもしれません。ですがそれも、美しいご婦人達の笑顔を守るためですから」

「まぁ……」

令嬢達は頬を紅潮させた。

「どうか無理だけはなさらないでくださいまし」

「ベアトリーチェ様も、随分とたくましくていらっしゃいますしね」

「そうよ。わざわざノア様が護衛なさらなくとも、ねえ？」

相変わらずなベアトリーチェへの評価に、エレノアは苦笑する。

「けれども……まぁ、少しは見直しましたわ」

おや、とエレノアは目を丸くした。もしや良い風が吹いているのではないかと思った時に、驚くべき爆弾を落とされる。

「ノア様、ご覧になりましたか？　昨日のベアトリーチェ様の舞いを」

思わぬ話題を振られて、エレノアはぎくりとした。

「……いえ。残念ながら任務中でしたので――」

「まぁ！　あれは鑑賞するに値するものですわ」

先ほどとは打って変わった評価に、エレノアは目をぱちくりとさせる。

「流れる水を切るかのごとく、吹く風を操《あやつ》るかのごとく――それは美しかったんですのよ」

「悲しみに暮れて舞う乙女を、神が見初《みそ》め、天に連れていくという物語で……」

「へ、へえ……？」

いつの間にかストーリーが出来上がっているらしい。エレノアは目を丸くした。

「最後に剣を地に突き刺すのですけれど、乙女が連れ去られたことを知るのは、その剣のみだなんて……ロマンティックですわよねえ」

「あら、私は神が乙女の代わりに剣を置いていったのだと聞きましたわ」

「聞けば第二部の構想が、剣を抜くところから練られ始めているとか……」

「ははは……なるほど……ははは……」

（第二部!? 何それ、聞いていない！ 何もかも聞いていない！）

王女が舞台で倒れたことを誤魔化《ごまか》すためだろうが、それにしてもできすぎだ。密かに戯曲家を招いて舞台を見せ、今後のために新たな演目を作らせていたに違いない。

令嬢達は、口々に褒めそやす。

「特に最後の演出が息を呑むほど素敵で……神が乙女を奪いに来るのです」

「私、感激して涙が止まりませんでしたわ」

だが、一人の令嬢がこんなことを言い出した。

「……ですけれど、初めは何か予期せぬことが起きたのではないかと思ってしまいました」

「私もです。けれども見事な演出でしたわ。あの時の軽業師《かるわざし》は、一体どなたなのかしら」

（それは、こちらのお方です——）

なんて言えるはずもなく、エレノアは瞳だけを動かしてこっそりとセスを見た。

あの時、セスは白い布を被っていた。エレノアの体調不良を隠すためだと思っていたが、それだけではなかったようだ。

ラムセラールの国民はセスのことをガルディーニ侯爵、またはローレンツ王子だと思っている。

いずれ本物のローレンツがベアトリーチェと婚約した場合、ではあのとき舞台に上がったのは誰なのかと騒がれるかもしれない。だからセスは下手に外見を晒《さら》さず、ただの軽業師《かるわざし》を装《よそお》って舞台に上がったのだ。

本当に、心配りの行き届いた人だとエレノアは感嘆する。

「正に神業《かみわざ》でしたわね……兎のように跳ねたと思ったら、風見鶏のようにくるりと回転して」

「えっ」

エレノアはパッとセスを振り返った。回転というのは初耳である。

「まさかあの、〝くるん〟を……？」

その呟《つぶや》きを拾ったセスが、目を丸くしてこちらを見返す。

（いつそんなことを……？　あ、あの時か……！　彼が舞台に駆けつけてくれた時、軽快に跳ねるような音がしていたっ！　ああ、私の軟弱者……あのくらいの目眩《めまい》に耐えかねて、大事な場面を見逃すなんて……!!）

エレノアは、瞳が燃えそうなほどの熱を込めてセスを見つめる。

（見たかった……もう一度やってくれないだろうか。でも無理だ。私からは頼めない。ここはベアトリーチェ様から……あぁ駄目だ！　今日、二人の間には決定的な溝ができてしまった！）

「――ノア殿」

「ひゃい！」

急に名前を呼ばれて飛び上がってしまう。そんなエレノアを不審げに見つめていたセスが、ゆっくりと口を開いた。

「……――貴方も、見たいのですか？」

「え？　……は、はい‼」

まさか見せてくれるのだろうか？

瞳を輝かせるエレノアに、セスはにこりと微笑んだ。

「――申し訳ない。あの軽業師《かるわざし》の正体は、私も知らないのです」

エレノアは唖然とした。

たまに意地の悪さが見え隠れするとは思っていたが、餌を目の前に吊るした後、隠すような真似をされたことは初めてだった。

（正体はって、本人のくせに……！　セス殿って、もしかして私が思ってるよりも意地が悪い……？）

呆気《あっけ》にとられて固まっていたエレノアを、令嬢達が慰める。

「また機会がございますわ。……そうだわ、ノア様。最近馬を買ったんですの。見にいらっしゃいませんこと？」

「ノア様、私、最近レモンケーキを練習していて……」

令嬢達の気遣いに、ほろりと涙が零《こぼ》れそうだった。

「ありがとうございます……人の姿は心根を映すと言いますが、皆さんがどうしてこんなに美しいのかよくわかりました。長らくご無沙汰していた不義理な私にも優しくしてくださり、嬉しい限りです」

エレノアが目を細めると、令嬢達は赤く染まった頬を扇子《せんす》で隠した。

「さて、残念ですがそろそろ戻らねば、鬼上司に叱られてしまうので……」

「ノア様が叱られるのは、私どもも本意ではありませんわ」

渋々といった顔で引き下がる令嬢達に、エレノアは笑みを浮かべる。

「ありがとうございます。素敵なお嬢さん達」

令嬢達と別れの挨拶《あいさつ》を済ませて歩き出すと、後ろからローレンツ達の会話が聞こえてきた。

「ご令嬢達、お前にちらりとも視線を向けなかったな」

「この間のピクニックで、見込みがないと悟ったのでしょう。人に飼われた馬より、まだ乗り手のいない駿馬《しゅんめ》に価値を見いだすのは自明の理」

なるほど道理だ、とローレンツの笑い声がする。

その時になって二人を放置していたことにようやく思い当たり、慌てて振り返る。

「申し訳ございません……っ！　お待たせ致しました」

「いいえ。ノア殿が女性にあれほど人気な理由が、よくわかりました」

へ？　と声が出た。

エレノアは自覚していないが、彼女の真っ直ぐな言葉は、その容姿を持ってすれば〝無骨〟から〝実直〟へと変わる。つまり「かっこイケメンに限る」を地で行くのが彼女なのだ。

「ローレンツ様も、女性の口説《くど》き方を学ばせていただいては」

「振られた相手に学べって！　お前、鬼畜か！」

いや、鬼畜だったわ、とローレンツが引きつった顔をする。

「自分も振られたからって、俺に八つ当たりすんなよ」

「……」

セスは冷ややかな目でローレンツを見ると、彼のおでこを指で弾いた。デコピンである。

そんな軽妙な掛け合いをする彼らだが、傷心のセスを思うとエレノアの胸が痛む。

（姫様が彼との婚約を望んでいないのは、最初から知っていたのに……）

エレノアは彼を突き放すどころか、期待を持たせるような真似をした。

ベアトリーチェは美しい。

たとえ中身が偽者であろうと、共に過ごすうちに、セスの心が動いていたとしても不思議はない。

（彼と親しくなったのが、姫様のふりをした私だったとしても……彼が結婚相手にと望んでいたのは姫様だ）

昨日までとは外見も立場も違う自分が、同じ関係に戻れるはずはない。彼とはもう友人ですらないし、軽口さえ叩けない。これが——本来あるべき姿なのだ。

『怖ければ、目を瞑《つぶ》っていてください』

『……次にこういうことがあれば、私の背に隠れてくださいと、伝えていたでしょう』

あんな風に甘やかされたのは、初めてで。

そうした思い出の数々が、エレノアの身を焼く炎になる。

（初めて女の子扱いされて、お姫様のように傅《かしず》かれて——勘違いしてしまった。彼の、ただ一人の大事なお姫様になったのだと……）

振り返れば、瞬《まばた》きのように短かった。けれどもエレノアは、一生分の幸せが詰まった時間をもらった気がした。

（もう、夢から覚めたんだ。彼が王子様で、私がお姫様で――そんな時間は終わり。彼の隣に立つ日は、二度と来ない）

ベアトリーチェの美しさがあったからこそ、セスと向き合う勇気が持てた。それが、今ようやくわかったのだ。

（本当の自分は、こんなに見苦しい）

ドレスも似合わない、髪も結い上げられない。腕も足も太く、パラソルよりも剣を持つ方が慣れている。手の皮膚は硬く、柔らかさとは無縁だった。

（騎士である自分が誇りだったはずなのに……）

魔法にかけられ、煌《きら》びやかで可憐なベアトリーチェになっていた。その魔法に、浸りすぎていたのだろう。

「あんな風に女を口説《くど》く女なんて、初めて見たわ」

ローレンツの言葉に、意識を浮上させる。ぼうっとしていたエレノアは身を引き締めて答えた。

「任務中は女と偽《いつわ》っておりましたが、ご覧の通り、私は男です。名前と身分だけでなく、性別さえも謀《たばか》っていたことは大変心苦しく思いますが――」

長年共に過ごしてきた同僚達の誰もが、女装したエレノアを見ても女だとは思わなかった。騎士服を着たエレノアを見れば、ローレンツやセスも男だと思うはずだと思っていたのに、二人はぎょっとしている。

「……男、だって？」

彼らは顔を見合わせて、苦い表情を浮かべた。

「……なんだそれ、もしかして笑うところ？」

「……失礼ながら、とても同性には見えないのですが」

今度はエレノアがぎょっとする番だった。思わず自分の体を見下ろす。胸をつぶすためのベストを着ているし、剣もズボンも身につけている。髪を短く切ったため、更に男らしさを増しているだろう。

「まさか、男装なさっているおつもりだったのですか？」

「え？」

エレノアは思わず聞き返した。

「何処《どこ》をどう見たら男に見えるんだよ。どう見ても、ただの女騎士だろ」

「……なんで？　女だってバレたことは、一度も……」

呆然として呟《つぶや》くエレノアに、セスが静かに尋ねた。

「男装している理由を伺っても？」

話の流れで聞いただけかもしれないが、それでもエレノアは嬉しかった。セスにエレノア自身のことを話せる機会など、これまで一度もなかったからだ。

「……姫様を守る、唯一の方法でしたので」

その答えを聞いて、セスは何かを考えているようだった。

「――ノア殿は、ベアトリーチェ様を深く慕《した》っていらっしゃるのですね」

それはもう！　とエレノアは大きく頷いた。あまりにもしっかりと頷くものだから、ローレンツが焦ったように言う。

「待て、それはつまり……恋愛対象として見ている、ということなのか？」

性別がバレている以上、そんなことまで嘘をつく必要はないだろうと、エレノアは首を横に振る。

「……恋愛対象は異性ですが、ローレンツ様とはこれからも友人として親しくしていただきたい」

「なんでここで速攻釘を刺すんだよ」

「何故か今刺さねばなるまい、と思いましたもので」

ふん、とローレンツが不満げに鼻を鳴らす。

「あ、それと……私が男装しているということは」

「ご安心ください。他言などしませんよ」

セスの返事に、ほっとした。

精神的にも、物理的にも、距離は随分と開いてしまった。

けれど、彼の誠実な人柄は変わらない。エレノアはそれが嬉しかった。

「まぁいいさ。騎士の服を着てるからか、エレノア……じゃなくてノアとは、こういう関係の方が合ってる気がする」

これがローレンツの強がりでなければ、エレノアは今、彼に振られたことになる。

男装騎士のノアと、彼の好きだったエレノアとの違いが、幾分か感じ取れたのかもしれない。

「ノア殿は街中《まちなか》にいた時、どういった感じの娘を装《よそお》っていたのです？」

珍しくつっこんで聞くセスに、ローレンツがきまり悪そうに答えた。

「んー、口喧嘩じゃ負けると知ってるのに自分からふっかけてきて、いざ負けたら力業《ちからわざ》でねじ伏せてくるような娘だったな」

「それでは、どちらかと言えば先ほどのベアトリーチェ様のようですね」

冗談を口にして笑い合う二人に、エレノアも「ははは」と愛想笑いで加わる。

（笑い事じゃない……！　なんて際どい冗談で笑っているんだ、この二人は……！）

とはいえ、彼らのように立場を取り替えていたならともかく、中身が入れ替わっていたなんて、普通の人間には想像さえできないに違いない。

「先ほど、と言えば——ノア殿はワインに興味が？　もしよろしければ、我々の部屋で一緒に如何《いかが》ですか？」

いいんですか!?　という言葉を、拳《こぶし》に爪を立てて我慢した。全身の毛穴という毛穴から、汗が噴き出るほどに我慢した。

（行きたい、心底行きたい。この姿なら行けるのに……行けるのに……）

「……職務中ですので」

「……そうですか、残念です」

残念なのはこちらだ。そんな風に、心を揺さぶらないでほしい。

エレノアは立場をわきまえようとしているのだ。彼への恋心を諦《あきら》めようとしているのだ。

「では次は是非、職務時間外にいらしてください。酒によく合う菓子でも用意しておきましょう」

ああ、本当にやめてほしい。

◇◇◇

「滑《すべ》れよ毒は、抉《えぐ》る鼓動〜。繋がれ死体〜要《よう》は青いね〜」

しばらく無断で隊を離れていた罰として、エレノアは木剣の手入れをさせられていた。とはいえ、元々剣が好きなエレノアにとって、その作業はさほど苦にならない。

ささくれを削った木剣に、ベアトリーチェが臨時ボーナスとして支給してくれた、高級な紅花油《べにばなゆ》を塗り込んでいく。丁寧に磨かれた木剣は美しい木目がつやつやと輝いていた。

ベアトリーチェからの臨時ボーナスは、彼女に罪悪感がある時に出る。今回、不本意な出動をさせられた近衛隊に対して、ねぎらいの意味を込めているのだろう。

「なあ、いつも思ってたけど、その変な歌なんだよ」

隣に座るハーゲンが、怪訝《けげん》な顔で聞いてくる。彼も一ヶ月以上、隊を離れていた罰として木剣の手入れをさせられていた。

「なんでしょうね。爺様《じいさま》がよく歌っていたんです」

「おっと……そりゃ失礼した……」

エレノアの祖父は元騎士団総帥《そうすい》なので、隊員は皆、敬意を払ってくれていた。とは言っても、エレノアへの扱いには全く影響しないのだが。

「そら、五本寄越せ」

「自分で取ろうという気はないんですか」

「誰のせいで、俺がここにいると思ってんですかねえ。ノア・リアーノ君？」

エレノアは無言で五本の木剣を掴《つか》み、ずずいと差し出した。

「ところでお前、いい加減、俺の上着返せ」

「あ、忘れてました」

「おま……ふざけんなよ！　こっちは夏用のを着てるっつーのに。飯ぐらい奢《おご》れよ」

「はいはい、ありがたく奢《おご》らせていただきますよ」

と、そんな会話をしていると――

「楽しそうなことをなさっていますね」

ビクンと震えたエレノアは、咄嗟《とっさ》に立ち上がる。隣で手入れをしていたハーゲンはエレノアを見てから、声をかけてきた人物――セスに胡乱《うろん》な目を向けた。

「あんた誰だ」

ひと月以上も城を離れていたハーゲンは、セスの顔を知らないのだろう。

エレノアが大慌てでハーゲンの背中を蹴る。更に、上から押さえつけて頭を下げさせた。

「失礼致しました。この者は長らく城を離れていたため――無作法をお許しください」

「おいおい、ノア。王宮騎士の背後に、気配消して立ってたんだぞ？　ろくな奴じゃないだろ」

「ハーゲン！　なんて失礼なことを！」

「いえ、このような格好で訪れた我々にも問題がありますので」

確かに、と言わざるをえなかった。

セスと、その後ろに控えているローレンツは、あろうことか、また軽装で訪れていたのだ。今回は訓練場にいた時と違い、出入りの業者という風体ではないが……それでも、外国からの貴賓《きひん》とは思えぬラフないでたちである。

（あれっきりだと約束してくださったのに……）

エレノアとの約束など、簡単に破れるようなものだったのだろう。何をうぬぼれていたのかと、心で自分を笑う。

エレノアはセスに近づき、小声で問いかけた。

「……失礼致します。なんとご紹介すればよろしいでしょうか？」

「なんと、とは？」

「貴族だと伝えては、差し障りがあるのかと」

セスは自《みずか》らの服装を見下ろし、ああと破顔《はがん》した。

「お心遣い感謝します。ですが、身分を隠していたつもりはありません。ただ動きやすい格好をして来ただけですから」

（……セス殿は、約束を軽んじていたわけではなかった？）

安堵《あんど》と喜びが入り交じり、エレノアもふわりと笑みを浮かべる。

「そうだったんですね。よかった」

「……」

そのエレノアの笑みを見て、セスは何故か数度瞬《まばた》きをした。

エレノアはハッとした。はしたないところを見せたと、慌ててハーゲンに向き直る。

「ハーゲン。こちらのお方は、オクタヴィア国のローレンツ・ガルディーニ侯爵様です」

王女の見合い相手だと気付くと、ハーゲンは慌てて立ち上がった。

「これは大変なご無礼を！　ベアトリーチェ様付き近衛隊、第四部隊長補佐、ハーゲン・タッデオです」

「お気になさらず。――それよりも、ノア殿」

「はい？」

「実は……この国の騎士に剣の稽古《けいこ》をつけていただきたく、ノア殿を頼ってこちらへ伺ったんです」

「えっ！」

思った以上に弾んだ声が出てしまい、エレノアは慌てて視線を逸らした。

彼の主人を手酷く振ったエレノアを、頼ってくれたと？

（嬉しい……どうしよう、嬉しい……）

ベアトリーチェのそばに控えている時以外で、セスと顔を合わせる事などほとんどない。三日ぶりに会ったというだけで舞い上がっていたというのに。

「あと数日で帰国することになるでしょうから、どうにかそれまでにと思いまして……やはり近衛騎士の方にご教授いただくのは、難しいでしょうか？」

ブルーノの事情聴取は順調に進み、あと数日もすればオクタヴィアへ送還されると聞いた。今の言い方では、ローレンツ達もそれに合わせて帰国するのだろう。

「訓練が始まるまでには、まだ時間がありますーーハーゲンでよろしければお貸ししますよ」

本当は自分が手合わせ願いたいのだが、そんな我儘《わがまま》を言える立場ではなくなった。女だとも知られているし、きっとセスは嫌がるだろう。

そう思って言ったのに、セスは驚いた顔をする。

「ノア殿は、お相手くださらないのですか？」

「えっ……!?」

いいんですか!?　と顔に出ていたに違いない。

セスは手の甲を口元に添えると、噴き出すのを我慢するような顔をした。だが唇の端が、笑みの形に歪んでいる。

「ーーええ。少し確かめたいこともありますから」

ーーカッ　タンタンタンタンッ　カツッ

木刀と木刀が、激しくぶつかり合う音がする。打ち合う度に、肩まで痺《しび》れるほど重い剣。見た目に反して重い剣を、息継ぎする間もなく連続で打ち込まれる。

背に庇《かば》われた時は安堵《あんど》しか覚えなかったのに、いざ自分が対峙《たいじ》するとこれほどまでに威圧感があるのか。瞬《まばた》きの間さえ気が抜けない。

強く打ち込まれた剣の勢いを利用して、素早く回り込んでも、打ち返す隙を与えてくれない。完全にセスにリードされ、セスの望む演目を踊っているかのようだった。

（まるで、あの時のダンスのようだ）

まだ出会ったばかりの頃。彼と手を繋ぎ、身を委《ゆだ》ねることに不安があった。

（それが今は、こんなに幸せを感じてしまうなんて）

一手一手、真剣に打ち込まれるのが嬉しい。

お姫様でなくても――違う立場でなら、彼の隣に立てるんじゃないかと夢想させてくれる。

体中から流れる汗が、床に飛び散っている。木刀を握る手にもしたたり始めてきた。握力に差があるため、長引けば長引くほど分が悪くなっていく。

このひと月、まともに鍛錬《たんれん》もしていなかったせいで呼吸も浅くなってきた。

エレノアは一度大きく体を引き、上着を脱ぎ捨てながら、手のひらの汗を拭《ぬぐ》った。汗をかいた体が、涼しい秋の風を受けてスーッと冷えていく。

（もう、この辺にしておかなければ）

エレノアは楽しかった。

エレノアと対等に勝負できる者は、ラムセラールにはもうほとんどいない。強敵にまみえるのも、その人に認められるのも、ここ数年は味わえなかった喜びだ。

剣を正面に構える。

セスもそれに呼応し、受けの構えをとった。

エレノアは地を蹴る。勢いよく突撃する彼女を待ち構えるように、セスが立っていた。

走りながら突きの構えをとる。それを見たセスが予備動作なしで体を捻《ひね》り、大きく飛び上がる。

――くるん
セスが飛び上がった瞬間、エレノアは動きを止めていた。彼が飛び上がるのを想定し、タイミングをずらしたのだ。おかげで勢いは削《そ》がれたが、それで威力が落ちるほどラムセラールの突きは弱くない。

セスが着地する寸前、エレノアは突きを繰り出した。

これで終わる。

そう思っていた彼女は、目を大きく見開いた。

突きのために伸ばした腕を掴《つか》まれる。そして気付けば、エレノア自身が宙を舞っていた。

――バタン
背中から地面に叩き付けられる。

何が起きたのかもわからなかった。目の前には青い空が広がっていて、そして――

「〝くるん〟をお望みでしたね？」

空と同じ色の瞳が、空とエレノアの間に入ってくる。

ワッ！　と歓声が上がった。その時になってようやく、エレノアは周りに人垣ができていることに気付いた。

「さっきの見たか？　突きの前に、相手が飛んでたぞ⁉」

「ノアがあんな風に吹き飛ぶなんて！　まさか背負って投げるとはな‼」

「馬鹿野郎、ノア！　お前に五百も賭けてたんだぞ！」

セスとの白熱した試合は人々を熱狂させたのだろう。両者の健闘を讃《たた》える声には熱が含まれていた。

「お見事です。何か対抗策を考えているだろうとは思っていたのですが——予想外だったので、剣では対応しきれませんでした」

地面に転がったまま呆然としているエレノアに、セスが手を差し伸べる。その手を掴《つか》んだエレノアをセスが引き上げ、背中を払ってくれた。そして簡素なシャツ姿のエレノアに、自身の上着を掛ける。

「……ノア殿？」

反応がないエレノアを不審に思ったのか、セスが少し背をかがめた。

真正面に来たセスの顔に向かって、エレノアは震える唇を開く。

「……セス殿」

「はい」

「セス殿！」

「ええ」

「今のを……どうかご指南願えないでしょうか！」

キラキラと輝くエレノアの瞳を見て、セスは愉快そうに笑った。

「今の、とは？」

「〝くるん〟です！」

「〝くるん〟される方ですか？　自分がする方ですか？」

「えっ！　する方もご教授いただけるんですか……!?　ま、待ってください！　どちらにしようかな……」

「どちらも、にしますか？」

「っ!?　ああ、神よ……」

エレノアは天を仰いだ。今すぐセスに抱きつきたいほどの喜びが胸に湧く。

セスは笑いが止まらないようだった。口元を片手で覆い、もう片方の手で腹を抱え、声を出さないように喉《のど》で笑っている。

「貴方は、剣の話になると顔が輝きますね」

何故か親しみが籠《こ》もったその声に、エレノアは首を傾げる。

「ええ、そうですね……物心ついた頃から、鍛錬《たんれん》しておりましたから」

「なるほど――」

そう呟《つぶや》くと、セスは突然敬礼した。

あまりにも見事な敬礼で、エレノアも反射的に返してしまう。

その様を見て、セスがまたくつくつと笑った。

「……色々とチグハグだったのが、ようやく一致してきました」

安堵《あんど》したような言葉の意味がわからず、エレノアは目をぱちくりとさせる。

そんなエレノアをひたと見つめて、セスが口を開いた。

「ベアトリーチェ様――」

エレノアの目が見開かれ、呼吸が止まる。

「が、いらしているようですよ。ノア殿」

そう言われて、エレノアは素早く後ろを振り返った。

密度の濃い人垣に、ぽっかりと空いた隙間。そこに、薄紅色の髪を綺麗に纏《まと》め上げたベアトリーチェが立っている。

目をつり上げているのは、エレノアが試合に負けたからだろう。

「戻られた方がいいのでは？」

「え、ええ。そうですね」

（一瞬、自分が「ベアトリーチェ」と呼ばれたのかと思って……ひどく狼狽《ろうばい》してしまった）

セスが気付いていないことを祈りつつ、エレノアは羽織《はお》っていたセスの上着を脱ごうとする。

「室内に戻るまでは、そのまま羽織《はお》っていてください。こっちの濡れた上着では、風邪を引いてしまうかもしれない」

　地面に放り投げてあったエレノアの上着を、セスがいつの間にか持ってきてくれていた。汗でびっしょりになった上着を、好いた相手に持たせるなんてとんでもない。エレノアは顔を真っ赤にしてそれを受け取った。

「では、お言葉に甘えて……」

　もうなんでもいいから早く立ち去りたかった――が、絶対に取り付けなければならない約束がある。

「セス殿……〝くるん〟を」

「ええ、今度また」

「社交辞令ではないですよ！」

「わかっております。貴方が騎士であるなら、教えることになんの問題もありません」

「そうですか……よかった」

　エレノアは、ほわりと笑った。

　そしてお辞儀をすると、叱られる覚悟を決めてベアトリーチェのもとに駆け寄った。

終章

青い空。白い雲。緑の森に、なだらかな丘――

目の前の光景に、いつかの出来事を思い出す。あの時エレノアは、ラムセラール国王女ベアトリーチェとしてこの丘に立っていた。

着慣れないドレスと初めて持ったパラソルは、着慣れた騎士服と持ち慣れた剣に変わっている。

だが、隣を歩くのは――

「どうしたんです？　困ったような顔をして」

あの時と同じく、眩《まぶ》しい笑みを浮かべたセスだった。

「いや、えーっと。あの……？　我々は、いえ、私は――姫様の護衛についていたはずですが……？」

「そうですね」

「……では何故、私とセス殿が並んで歩いているのでしょう……？」

何がどうしてこうなったのか。想定外すぎて、エレノアはまたもや頭がついていかなかった。

猪の事件があってからピクニックは禁じられていたが、「豊穣祭で頑張ったのだから」とベアトリーチェが国王の許可をもぎ取ったことから、今日のこれが実現した。

国王の「護衛の隊列を連れていかねば許可しない」という言葉を、ベアトリーチェはあっさり了承したが、「出かけてしまえばこちらのもの」とばかりに、護衛を置いてさっさと丘へ来てしまったのだ。

同行しているのは、ネージュとエレノア、そしてセスとローレンツだけだった。

しかも、ベアトリーチェはセスをエレノアに押しつけると、ネージュを連れてどんどん先に行ってしまった。それを後ろから、ローレンツが追いかけている。

王子と王女のピクニックと聞いた時、仲睦《なかむつ》まじく並んで歩くセスとベアトリーチェを思い浮かべて切なくなったエレノアは、肩すかしを食らう羽目になった。

ベアトリーチェに何かあれば、すぐに駆けつけられる程度の距離を保って、後ろをついて歩いている。

置いてけぼりにされた近衛隊員達も、王女のお転婆《てんば》には慣れたもので、遠く離れた場所から見守っていた。

「どうして我々が並んで歩いているのかと？　それはベアトリーチェ様が、あの方を本当の見合い相手として見始めているからではないでしょうか」

セスの視線の先には、二人の王族――ベアトリーチェとローレンツがいる。

この数日で、また親しくなったのだろう。ローレンツが何か言ってからかったらしく、ベアトリーチェが殴りかかろうとしているのを、ネージュがしがみついて止めている。

「……セス殿は、お辛いでしょうね」

彼にとっては辛い光景なのでは……と思って尋ねれば、驚くほどあっけらかんと答えられた。

「いいえ？　ちっとも」

（えっ……なんだか、それはそれで寂しいような……）

そんな風に思ってしまう自分に呆れながら、エレノアはベアトリーチェを見つめた。

「……ローレンツ殿下は、姫様を気に入ってくださるでしょうか」

「そうですね。嫁にしたいと言い出すほどには、気に入るのではないかと。元々顔は好みだったようですし」

「……惚れっぽいんですね」

「そうでもありませんよ。私が知る限りでは、お一人だけです——元恋人候補としては複雑ですか？」

エレノアはセスの真似をして「いいえ、ちっとも！」と返した。他の男に気があるとセスに思われることだって、本当は嫌だった。

機嫌を直したのか、ベアトリーチェの歌声が、丘に吹く風に乗って運ばれてくる。

桃色の髪が、青い空と緑色の草原に靡《なび》いていた。

えもいわれぬ美しい光景。あとどれだけの間、ベアトリーチェを見守れるのだろうかと、エレノアは目を細める。

「——姫様がオクタヴィアへ嫁がれれば、私も家に戻って結婚でもするでしょうから」

そんな自分は想像できないな、と思いつつぼやけば、セスが驚いた顔でこちらを見ていた。

「……どういうことか伺っても？」

「面白い話ではありませんよ。私は姫様に惹《ひ》かれて騎士になりましたが……輿入《こしい》れ道具に、騎士は不要でしょう。地元に戻って祖父を安心させるためにも、早く曾孫《ひまご》を産んであげようかと……あっ、もちろん、こんな筋肉ゴリラをもらってくれる男性がいれば、の話ですけれど」

今更剣を置いて代わりに扇子《せんす》を持ったところで、異性から魅力的に見られることはないだろう。そう卑下《ひげ》したのは、自分に女らしさのかけらもないことを痛感してしまったからだ。先に予防線を張っておけば、セスから「そんな見た目と性格で？」と、言いたげな視線を向けられることもない。

「貴方の魅力がわからない者に差し出すには、髪一本すらもったいない」

ぴしゃりと叱るように、セスが硬い表情で言った。あまりにも強く断言するものだから、ぽかんとして見上げてしまう。

半開きになったエレノアの唇を見て、セスが表情を緩《ゆる》めた。

「その表情は、どんな顔であってもそのままなんですね」

「え？」

意味がわからず聞き返すエレノアに、セスは別の質問をしてきた。

「ノア殿には、結婚を望む相手はいらっしゃらないのですか？」

答えにくい話題を振られ、ぐるんと勢いよく体の向きを変えた。

あのまま向き合っていては、本心を見抜かれそうだったからだ。

（……そんなこと考えたこともなかったのに、その言葉一つで想像してしまった）

自分がいて、彼がいて、子供がいて――そんな幸せに満ちた家庭を。

「……剣一本で生きてきましたから」

望みなんて、最初からない相手だった。

セスは自分と何もかも違う。美しい容貌に、豊富な知識、そして隠しきれない気品。

それに比べて自分は、ダンスの一つも踊れない。気の利いた会話も、可愛らしい笑みを浮かべることもできないのだ。

ただの「エレノア」でいることが、これほど心細かったことはない。

女らしいことなど一つも学んでこなかった。それでも後悔など、一つもないはずだったのに――

「我が国は女性騎士の登用にも前向きです。ベアトリーチェ様と共にいらしては如何《いかが》ですか？」

「へ？　……オクタヴィアにですか？」

「あれほどお強いのですから、やめてしまわれるのはお辛いでしょう」

じんと胸が熱くなった。自分より強い相手にこんな風に褒められて、のぼせないわけがない。

「あはは……セス殿ほど強い御仁《ごじん》にそう言っていただけると、嬉しいですね。ご安心ください。剣を置くわけじゃありません。うちは辺境ですから、物騒な事件は事足りてます。実家に戻っても剣を振るう機会は減るどころか増えるでしょう」

セスはしばし何かを考えたあと、「……なるほど、手強い」と呟《つぶや》いた。

「そういえば、洗っていただいた上着を受け取りました。かえって気を遣わせてしまったようで……心づくしの贈り物、どれも大変嬉しかったです」

エレノアの身分で直接返しに行くのは憚《はばか》られるため、セスに借りていた上着は女官に預けていた。その際に、贈り物もいくつか同封したのだ。本や、香《こう》や、チーズなどを。

セスが贈ってくれた武術書やワインを、ベアトリーチェはエレノアに下賜《かし》してくれた。それらに対する、心ばかりのお返しのつもりだった。

「喜んでいただけて光栄です。長らくお借りしたままで、ご不便をおかけしたことと思います」

「いいえ。今日こそ貴方が訪ねてきてくれるやもと思いながら待つ日々は、苦ではありませんでしたから」

思わぬことを言われて、エレノアは言葉を失う。芝を踏む音まで聞こえそうなほどの静寂が訪れた。

「上着を貸したことへの礼は、貴方との食事だろうと思っていましたので」

「……ああ！　ハーゲンとの会話を聞いていたのですね。セス殿もお酒を飲みたかったのですか？」

「勤務時間外なら食事の誘いに応じてくださると言うのであれば、恥も外聞《がいぶん》もなく誘わせていただくつもりでした」

エレノアは足を止めた。「勤務時間外なら？」と、彼の言葉の意味を考える。

『ノア殿はワインに興味が？　もしよろしければ、一緒に如何《いかが》ですか？』

『……職務中ですので』

『では次は是非、職務時間外に。酒によく合う菓子でも用意しておきましょう』

あんな社交辞令、真に受ける方が失礼に当たると思っていたのに……まさか彼の方が、その機会を待っていてくれたとでも言うのだろうか？

（姫様ではなく……私を？　何故？）

戸惑い、反応しきれずにいたエレノアのもとに、甲高《かんだか》い悲鳴が聞こえた。

慌てて視線を向けると、ベアトリーチェを抱えて座ったローレンツが、笑いながら丘を滑《すべ》っている。

エレノアは後ろの近衛隊を振り返り、大きく手を上げて「なんでもない」と合図をする。

「猪でなくてよかったですね。またパラソルで猪を突かれてはたまらない」

からかいを含んだ声で言われて、エレノアは耳まで赤くなる。

「……二度とやらないようにと、姫様に伝えておきます」

「何故知っているんです？」

「え？」

エレノアは足を止め、隣に立つセスを見た。

彼が浮かべているのは、一見すれば穏やかな笑み——けれど、エレノアは知っていた。セスが表情からは想像できないほど、意地が悪いことを。

「それは、どういう……？　あの時、猪を突いたのは姫様でしょう？」

「場は混乱を極めていましたし、私が背後にいたため、ベアトリーチェ様がパラソルで突くのを見た者はいなかったはずですよ。皆、王女がその身を挺《てい》して、猪から民を守ろうとしたとしか思っていないようです」

エレノアは強敵と対峙《たいじ》している時のように、一歩下がった。そんな彼女を、セスが容赦なく問い詰める。

「ベアトリーチェ様が猪をパラソルで突いたと、どなたから聞いたんです？」

先ほどから会話の端々《はしばし》に感じていた微《かす》かな違和感。その正体に、エレノアはようやく思い当たった。

セスは、エレノアとベアトリーチェが入れ替わっていたことに気付いているのだ。

しかしベアトリーチェが隠したいと願っている以上、エレノアがそれを認めるわけにはいかない。

「ひ、姫様に――」

「なるほど。それなら言い逃れはできますね」

ですが、とセスが続ける。

「滑《すべ》れよ毒は、抉《えぐ》る鼓動。繋がれ死体……要《よう》は青いね」

それは、エレノアが幼い頃からよく口ずさんでいた歌だった。

セスが伸ばした手が頬に触れても、エレノアは避けることすらできない。

「知っていますか？　これは我が祖国オクタヴィアの歌でしてね……本当は、『全ての時はめぐる鼓動、紡《つむ》がれし太陽は淡い願い』と歌うんです。お教えしようかと思ったのですが……いくら王子の立場をお借りしていたとはいえ、王女の間違いを指摘する度胸はありませんでしたから」

歌詞を歌い間違えることとなんて、いくらでもある。

だけど、もしベアトリーチェになっていた時に無意識で歌っていたのを、セスに聞かれていたのなら――

(〝天使の歌声〟を持つ姫様が、あんな外れた音程で、こんな歌詞を歌うはずがない……)

「……入れ替わりなんて、そのようなことが現実にあるとでも?」

「王子と従者が入れ替わるような世の中です。騎士と王女の中身だけが入れ替わることも、まぁ、あり得るのではありませんか?」

真っ直ぐに向けられた視線と言葉は、言い逃れの余地を残してくれてはいなかった。

なだらかな丘に、一際《ひときわ》強い風が吹く。

「それとも、荒唐無稽《こうとうむけい》だとお笑いになりますか? 私達の間には、何一つなかったのだと。貴方と踊ったダンスも、喜んでくれたワインも――天幕の中で抱き合ったことも」

顎《あご》のラインで切り揃えられたエレノアの髪が揺れ、セスの手袋をした手を撫でる。

「貴方が王女でなかったことを知り、私は神に感謝したというのに。貴方はそれも全て……なかったことにしたいのですか?」

セスが頬に触れたまま顔を近づけてくる。青空が遮《さえぎ》られ、代わりに空色の瞳が迫った。

「――豊穣祭の日、舞台でできなかったことを、今ここでしても?」

「だだだだ、だめです!」

エレノアは咄嗟《とっさ》に両手を伸ばして、セスの口元を押さえた。体中の熱が顔に集まり、瞳も潤《うる》んでいるのがわかる。

セスは喉《のど》で笑いながらエレノアの手首を掴《つか》むと、自分の唇に当てた。

「ただの男となって奪ってくれと乞《こ》われ、喜んでしまったあの瞬間……私は本当に、ただの男になってしまった」

手のひらに唇が触れたまま話され、エレノアははくはくと唇を動かした。手袋越しに触れている唇の熱と、くすぐったさに腰が戦慄《わなな》く。

「セス、と呼んでくださいませんか？　――何もかもを偽《いつわ》っていた私に、その名が似合うと言ってくださった……貴方の言葉を信じたい」

かけがえのない存在に恋《こ》い焦《こ》がれるような、あでやかな声が耳に届く。

「――セ、セス殿……」

話の展開についていけないエレノアは、名前を呼ぶだけでもやっとだった。

慈《いつく》しみ深い目が細められ、柔らかな光が満ちる。

「貴方の名は？」

「……ノア・リアーノ」

「素直に答えてくださらないなら、ベアトリーチェ様、とお呼びしますよ？」

「エエエ、エレノアです」

咎《とが》めるように手のひらに歯を立てられ、あまりの衝撃に咄嗟《とっさ》に答えてしまった。

「エレノア？」

「ひゃい」

その返事を聞いて、またセスが笑う。

「話し方も、表情も取り繕《つくろ》えない貴方が……どうやって入れ替わりを隠し通すつもりだったんです？」

何もかも見透かしたようなセスの表情は、一番最初にエレノアが「胡散臭《うさんくさ》い」と評した笑顔そのものだった。

「貴方のお祖父様にも認めていただけるよう励みますので――結婚をお考えでしたら是非、私を見合い相手にしていただきたいのですが」

絶対に手が届かないと思っていた人が、自分の手に口づけながら告げる甘い言葉に、エレノアは返事もできない。

ただただ顔を真っ赤にしたままぽかんと口を開けたエレノアを、セスがまた笑う。

そしてあまりにも自然な動作で、口づけていた手に指を絡ませ、そのまま手を繋いできた。

「ああ、今は職務中でしたね。歩きましょうか」

「――はっ！　姫様！」

完全に思考停止していたエレノアだが、ベアトリーチェのことを思い出すと瞬時に我に返った。

大慌てでベアトリーチェの方へ体を向けると、そこにはスカートを両手でたくし上げ、先ほど下っていた丘を必死に登っているベアトリーチェがいた。

ローレンツがベアトリーチェの帽子を奪い、ブーメランのように丘に投げる。風に乗ってひらりと飛ぶ帽子を見たベアトリーチェが、ローレンツの顔面に拳《こぶし》を入れた。

（……あぁ、あちらもバレているんですね……）

エレノアが王女をしていた頃、ローレンツがあんな風に気軽に接してきたことはない。

ベアトリーチェの粗野な行動は、照れ隠しのためだろう。

それらを見て、エレノアは全てを悟った。

「――目下《もっか》のライバルは、ベアトリーチェ王女になりそうですね」

まるで自分のことを思い出させようとするかのように、セスが手を持ち上げた。しっかりと繋がれていたエレノアの手も上がり、セスの唇に押しつけられる。

再び感じるぬくもりと、言葉の意味を理解して、真っ赤な顔が更に赤く染まる。熱でも出しそうなほどくらくらしながら、エレノアはぽつりと呟《つぶや》いた。

「……私はもうお姫様でもなければ、世界一美しくもありません……。素行もお淑《しと》やかではありませんし、剣も捨てられないときた……見合い相手なんて、とても……」

彼が気に入ってくれた要素が自分の中にあるとは思えない。

ゆえに、どんどん声が小さくなっていく。

「本当に、それでもいいのですか……？」

エレノアは無意識ながら、いじましい瞳でセスを見上げた。

そこに込められた思いを悟ったセスは、凛々《りり》しいばかりの顔を柔らかくする。

「残念ながら、淑《しと》やかなエレノアを見たことがないので判断しづらいのですが――」

「っ！」

「剣を交える貴方は凛々《りり》しく、私を見つめる貴方はかけがえのないほど愛しい。素直な表情も言葉も、思いやりに満ちた心も……たとえ姿形が違っても、何度だって貴方を見つけ出す自信があります」

繋いだ手をセスが引き寄せ、腰を抱かれる。

「王子様とお姫様は、あちらのお二人にお任せするとして——」

腰に下げた互いの剣が、カツンと音を立ててぶつかる。

「騎士と騎士というのも、なかなかロマンティックだとは思いませんか？」

真っ直ぐに見つめてくる空色の瞳を見つめ返し、エレノアはくしゃりと笑った。その拍子に、目尻から涙が零《こぼ》れ落ちる。

空色の目が細まり、心底嬉しそうに笑ったセスの顔が近づく。

エレノアの背がのけぞり、頬に彼の黒い髪が落ちてきた。

——一年後、華々しい花嫁行列が、ラムセラールからオクタヴィアへと伸びていた。

その行列には、銀髪の騎士の姿もあったという。

新＊感＊覚ファンタジー！

レジーナブックス Regina

イラスト／雨壱絵穹

★トリップ・転生

異世界大家さんの下宿屋事情

六《む》つ花《はな》えいこ

異世界に転生し、田舎町で両親の営む料理屋を手伝っているトゥトゥ。ある日、王都で下宿屋を営む祖母の訃報が届く。大好きだった祖母の遺言に従い、跡を継いで下宿屋の大家になることを決めたトゥトゥだったけれど――なんとそこに住んでいたのは、みんな人外!?　新米大家と人外住人が織りなす、ドタバタ日常系ファンタジー！

イラスト／ふーみ

★トリップ・転生

世界を救った姫巫女は

六《む》つ花《はな》えいこ

異世界トリップして7年。イケメン護衛達と旅をして世界を救った理《り》世《よ》は、人々から「姫巫女様」と崇められている。あとは愛しい護衛の騎士と結婚して幸せに……なるはずが、ここでまさかの大失恋！　ショックで城を飛び出し、一人旅を始めた彼女だけど、謎の美女との出会いによって行き先も沈んだ気持ちもどんどん変わり始めて――

詳しくは公式サイトにてご確認ください。

http://www.regina-books.com/

携帯サイトはこちらから！

六つ花えいこ（むつはな えいこ）
九州在住。2013年頃よりWEB小説を投稿しはじめる。2015年、『泣き虫ポチ』にて出版デビュー。文、絵、手芸、小物づくりなど、手広く緩く満喫中。

イラスト：縹ヨツバ
http://kujira1369.wixsite.com/yotubagallery

男装騎士《だんそうきし》、ただいま王女《おうじょ》も兼任中《けんにんちゅう》！

六つ花えいこ（むつはな えいこ）

2017年10月 5日初版発行

編集－及川あゆみ・宮田可南子
編集長－塙綾子
発行者－梶本雄介
発行所－株式会社アルファポリス
〒150-6005東京都渋谷区恵比寿4-20-3恵比寿ｶﾞｰﾃﾞﾝﾌﾟﾚｲｽﾀﾜｰ5F
TEL03-6277-1601（営業）　03-6277-1602（編集）
URL http://www.alphapolis.co.jp/
発売元－株式会社星雲社
〒112-0005東京都文京区水道1-3-30
TEL 03-3868-3275
装丁・本文イラスト－縹ヨツバ
装丁デザイン－ansyyqdesign
印刷－図書印刷株式会社

価格はカバーに表示されてあります。
落丁乱丁の場合はアルファポリスまでご連絡ください。
送料は小社負担でお取り替えします。

ISBN978-4-434-23801-7 C0093